Les vieux garçons

Du même auteur

UN GARÇON PARFAIT, Jacqueline Chambon, 2008 ; Babel nº 1116.
LEÇONS PARTICULIÈRES, Jacqueline Chambon, 2009.
UNE AUTRE ÉPOQUE, Jacqueline Chambon, 2011 ; Babel nº 1204.
UNE MESURE DE TROP, Jacqueline Chambon, 2013 ; Babel nº 1711.
POST-SCRIPTUM, Jacqueline Chambon, 2016.
LA JEUNESSE EST UN PAYS ÉTRANGER, Jacqueline Chambon, 2018.
SOUS LA LUMIÈRE DES VITRINES, Jacqueline Chambon, 2020.

Titre original :
Doppelleben
Éditeur original :
Verlag Galiani, Berlin

ISBN 978-2-330-16624-3

Alain Claude Sulzer

Les vieux garçons

roman traduit de l'allemand
par Jacqueline Chambon

Chambon

L'imagination est la reine du vrai et le possible l'une des provinces du vrai.

CHARLES BAUDELAIRE,
in *Curiosités esthétiques.*

Le public aime les romans faux : ce roman est un roman vrai.

EDMOND ET JULES DE GONCOURT,
in *Germinie Lacerteux*, préface de la première édition.

1

Incident sanglant, février 1869

Ils quittèrent la maison peu avant onze heures. Pélagie leur fit un signe d'adieu et repoussa doucement la porte derrière eux. La serrure se referma en silence. Pélagie y avait veillé. Elle ignorait à quelle heure ils rentreraient.

Le bruit était menaçant. Chaque son, fort ou faible, chaque stridence, chaque fracas faisait sursauter Jules. Le vacarme s'apaisait puis recommençait. Les bruits d'hier se fondaient dans les bruits d'aujourd'hui. Les chiens du voisinage le rendaient furieux. Les rires des enfants lui étaient insupportables. Le bruissement des arbres le dérangeait. Un volet qui claquait. Le croassement des corbeaux. Des grenouilles. Seule la voix de son frère, qui ne perdait jamais son calme, avait sur lui un effet apaisant. Et Pélagie ne parlait jamais fort.

La princesse Mathilde les attendait rue de Courcelles, où elle habitait, pour son traditionnel déjeuner du mercredi, mais ils n'avaient pas à se presser. Ils trouveraient un fiacre tout proche, quai de Passy, ils n'étaient pas à une minute près. La cousine de l'empereur n'était pas à cheval sur la ponctualité. L'amitié, l'originalité et le talent étaient pour elle plus importants que le respect des convenances. Si la ponctualité était la politesse des rois, la désinvolture et le laisser-aller étaient la signature des artistes.

Chaudement enveloppés dans leur épais pardessus d'hiver, les deux frères avançaient lentement contre le vent glacial. Avec quels mots exprimer les coups de fouet des courtes rafales ? Comment dire le vent ? Comment dire le froid ? Tant de mots et d'expressions à envisager, à échanger entre eux, à examiner, à écarter, à peser, tant de mots qui seront ensuite tournés et retournés, allongés, raccourcis, scrutés, la plupart se révélant inappropriés. Edmond et Jules avançaient prudemment sur le sol mouillé en évitant les plaques de gel. Le matin, au soleil, la glace fondait pour regeler dès que le ciel se couvrait.

Quelqu'un qui aurait observé ces deux hommes qui discutaient avec de grands gestes de choses que personne à part eux n'entendait les aurait tenus exactement pour ce qu'ils étaient ; des amis ou des frères qui s'entendaient bien ; des frères, certes, mais avant tout des poètes ! Des explorateurs ! Des amoureux des mots ! Des chercheurs, des connaisseurs avertis des valeurs sûres et du poids de la formulation la plus franche, la plus fleurie, la plus pointue, la plus exacte, pour chaque chose, chaque émotion, chaque matière, bref chaque manifestation du monde visible et invisible. Un seul mot suffisait rarement, les couleurs étaient mélangées sur une palette fictive jusqu'à trouver le ton souhaité.

Dix minutes après, ils atteignirent l'arrêt de fiacres où attendaient quatre voitures, ils avaient le choix. Par sens de la justice, ils montèrent dans le premier fiacre où le cocher attendait, leur semblait-il, depuis le plus longtemps. Quand les deux frères approchèrent, les deux chevaux jeunes et nerveux qui y étaient attelés grattèrent le sol du sabot en secouant leur crinière. Effrayé, Jules recula de deux pas. Le souffle chaud qu'exhalaient leurs naseaux se dissipait dans l'air froid.

Quand le cocher se pencha vers eux du haut de son siège, le nez rouge de l'homme, où saillait ainsi que sur ses joues un entrelacs de veines bleues, aurait dû les alerter ; ils n'y firent pas attention, ce n'est qu'après, lorsqu'il serait à nouveau devant eux, qu'ils allaient s'en souvenir. Une goutte pendait comme un glaçon à la pointe de ce nez et Edmond, un peu dégoûté, se détourna. Plus tard, ils se diraient : C'est ce que nous aurions dû faire avant. Un ivrogne, ils ne le comprirent que lorsqu'ils furent assez près pour sentir son haleine, et peut-être regrettèrent-ils alors leur imprudente négligence. Ils auraient dû prendre n'importe quel autre fiacre, mais ils montèrent malgré tout dans celui-ci, refermèrent la portière, et leur destin fut scellé. Jules grommela un peu et jeta un regard noir à Edmond quand il lui posa une main sur le genou pour le calmer.

Le cocher, dont ils ne voyaient plus que les étroites épaules levées et quelques mèches de cheveux clairsemés, empoigna les rênes – à présent ils voyaient aussi son poing fermé – et abattit le fouet sur le dos des bêtes. Les chevaux, qui attendaient le signal, partirent.

Ils ne roulaient pas depuis cinq minutes que le fiacre accrochait une voiture qui venait en sens inverse. Les deux frères encaissèrent le choc de plein fouet. Et il fut violent. Visiblement, le cocher n'était pas maître de ses chevaux. À quoi ou à qui était-il attentif à cet instant, certainement pas au trafic ni à la voiture qui venait en face. La collision fut brutale. Sous le choc, Edmond et Jules furent précipités vers l'avant. La tête d'Edmond cogna contre la vitre avant et passa au travers. Le verre vola en éclats. Jules, qui par nervosité se tenait sur ses gardes, avait instinctivement mis les mains devant son visage. S'attendant au pire, il s'en sortit indemne. Mais la tête d'Edmond s'encastra dans les éclats de verre comme entre des barreaux transparents. Son visage s'ensanglanta aussitôt. Heureusement, l'artère ne semblait pas touchée.

Quand le fiacre fut redressé, on vit qu'il était accroché à l'autre fiacre et que tirer et pousser les chevaux ne servait à rien, il ne pouvait plus repartir – Jules essaya de libérer son frère du dangereux encadrement hérissé d'éclats de verre, mais chaque mouvement en cassait d'autres.

« Je ne vois plus rien ! » dit Edmond plus étonné qu'effrayé. Était-il blessé aux yeux ? À cette idée, les deux célibataires furent pris d'angoisse. Un éclat de verre, même minuscule, pouvait faire perdre la vue à Edmond, car plus ils sont petits, plus ils sont dangereux.

Edmond entreprit avec la plus grande prudence de s'extirper de la vitre brisée, millimètre par millimètre. Ce fut difficile car, à chaque mouvement, de nouveaux éclats se plantaient dans sa peau écorchée déjà constellée de débris crasseux. Sans ouvrir les yeux, il tourna la tête vers Jules. Le sang coulait de son front sur le nez et la bouche avant de se perdre dans sa barbe noire. Quelle était la gravité de ses blessures, Jules était incapable d'en juger. Seul un médecin aurait pu le dire.

« Edmond tu me vois ? » demanda-t-il affolé.

Edmond toucha ses yeux fermés avec son mouchoir puis le pressa sur son visage. En quelques secondes, le mouchoir fut trempé de sang.

« Je ne vois rien.

– Vas-y doucement, souffla Jules.

– Je ne peux rien voir. »

Jules osait à peine le formuler : « Est-ce que c'est grave ? » Edmond allait-il être aveugle, il refusait d'y penser.

En ouvrant l'autre portière, il vit que la vitre était constellée de gouttes de sang qui glissaient dessus lentement sur la vitre. Il aida Edmond, qui se laissa faire docilement, à sortir du fiacre.

« Un médecin ! »

Les deux cochers étaient tout à leur querelle : le client blessé, ce n'était pas leur affaire.

« Il y a une pharmacie pas loin, dit Jules en pointant le doigt vers le bas du boulevard, tout en sachant que son frère ne pouvait pas la voir. Allons-y vite. Tu pourras t'y faire examiner. »

« Tu es cinglé, tu es ivre, espèce d'ordure, criait le cocher innocent.

– Appelons la police ! » hurlait l'autre.

« Plus vite nous y serons, mieux ce sera », dit Jules en soutenant son frère et en le guidant comme un aveugle en direction de la pharmacie.

Edmond ressemblait au mur d'une maison bombardée. Il ne s'était pas écroulé, il pouvait encore marcher. Même s'il avait perdu beaucoup de sang, il avançait d'un pas ferme.

Ils atteignirent leur but et le jeune pharmacien se précipita vers eux dès qu'ils eurent passé la porte. Il prit une petite éponge et nettoya doucement et avec soin le visage d'Edmond. Le saignement diminua. Il examina précautionneusement les petites et les grandes coupures et affirma que les yeux étaient indemnes. Seules les paupières étaient écorchées mais la vue n'était pas affectée. Edmond prononça enfin les paroles libératrices. Oui, il voyait parfaitement, c'était le sang qui l'avait empêché de voir.

Comme ils gagnaient un bureau de poste pour envoyer un télégramme à la princesse la priant de les excuser, Edmond se rappela avec étonnement qu'il avait eu un pressentiment de l'accident avant la collision : par une sorte de transmission fraternelle, il ne s'était pas vu, lui, accidenté, mais Jules, et ce n'était pas son œil qui était blessé mais celui de son frère.

Il ne pouvait savoir que cet accident était peut-être la prémonition de ce qui allait arriver quelques mois plus tard et serait tellement plus terrible : ce n'est que longtemps après la mort de Jules qu'il y repensa en lisant ce que celui-ci avait écrit sur l'accident dans leur *Journal* en commun.

Dans les jours suivants, Edmond et Jules en reparlèrent plusieurs fois.

« Nous aurions dû poursuivre le cocher. C'était idiot de notre part. Sans punition, il ne s'amendera jamais. Sa place était derrière les barreaux. »

Ils ne lui avaient pas demandé son nom. Mais à quoi leur aurait servi ce nom si le pire s'était déjà produit.

Les blessures guérirent. Le léger saignement à la joue gauche disparut en quelques jours. Par chance, ils se rappelaient le numéro du fiacre.

2

Deux poids inégaux. Octobre 1869

Les aboiements étaient terribles. Les cris des enfants étaient encore pires, cinq enfants qui jouaient, criaient et couraient partout, mais pour l'instant on n'entendait que les chiens. Ils avaient déboursé quatre-vingt-trois mille francs pour acheter cette maison et jouir d'un calme bien mérité. Ils avaient dû pour cela vendre deux propriétés, à Breuvannes et à Fresnoy, en Haute-Marne, non loin de Vittel. Mais les enfants des Coutasse, leurs voisins de gauche, faisaient tout pour les priver de ce calme. Et quand ce n'étaient pas eux, c'était le cheval des Louvau, leurs voisins de droite, qui était enfermé dans une sorte de grand appentis contre les murs duquel il frappait de toutes ses forces du matin au soir. Son propriétaire n'ayant pas de cocher, on le sortait rarement. Aussi, prisonnier toute la journée dans cet étroit réduit, essayait-il de s'en libérer avec une persévérance inlassable.

Torse nu, Jules était debout devant la fenêtre ouverte du grenier de leur maison du boulevard de Montmorency qui donnait sur le jardin, le regard fixé devant lui. Quatre-vingt-trois mille francs et aucun calme. Une plaisanterie qui ne le faisait pas rire.

Comme chaque matin, il respirait l'air frais en levant et en abaissant ses bras en extension. C'était son heure de gymnastique. Les chiens aboyaient. Le cheval était calme. Les haltères étaient posés sur le sol à côté du lit où il avait dormi d'un sommeil agité, hanté par les cauchemars. Comme toujours, il avait été en proie à des rêves d'enfants et à des imaginations indécentes. Et il y avait autre chose qui l'inquiétait aussi.

C'était son foyer, la maison des frères Goncourt qui, tous les deux, étaient persuadés que leur nom leur survivrait. La chambre de Jules était modeste. Il dormait tout en haut. C'est lui qui l'avait voulu. Le sol était un simple plancher.

Depuis dix ans seulement, le village d'Auteuil faisait partie de Paris, et à présent on construisait à tour de bras, les bruits des artisans et des transporteurs retentissaient de tous côtés. À cela s'ajoutaient les piaillements des oiseaux, les aboiements des chiens, les hennissements du cheval et les miaulements des chats. Jules se retourna, saisit les haltères et les souleva lentement, avec facilité. Il était entraîné. Pourtant il lui semblait que l'haltère dans sa main gauche était plus lourd que dans sa main droite, ils avaient l'air identiques mais ils ne l'étaient pas, il l'aurait juré, l'un était plus lourd que l'autre.

Puis il crut que c'était l'inverse. Quel haltère était le plus lourd, le gauche ou le droit ? Il hésitait. Il les leva tous les deux au-dessus des épaules, puis de la tête. Les chiens des voisins, qu'on ne voyait jamais, se mirent à aboyer. Avec ce poids on aurait pu facilement abattre un gros cabot.

Les muscles se tendaient sous la peau pâle de ses bras minces aux veines fines, le raffut des maçons avait cessé, on entendait le bruit des oiseaux. C'étaient des moineaux. Il était incapable de distinguer le gazouillis d'un seul – il les percevait plutôt comme une conversation cordiale, ou querelleuse, qu'il n'aimait pas suivre longtemps –, mais le matin et surtout le soir, il reconnaissait immédiatement le chant joyeux et amical du merle qui se perchait toujours à la cime d'un bâtiment ou sur un fronton qu'il affectionnait, et il se demandait parfois si les merles ne chantent pas sur un ton différent le matin, mais il s'y connaissait aussi peu en musique que son frère. Le tut-tut énervé des moineaux se perdait à présent dans les sifflements des martinets noirs qui s'élançaient dans l'air.

Un corps sain est censé permettre à l'esprit de s'élargir au-delà de ses capacités. D'où les haltères. Mais la prudence reste de mise car ce n'est pas une garantie de santé mentale, il vaut mieux toujours s'attendre au pire, à la maladie, à la mort.

Lorsqu'on se consacre à la création, on s'expose au surmenage, au danger de se faire dévorer mentalement et de s'étioler peu à peu, au point que l'intellect épuisé n'est plus qu'incohérence. L'intellect exige discernement et évaluation, distinction et abstraction. C'est lui qui permet de distinguer une mésange d'une hirondelle, le chant d'un castrat de celui d'un ténor, un homme d'une femme, la mer du désert, un grain de sable d'un grain de blé, la fleur de l'épine, la neige de la grêle et la grêle de la neige, et le bien du mal.

Edmond et Jules savaient mieux que quiconque que le libertinage sexuel se termine souvent mal, que le labeur intellectuel exige aussi son tribut. Le raffinement conduit à la beauté et à la maturité mais il peut signifier dépérissement et mort précoce. Et aussi démence et chute dans les profondeurs des ténèbres. Partout les spectres montent la garde.

Peu à peu les bras de Jules se fatiguaient. Peu à peu il s'essoufflait.

Tout talent créateur était dangereux, le génie vivait toujours sur le fil du rasoir. Pendant qu'à l'extérieur le feu faisait rage, à l'intérieur la neige fondait. Tous les médecins compétents conseillaient à leurs patients de s'aérer et de faire des mouvements. Et s'il n'y avait pas de consensus définitif sur le bénéfice curatif de la gymnastique quotidienne, il semblait bien que ça ne pouvait pas faire de mal. Beaucoup étaient d'avis qu'il fallait consacrer du temps à entraîner son corps. Les Grecs n'étaient-ils pas le meilleur exemple d'un esprit sain dans un corps sain ? Mais combien d'heures par jour ? Certes, on devait consacrer plus de temps à l'esprit qu'au corps. Le contraire n'était pas concevable.

Mais d'autres tenaient ce genre d'activité pour une sottise dommageable. On se penche pour lacer ses chaussures, on bouge une main pour conduire une fourchette ou un verre à la bouche et pour se frotter les yeux, on plie un bras pour mettre son chapeau ou pour étreindre une femme. On fait des mouvements dans un but précis, la plupart du temps inconsciemment, pas intentionnellement. Mais Jules pensait, et il s'en était ouvert à son frère, que la seule véritable mesure était la démesure. L'excès, l'absence de toute mesure. Balzac l'avait affirmé dix ans plus tôt, d'autres, comme Victor Hugo, dix ans plus tard.

Jules sentait que soulever des haltères le libérait des pensées importunes. Oui, plus la douleur corporelle était grande, plus l'esprit devenait léger. Quand le corps était poussé à ses limites, l'esprit s'en libérait. Devant – derrière – en avant – en arrière. C'est le poids des haltères qui chassait l'esprit du corps. Pour se changer les idées, mieux valait remuer les bras en extension que se promener en fiacre, ce qui distrayait l'esprit mais n'interrompait pas le cours de la pensée car le corps n'y participait pas. De temps en temps, on doit briser les chaînes. Les exercices devant la fenêtre ouverte libéraient des liens, relâchaient les entraves. Dans le dos, la bibliothèque vitrée, la culture de l'occident, de l'orient, de l'Est lointain, du Japon, de la Chine et de ses passions, devenait, au moment du maniement des haltères, une scène de cérémonie escamotable. Ah, Hokusai !

Plus lourds les haltères, plus léger l'esprit. Un mur solide était érigé contre lui. L'esprit devenait léger comme une montgolfière et sans but comme le zigzag du bourdon.

C'était très bénéfique de transpirer comme un terrassier. Mais Jules ne transpirait pas facilement. Bien qu'il portât un sous-vêtement, sa peau sous la chemise restait toujours sèche comme du parchemin. Il n'avait transpiré qu'à la campagne, dans la chaleur de l'été, et durant les nuits étouffantes d'un voyage vers le sud, dans sa lointaine jeunesse.

Les flexions des genoux augmentaient le flux sanguin et ouvraient les vannes de l'inspiration, alors l'esprit pouvait s'élever. Les étirements fracturaient les endroits solidifiés, ouvraient des coffres fermés et fluidifiaient l'encre figée. On manquait de grands hommes qui auraient su décrire dans des termes appropriés les effets de la gymnastique et les enseigner dans les lycées comme au temps des Grecs. L'époque était mûre pour la rime athlétique et le drame sportif.

Il avait lu que bientôt le sport serait pratiqué dans les écoles françaises. Oui, mais quelle méthode privilégier : la scandinave ou la prussienne ?

Edmond ne comprenait absolument pas l'engouement de Jules pour la culture du corps. Il rejetait résolument les convictions de son frère. C'était absurde de les propager et ensuite de les vivre. Mais Jules était contre la modération, et pas seulement quand il était question d'expression, de forme ou de style. Il n'était pas un artisan, il était un écrivain. La modération était pour les lâches. Se limiter était se limiter à ne produire que du médiocre. Il devait tendre l'arc, même dans l'éducation de son corps.

Pour rien au monde Edmond n'aurait soulevé des haltères et il faisait à présent mine de les ignorer quand il entrait dans la chambre où Jules effectuait sa gymnastique matinale, d'ailleurs il y entrait rarement car la sienne – où ils écrivaient aussi – se trouvait un étage en dessous.

Mais il pouvait l'entendre quand il se déplaçait sur le plancher. Il s'était habitué à guetter chacun de ses pas. Il voulait le protéger. Il devait veiller sur lui.

À l'encontre de ce que beaucoup croyaient – et bien que la plupart de leurs intimes en fussent persuadés –, sauf à l'hôtel, ils ne dormaient pas dans la même chambre, ni dans le même lit, ni sous la même couverture et pourtant, il faut bien le reconnaître, ils vivaient comme un vieux couple, à la différence près qu'ils ne se disputaient jamais. Ce qui était vrai, en revanche, c'était qu'ils se partageaient la même femme, qui connaissait leurs besoins mieux qu'eux, mais ça personne ne le savait en dehors d'eux – oui, c'était vrai, Maria, la sage-femme, l'indépendante, la confidente appartenait aux deux frères, mais c'était Jules qu'elle aimait, alors qu'Edmond la préférait à toutes les autres.

Tout ce qui relevait d'un travail physique – Edmond considérait que la passion de Jules pour les haltères en faisait partie – était en général accompli par les domestiques et en disant cela Jules pensait involontairement à Rose, leur bonne folle, morte à présent. Rose, que Pélagie Denis avait remplacée au début de 1868, hantait toujours l'esprit de Jules, parfois lointaine, parfois proche. Troubler la vie des vivants est l'ultime droit des morts. Et Rose en abusait.

Jules regardait pensivement ses pieds nus. Les orteils se redressaient légèrement. Ils semblaient remuer de façon indépendante. On entendait au loin les coups d'un lourd marteau. Puis les chiens s'y mirent. Seuls les oiseaux se taisaient, même les bruyants moineaux.

Si la force du nouveau maître – exactement comme pour l'athlète grec Milon – résidait plus dans ses biceps que dans son cerveau, cela ne voulait pas dire que ce qu'il enseignait à l'élève ne lui serait pas utile plus tard. La gloire allait à l'homme qui avait fait honneur à la *polis*.

Les adeptes tardifs de Milon avaient apporté, à notre siècle de progrès techniques, l'idée de la noble compétition. Pour cela une masse cérébrale extrême n'était peut-être pas requise, mais elle n'aurait pas été possible sans les muscles, comme on peut le voir et l'admirer au musée du Louvre sur les antiques corps de pierre des athlètes grecs et romains.

Bien sûr on ne pouvait pas avancer au hasard et sans un enseignement. Sans être guidé par un athlète éprouvé, que Jules avait trouvé en M. Tourin qui lui révélait les secrets de l'entraînement du corps tout en le mettant en garde contre le danger de demander au corps des efforts qu'il est incapable de soutenir sur le long terme, et aussi contre les dommages irréparables et les déformations qui menacent le contorsionniste. Certains affirment même qu'une gymnastique ne mérite ce nom que si elle est faite en compagnie d'autres hommes. Le gymnaste solitaire ressemble au virtuose du piano qui n'a pas à tenir compte d'autres musiciens, et pour cela peut devenir fou ou mourir précocement. Mais pour Jules, ce sport qui dégénérait en communauté était une atrocité et une mauvaise habitude des temps modernes.

Quand les frères étaient allés en Allemagne quelques années auparavant, ils avaient entendu parler de Jahn, le père de la gymnastique, qui ressemblait plus à un rabbin polonais qu'à un discobole grec. Ils n'avaient pas pu le rencontrer bien sûr car il était mort quelques années plus tôt près d'Erfurt : un représentant plus qu'exemplaire de sa race, astucieux, athlétique, révolutionnaire, antisémite, fort et puissant en tout point de vue. Un homme à la barbe de prophète comme ils purent le voir sur une gravure. Jules l'imaginait sans peine à la barre fixe malgré son air solennel.

Il valait mieux faire sa gymnastique chez soi où personne ne vous observe. Quand on la pratique en public, on s'expose facilement aux railleries, certains ne voyant que la verge qui se balance ou les testicules qui ballottent.

Mais celui qui quotidiennement fait travailler ses articulations et ses os, fait jouer ses muscles et élargit sa cage thoracique, doit se tempérer mentalement. Les exercices corporels ne refrènent pas l'esprit, ils le soutiennent.

Lorsque Jules ressentit les premiers signes d'épuisement, qui devinrent rapidement de plus en plus nombreux, il décida de prendre soin de son corps, comme il s'occuperait d'un membre de la famille jusque-là négligé. Sans se l'expliquer, il en savait plus qu'il aurait voulu en savoir et il lui fut difficile de chasser de son esprit ce qu'il pressentait. C'était comme s'il nageait dans une mer laiteuse sur laquelle tombaient des gouttes de sang qui devenaient de plus en plus grosses. Détérioration de la perception. Il sentait le besoin d'air et de mouvement, de sang et d'eau. Il avait besoin de libérer sa poitrine d'un vêtement trop étroit. Plein d'espoir, il se mit devant la fenêtre ouverte pour respirer l'air matinal où l'on percevait l'odeur du feuillage automnal et de la fumée, car on avait déjà allumé les cheminées et le chauffage. Il chancela et quelque chose se rompit en lui comme si une force étrangère, un être malfaisant atrocement cruel, jetait le désordre dans tout ce qui relevait de l'ordre secret.

*Après, dans une autre salle, étroite, haute comme une tour, j'étais attaché par les pieds, la tête en bas, nu, sous une cloche de verre, et il me tombait sur le corps une masse de petites étincelles, d'une lumière verdâtre, qui m'enveloppaient la peau, et qui à mesure qu'elles tombaient, me procuraient le sentiment de fraîcheur d'un souffle sur une tempe baignée d'eau de Cologne. Enfin j'étais lancé, précipité de très haut, et j'éprouvais une volupté non pas douloureuse, mais d'une anxiété délicieuse : il me semblait passer par des épreuves maçonniques, dont je n'avais pas l'effroi mais dont la surprise m'apportait un imprévu saisissant. C'étaient des jouissances, comme l'émotion d'un péril d'où l'on serait sûr de sortir, et qui vous ferait passer dans le corps un frisson de plaisir peureux**.

---

* *Journal*, 1er janvier 1866. *(Toutes les notes sont de la traductrice.)*

Jules, le dos voûté, paraissait sur le point de perdre l'équilibre, quelque chose n'allait pas. Quelque chose n'allait pas avec l'haltère dans sa main droite, il était devenu plus lourd que le gauche, il haletait et se demandait comment ce serait de vivre parmi les gymnosophistes, ces ascètes indiens qui déambulaient nus et n'avaient pas honte de leur nudité même devant Alexandre le Grand ; devant les femmes aussi ils se montraient sans voile, ils étaient libres et libérés du désir sexuel : c'était leur façon d'être proches des dieux. Jules transpirait sous les aisselles quand il se dépensait, le reste de son corps restait sec.

Ce soir, ils mangeraient des cuisses de grenouilles et parleraient de l'accident. Mais d'abord, le petit-déjeuner. Ils demanderaient à Pélagie d'acheter des cuisses de grenouilles et de les cuisiner avec du beurre, du persil et de l'ail, comme celles qu'ils dévoraient dans leur enfance. Il devait immédiatement laisser tomber les haltères, ils étaient trop lourds et lui faisaient perdre l'équilibre. Edmond et lui avaient rapidement renoncé à l'idée d'appeler la nouvelle bonne Rose, elle garda donc son prénom, Pélagie. Au contraire de Rose, qui avait été une cuisinière exécrable, Pélagie faisait bien la cuisine. Rose utilisait les ingrédients les plus incroyables et pour un résultat à peine mangeable, mais la plupart du temps, ils avaient mangé sans se plaindre ce qu'elle leur avait servi aussi fièrement que si elle était Vatel en personne. Jules éclata de rire. Son rire résonna dans toute la maison.

Edmond sursauta en entendant le vacarme. Il s'agissait, deux fois et pour un court instant, d'un bruit étouffé qui venait d'en haut. Soit les haltères avaient échappé à son frère soit il était tombé, ou les deux, soit il s'agissait d'une troisième chose dont il n'avait aucune idée. Il devait aller voir.

Dès que Jules bougeait, il était en alerte. Il suffisait d'un mouvement, d'un bruit, d'un son, il était sans arrêt attentif à ce qui se passait dans la maison.

Il se dépêcha de monter car il n'arrivait plus à chasser l'idée qu'un danger menaçait Jules. Il devait le protéger. Il l'aimait plus que tout au monde. Pour lui, rien n'aurait été plus affreux et plus intolérable que de le perdre.

Il appela Pélagie pour qu'elle l'aide si c'était nécessaire. Il ne l'avait pas appelée deux fois qu'elle était devant la porte. Donc elle aussi guettait ce que faisait Jules.

Elle le précéda en courant vers la chambre de M. Jules. Elle n'avait aucune ressemblance avec Rose, qu'elle n'avait pas connue.

Il n'existait aucun portrait de Rose. Personne ne l'avait peinte ou photographiée. Si son visage vivait quelque part, c'était dans le souvenir des autres : un visage semblable à un dessin qu'on aurait froissé pour ensuite le défroisser à la hâte. Mais les lignes en étaient restées floues et usées.

Jules était malheureusement tombé. Il n'avait rien. Il avait juste soulevé deux haltères de poids différents, une fausse manipulation.

« Les chiens », dit-il, et Edmond remarqua que les chiens aboyaient. À part ça, tout était calme. Pas de cris d'enfants. Pas de piaillements d'oiseaux. Une faucille fulgurante qui dans le silence déchira le ciel.

Edmond fit sortir Pélagie de la chambre, il n'avait pas besoin d'elle. Jules ne s'était pas blessé. Depuis que Rose avait été démasquée, Edmond se méfiait de l'imprévisibilité des domestiques, même si Pélagie n'avait jamais exigé une prudence accrue. Mais qu'est-ce que ça voulait dire ?

Comme s'il avait deviné le souhait inexprimé de Jules en train de se relever, Edmond cria à Pélagie dans la cage d'escalier d'aller acheter des cuisses de grenouilles, car ils voulaient en manger ce soir, et de les préparer selon la recette de leur mère, comme toujours.

Puis il se tourna vers son frère : « Il vaut mieux que nous ne sortions pas aujourd'hui. »

Jules acquiesça docilement, comme un petit frère qui sait qu'il est sous la garde rassurante de son aîné. Un autre jour tranquille les attendait, pas de visites, pas de théâtre, pas d'amis. Continuer le *Journal*, le livre sur Gavarni – leur ami mort, peintre, aquarelliste et lithographe singulier –, écrire, évoquer et retenir des souvenirs, lire, étudier et écrire, du moins si les chiens les laissaient en paix, les chiens, ces plaies de l'humanité. Combien de fois Edmond avait-il rêvé de les empoisonner, de les étrangler de ses propres mains, de leur trancher la gorge, afin que les aboiements cessent définitivement. Il écouta. Il n'y avait pas le moindre bruit.

Pélagie, qui ne savait ni lire ni écrire, connaissait la recette par cœur quelques jours à peine après son arrivée, Edmond la lui avait récitée presque solennellement pour qu'elle reste gravée dans sa mémoire pour toujours – ou au moins pour le temps qu'elle resterait chez les Goncourt. Elle était intelligente, ce qui pour les maîtres n'était pas toujours un avantage, même si ça valait mieux que l'indolence et la lenteur d'esprit. Des connaissances intempestives ne pouvaient pas toujours être évitées et une parfaite loyauté était un vœu pieux rarement exaucé. Il préférait ne pas savoir ce que Rose, leur bonne morte, avait pu raconter sur eux, et à qui. Et il préférait encore moins se demander comment, spontanément, ils avaient pu avoir confiance en sa loyauté en vivant dans leur appartement de la rue Saint-Georges, comme si personne ne les observait, comme s'ils n'étaient qu'eux deux, Edmond et Jules. Aussi, à présent, dans leur maison d'Auteuil, ils n'osaient plus faire un geste et pourtant ils n'avaient aucune raison de douter de la loyauté de Pélagie.

Mais il n'y avait eu aucune raison non plus de se méfier de Rose.

Edmond n'avait pas pu savoir que quelques minutes avant, Jules – sans le dire – avait eu la même envie de grenouilles que lui ; mais ça ne l'aurait pas étonné, car leurs pensées se rencontraient constamment, ce qu'ils savaient tous les deux et qui avait été l'objet d'innombrables conversations, pareilles au ruisseau sinueux qui ne commence ni ne finit nulle part. Si Jules n'avait fait aucune objection, c'est qu'il était d'accord pour les cuisses de grenouilles. Pas besoin d'en parler.

Hélas, depuis quelque temps, le fil entre eux se rompait de plus en plus souvent.

Edmond aida Jules à se relever.

Le souci qu'il se faisait pour son frère était plus grand que son agacement quant à la cause de l'incident ; Edmond s'abstint donc d'exprimer clairement sa réticence pour la gymnastique et en particulier pour les haltères. Il préférait se taire. En silence, il releva Jules qui était aussi léger qu'un petit chien. Il aimait trop son frère pour lui faire des reproches. Jules faillit tomber contre lui puis son torse se raffermit, il plia les genoux et se redressa, juste un peu chancelant. Proche encore de l'enfance, presque déjà un homme, on l'avait pris pour une jeune fille, qui s'était déguisée pour s'enfuir avec son bien-aimé, dans les auberges où les deux frères s'étaient arrêtés quand, des années auparavant, ils avaient traversé la moitié de la France à pied – un pays lointain, encore inconnu – pour se rendre, *via* Marseille, à Alger, TU T'EN SOUVIENS ?

Malgré sa chute, Jules s'efforçait de faire comme si rien ne s'était passé. Il dit : « Juste un petit incident, une indisposition passagère – sans doute trop d'air frais. » Edmond fit comme s'il ne comprenait pas ce qu'esquivait sa phrase. TU ES MALADE. MALADE.

Bien que la fenêtre fût ouverte, il y avait dans l'air une odeur inhabituelle d'effort physique. Jules avait transpiré. Edmond ferma la fenêtre, c'était l'automne, il commençait à faire froid.

Son empressement masquait son effort pour ignorer les deux poids inégaux que Jules avait soulevés et qui étaient maintenant posés sur le sol, l'un à côté de l'autre. Il était impossible de reconnaître à l'œil nu lequel était plus léger que l'autre. Jules ne fit pas allusion à la différence invisible. Quel poids lui était tombé de la main en premier, il ne savait plus, tout cela s'était passé en son absence.

Edmond soutenait doucement son frère tout en le pressant de se rhabiller et en essuyant avec son mouchoir la salive séchée aux coins de ses lèvres. Jules ne portait pas de pantalon, pas de chemise, il était en sous-vêtements. Ils n'avaient pas encore eu leur petit-déjeuner. Ils le prenaient toujours ensemble. C'était l'heure. Ne pas faire de reproches à Jules n'était pas plus difficile à Edmond que d'essuyer la salive sur son visage. C'était comme s'il prenait soin de la meilleure part de lui-même. Il n'y avait entre eux aucun désaccord, il n'y en avait jamais eu. C'était comme s'ils avaient un seul cœur, une seule âme, une seule raison, une seule main, même le désir sexuel ils l'éprouvaient en même temps, comme s'ils étaient un seul être.

« Il ne faut pas que tu te refroidisses. Tu trembles, tu as froid, non ? dit Edmond.

– Me sens pas…, je… seulement », bredouilla Jules en tordant la bouche pour sourire ; il savait que son frère avait raison.

Les courtes lignes verticales au coin de la bouche, son sourire implicite étaient un dernier vestige de la jeunesse enfuie. Sur le reste du visage, dont la distinction commençait à disparaître, on lisait autre chose. La chevelure autrefois blonde était devenue filasse et clairsemée, la peau détendue, bouffie et blême. À cela, toutes les gymnastiques du monde ne pouvaient rien changer. En fait, elles ne changeaient rien du tout.

Jeune homme, Jules avait été très beau, pas étonnant si tout le monde l'aimait, et s'ils étaient nombreux à le rechercher, les femmes comme les hommes. Mais personne ne serait jamais aussi proche de lui qu'Edmond, pas même Kokolis, le ouistiti dont la mort avait plus affecté Jules que la perte de sa mère. Edmond aimait plus son frère qu'une amoureuse, plus qu'une épouse, plus que lui-même. Il lui avait toujours trouvé des qualités qui restaient cachées aux autres. Son éclatant talent pour l'art, en particulier pour la peinture, que Jules avait d'abord choisie et où il aurait pu devenir un maître autant qu'en littérature, l'avait toujours séduit et enchanté.

Jules s'accrochait à la vie, mais la vie ne s'accrochait pas à Jules. Edmond essayait de penser à autre chose. Tout irait bien. Pourquoi ne trouverait-il en lui des forces insoupçonnées ? Dès son plus jeune âge, quelque chose en lui sommeillait qui ne demandait qu'à s'éveiller, d'abord l'art puis la littérature. La littérature était sa victime et il était la victime de la littérature, la phrase demandait du dévouement, la recherche du mot juste était un voyage vers un continent inconnu. Jules n'était pas seulement plus jeune que lui, il était plus tendre aussi, mais en même temps il possédait une extraordinaire et implacable volonté qui pouvait se cacher sous un air de douceur, le seul que connaissaient les étrangers ; un masque.

Edmond savait clairement que la pensée de la fin imminente de son frère reviendrait, jusqu'à ce que la vie de Jules tombe comme une feuille morte d'un arbre automnal. Les feuilles mortes ne reverdissent pas. Et Jules tomberait aussi. Les feuilles se fanent et se détachent avant de s'émietter comme du tabac sec sous la semelle des passants, les sabots des chevaux ou les roues des voitures. Il ne pouvait contenir ses larmes. Jules ne les remarqua pas et les commenta encore moins.

« Tu n'as pas faim, tu ne veux pas déjeuner ? »

Jules demanda s'il n'était pas trop tard. Edmond sortit sa montre de la poche de sa veste et l'ouvrit.

« Il est huit heures.

– Ta montre n'est pas arrêtée, Edmond ? » demanda Jules en regardant la montre d'Edmond dont il ne pouvait voir le cadran, mais ses sens paraissaient s'être encore affinés.

La montre d'Edmond s'était arrêtée peu avant.

« Tu as raison. Elle est arrêtée. »

Ils entendirent alors tous les deux l'heure se mettre à sonner à toutes les horloges de la maison, d'abord celle à poids du salon, puis celle du premier étage, ensuite la pendule dans la chambre de Jules ; d'en haut et d'en bas, de tous les coins résonnèrent le chant délicat et aussi le grave bourdon que Pélagie était chargée de remonter.

Puis les aboiements des chiens invisibles des voisins s'abattirent, telle une meute affamée, sur les cloches et le bruit de la rue, jusqu'à tout recouvrir.

Edmond se retourna et sortit. « Ne tarde pas, je t'attends. »

Il ne voulait plus voir Jules qui, les mains sur les oreilles, pas à plat comme on pouvait s'y attendre mais les poings serrés, grimaçait de douleur.

3

Messagères des désastres à venir

C'était le soir – il faisait presque nuit –, ils mangèrent des cuisses de grenouilles juteuses en les tenant par le pilon, les doigts brillants de gras.

« Nous sommes-nous demandé ce que nous sommes en train de manger ? » plaisanta Edmond.

Jules rit : « Des glands de pénis. »

Edmond ne faisait pas partie de ceux qui rougissaient pour si peu. Pélagie n'était pas dans la pièce. En fait c'était leur amie, Maria, la sage-femme, qui, une nuit, avait fait remarquer que le gland de Jules avait la même consistance que la chair des cuisses de grenouilles. Entre ses lèvres, dans sa bouche.

Avec lèvres, langue, palais et dents, ils cherchaient les petits os et en détachaient méticuleusement la viande tendre et succulente. Puis ils les suçaient, avant de les poser, raclés, au bord de l'assiette. Ils y étaient passés maîtres. Déjà enfants, à peine leurs nouvelles dents poussées, on leur servait des cuisses de grenouilles à la meunière, préparées selon la recette d'une ancêtre paternelle, transmise de génération en génération. Beaucoup de choses ne changeaient jamais et ne devaient pas changer, même si le reste du monde se drapait toujours plus dans le nouveau. Rien ne devait changer pour une préparation parfaite des grenouilles. Le délicat goût d'épice et l'acidité contenue avec, en arrière-goût, l'amertume du citron, de l'ail et du persil donnaient au plat cette couleur et ce goût sans lesquels la chair de grenouille serait fade.

À droite de chaque assiette était posée une coupelle d'argent (du XVIIe siècle) remplie d'eau chaude où nageait une tranche de citron. Jules et Edmond, souvent en même temps, y plongeaient la pointe des doigts, avant de les sécher avec la serviette qu'ils avaient attachée autour du cou pour protéger leur chemise. Devant chacun, une douzaine de cuisses de grenouilles étaient posées sur une assiette à la bordure dorée. Pélagie avait demandé à Pierre, le frotteur, de se procurer une trentaine de bêtes. Comme si tout était normal.

On ne devait pas être rassasié par cette portion mais affamé. Elles chatouillaient l'estomac et stimulaient l'appétit, comme disaient les philistins. Il y avait aussi du pain grillé bien croustillant. On était à la fin de l'automne. Ils aimaient l'automne.

Ensuite, Pélagie apporta un vol-au-vent garni d'un ragoût à la marinière. Enfants, ils voyaient dans la pâte feuilletée chaude et aérienne, qui s'effrite si vite, les tours d'une forteresse où se cachaient les ennemis de la monarchie, ennemis sur lesquels ils se jetaient, armés d'une fourchette et d'un couteau jusqu'à ce qu'il ne reste rien d'eux, sauf une sauce succulente et de la pâte feuilletée détrempée. Au sein de la pâte croustillante, les moules et les crevettes nageaient dans une sauce liée au jaune d'œuf. Ça sentait la mer. L'art de la cuisine de Pélagie sublimait les tentatives de Rose, sa cuisine faisait ressurgir une bouffée de passé. Rose était aussi bonne qu'intelligente, mais ses créations avaient toujours été un fiasco. Quoique chaque fois servies avec un air de satisfaction anticipée.

Jules sourit, amusé, et Edmond se réjouit, tout heureux, en le voyant sourire.

Ils mangèrent le vol-au-vent. Il était délicieux.

« Les cuisses de grenouilles et le vol-au-vent forment une suite dans le style italien », remarqua Jules ; ce faisant il avala le *l*. Il dit sty au lieu de style. Edmond leva les yeux : Le *l* ? Le *l* ? L'idée en tout cas était originale.

« Les cuisses de grenouilles et le vol-au-vent forment une suite dans le sty itaien », répéta Jules. Cette fois il manquait deux *l*. Et n'avait-il pas dit sui ?

Edmond essaya de ne pas relever les fautes, mais d'où cela pouvait-il venir ? Ce n'était pas de la négligence, c'était l'indice de quelque chose d'effrayant, un signe.

Beaucoup croyaient qu'ils étaient jumeaux même si Edmond avait l'air plus vieux que Jules. Quand l'un s'interrompait au milieu d'une phrase pour réfléchir, l'autre finissait la phrase : comme s'ils n'étaient qu'un. Et ils étaient un.

Lorsque, pour la quatrième fois, Jules voulut porter à la bouche sa fourchette avec, au bout, une moule enrobée de sauce, son visage se figea et sa main hésita entre la table et la bouche, elle tressaillit, avança et recula comme la main d'une marionnette guidée par un montreur pris de tremblote. Ça sentait la mer. Mais ils étaient bien à Auteuil. Chez eux. Dans leur salle à manger, entourés de leurs meubles, de leurs tableaux et de centaines d'objets précieux grands et petits, tout un bric-à-brac qui, un jour, serait admiré comme des antiquités. Très peu de choses venaient de ce siècle, ils s'étaient meublés avec des objets du passé.

« Tu te rappelles e avre ?

– Le Havre ? Tu veux vraiment recommencer avec ça ? demanda Edmond, malgré lui, beaucoup trop haut. Tu ne trouves pas ça bon ? »

Jules bougea à nouveau les lèvres comme s'il voulait encore former le mot Le Havre, mais rien ne sortit, ce qui inquiéta Edmond. Il était alarmé.

« Rue de l'Hôpital, dit Jules clairement. Le petit médecin étranger. Il avait une osse.

– Il avait une bosse ?

– Il avait une osse, oui, oui, une osse. »

Edmond s'en serait souvenu si Jules avait mentionné que le médecin était bossu. C'était nouveau pour lui. Que devait-il en penser ?

« Une osse, une osse », répétait sans arrêt Jules, péniblement, douloureusement, comme obsédé par l'idée de la bosse ou du médecin bossu.

« Tu devrais l'oublier, dit Edmond. Il y a mieux à dire, et mieux à penser. »

MES NERFS, pensa-t-il, MES NERFS !

« Nous voulons tout savoir et nous devons tout s… » Au lieu de finir sa phrase, Jules se mit à bourdonner comme un gros insecte.

Il bourdonnait et bourdonnait sans fin. L'insecte parut s'enflammer dans la lumière avec un cri sifflant et enfin se tut. Jules sifflait et bourdonnait.

Puis il recommença, comme si la bête n'était pas morte, comme si c'était son destin, comme si elle s'accrochait à la vie, comme un être qui cherche à reprendre haleine.

« Qu'est-ce que tu fais ? Arrête, Jules ! »

Jules haussa les épaules comme un enfant pris en faute et se mit à bourdonner de nouveau, puis il regarda son assiette et dit :

« Délicieux. Déi déi...

– Mange, mon cher. C'est excellent. Pélagie est une bénédiction pour notre ménage et pour notre table. Jamais le vol-au-vent n'a été aussi bon. Pas vrai, Jules ? »

Mais Jules ne répondit pas.

« Tu penses à Rose ?

– ...

– Jules, tu penses à Rose ? » répéta Edmond.

Et Jules répéta après lui comme un perroquet docile mais inattentif.

« Pélagie est une bénédiction pour notre table », et il continua à manger en ricanant. Et en montrant les dents.

« Qu'est-ce que tu dis, Jules ?

– Qu'est-ce que je dis, Jules ? Grenouiepéagieragoût. Et e Havre, je dis. »

Il réfléchit, il se tut.

« Quel bourdonnement ? » Une phrase correcte.

« Je l'ai entendu », répondit Edmond.

Par chance, Pélagie n'était pas dans la pièce. Personne ne pouvait les entendre, personne ne pouvait s'étonner, personne ne pouvait écrire dessus, personne ne pouvait le rapporter, personne n'en était témoin, ils étaient entre eux, pensa Edmond, ils étaient comme toujours mais ils ne pensaient plus la même chose.

Edmond versa du vin, pour que Jules pense à autre chose, mais il savait très bien qu'il n'avait plus accès aux pensées de Jules. Le Havre n'avait jamais quitté son esprit non plus, bien que le destin eût frappé à Paris et non au Havre, et bien que ça lui évoquât seulement des souvenirs agréables quand il pensait à Sainte-Adresse toute proche, où ils avaient séjourné plusieurs fois pour une villégiature réparatrice. Il se souvenait de la fraîche maison blanche et du peintre Manet, qui aimait peindre là-bas en plein air. Peu de gens connaissaient ce nid endormi, y séjourner était toujours agréable.

« Tu te souviens ? dirent-ils tous les deux en même temps.

– Oublie Le Havre, supplia Edmond. Le Havre n'est qu'une ville avec un petit médecin étranger. Et bossu, si tu le dis. » Il cligna nerveusement des yeux.

UN PETIT MÉDECIN ÉTRANGER était suspendu dans la pièce comme un tableau accroché de travers. Et aussi : bossu à présent. Jules l'avait clairement devant les yeux, un peu plus grand qu'un nain, une vague image tordue du prince Napoléon, le cousin de l'empereur, le frère de la princesse Mathilde.

« Demain nous irons faire une visite à Mathilde, dit Edmond.

– Ma… ma, bredouilla Jules.

– La princesse Mathilde Bonaparte.

– Bo… bo », bégaya Jules.

Pélagie avait déjà enlevé les assiettes mais un souffle de brise de mer s'attardait encore dans la pièce.

Jules se souvenait du Dr Maire et de la maison de traviole, dont le premier étage bombait comme le ventre d'une femme enceinte. On avait peur qu'elle s'effondre et que l'intérieur des maisons, appuyées sur elle, se répande sur les passants qui se serraient peureusement le long des murs. Des lits, des armoires, des tables, des chaises, des vêtements, du linge, de la vaisselle, du bric-à-brac, les discrets rebuts de familles entières menaçaient de se vider dans la rue. Pourquoi avait-il consulté justement ce médecin qui après un examen sommaire avait diagnostiqué une syphilis ? Conjurer le mal par le mal serait extrêmement prometteur, une méthode depuis longtemps éprouvée à Paris, avait expliqué le petit homme irascible en levant sa main droite sur son crâne chauve où s'était posée une mouche qui, sans attendre le coup, s'était envolée pour se poser sur la rondeur de sa bosse. Jules ne se rappelait pas pourquoi il n'avait pas consulté un autre médecin. Qui lui avait conseillé le Dr Maire, peut-être le hasard ?

Jules n'avait pas très bien compris ; il avait demandé un temps de réflexion et n'était plus revenu. Personne ne l'avait cherché pour le traîner comme un pauvre pécheur chez un médecin, comme il l'avait rêvé une fois. Deux années plus tard, il apprit que l'Académie de médecine de l'Empire avait fait interdire l'inoculation délibérée des chancres – la tumeur était ouverte et l'humeur infectée était inoculée à un tissu sain. Le procédé inventé et appliqué par le Dr Auzias-Turenne était si controversé que le préfet de police de Paris avait finalement interdit son utilisation même chez les prostituées syphilitiques. Un but thérapeutique ne pouvait pas être prouvé, la docile acceptation de la maladie et de la mort, en revanche, si.

Bien sûr, Jules ne se souvenait pas du nom de la prostituée qui l'avait infecté à l'âge tendre de vingt ans. Mais qu'importe le nom, Chouchou, Minet ou Nounou, c'était rarement celui sous lequel elles avaient été baptisées : Mathilde comme la princesse, Marie comme la mère de Dieu, Émilie comme leur sœur qui était morte enfant ; un tas de noms impérissables qui avaient troqué la pieuse crinoline contre une guenille qui avait vu des jours meilleurs.

C'était courant que les jeunes putains se présentent avec leur nom de guerre, les michetons aussi préservaient leur anonymat, il leur suffisait, il est vrai, de taire leur nom ; pareil d'ailleurs pour les vieilles prostituées ou les patronnes de bordel qui se faisaient appeler Mademoiselle ou Madame. Les noms de leurs jeunes protégées – vrai ou faux – étaient aussi banals que les moments qu'on passait en leur compagnie. Sauf s'il en restait quelque chose qui allait déterminer le reste de votre vie. Comme c'était arrivé à Jules.

Jules avait même oublié l'expression de ce visage, comme il avait oublié des milliers d'autres visages rencontrés au cours de ces décennies – il avait à présent trente-huit ans –, au théâtre ou au restaurant, et qui s'étaient aussi peu gravés dans son esprit. C'était certainement le visage d'une femme jeune, la plupart de ces filles étaient jeunes, car sans cesse renouvelées. Celles qui essayaient de déjouer le vieillissement, leur nudité avait vite fait de dévoiler le mensonge, il est impossible de vieillir discrètement dans le plus vieux métier du monde sans qu'on le remarque, le corps nu dit tout.

Le visage du messager de la calamité à venir était comme une feuille de papier dans une enveloppe à jamais scellée. Même s'il la déchirait, le texte restait impénétrable, altéré par le temps, comme une vitre devenue opaque. Il n'avait plus aucun souvenir de son corps, sauf qu'il croyait parfois sentir sa main chaude sur son ventre et peut-être aussi le contact de son abondante chevelure crêpelée – du sang créole coulait dans ses veines. Mais que savait-il de la toilette féminine et des différentes races, de la peau, des cheveux ? Assez pour pouvoir écrire dessus, après s'être plongé dans le sujet. Ça suffisait. Plus n'était pas nécessaire.

Un rayon de lumière pâle tombait sur la table de la salle à manger, sur la vaisselle, les serviettes monogrammées, les plats, les couverts. Sur la cheminée brûlaient deux lampes à pétrole. Les chiens du quartier étaient silencieux. Les gamins du quartier étaient silencieux, Jules était silencieux. Seule l'horloge faisait tic-tac. Jules entendit son frère lui demander s'il allait bien, Jules hocha la tête. Jules hocha la tête plusieurs fois. Jules réfléchit, oui, il se sentait bien. Il hocha la tête. Il s'appelait Jules. Il s'en souvenait.

Après que Dieu eut créé le coït, et l'homme l'amour, des gens qui avaient le sens des affaires inventèrent la fille qui simulait les deux pour de l'argent. C'était une de ces filles et son lit fut l'échafaud où Jules posa la tête, son cri de plaisir, le jugement qui fut prononcé et son sexe, la hache qui décida de son destin.

Il y avait longtemps que le cri de plaisir que la fille avait poussé – un plaisir qui n'était que feint – ne résonnait plus dans son oreille.

Il aurait dû l'écrire mais Edmond qui le protégeait de tout l'aurait aussi peu supporté que la mention de sa vraie maladie.

Par l'échange des fluides, le mal l'emporta sur le bien, il en a toujours été ainsi ; aussi souples qu'un serpent, les poisons s'étaient infiltrés dans son sang et avaient contaminé les bons fluides, décomposant son corps de l'intérieur. Ils seraient vainqueurs, ça ne faisait aucun doute ; il ne fallait pas s'attendre à une guérison. Aussi vieille et hors de combat que soit la maladie, celui qui lui tombait dans les bras devenait sa fontaine de jouvence où elle se régénérait joyeusement. Sa force ne s'épuisait jamais, sa rage de destruction s'attisait sans cesse.

Edmond ne supportait pas que Jules en parle. Quand celui-ci essayait, il s'empressait de changer de sujet. Si quelqu'un d'autre avait été contaminé, que ce soit un étranger, un politicien, un aristocrate ou un laquais, qu'il soit ami ou ennemi, homme ou femme, il lui en aurait parlé avec le plus grand naturel ; le rang et le nom ne jouaient aucun rôle étant donné la quantité de choses que chacun – et le reste du monde – arrivait à savoir du malheur des autres. Des autres peut-être, mais pas de son petit frère.

Quand il s'agissait, dans leur roman *Germinie Lacerteux*, de raconter la déchéance physique et morale du personnage principal, Edmond ne manquait ni d'imagination ni de sang-froid pour décrire le cours de la maladie, et cela, avec toute la rigueur requise. De même que Jules n'avait aucun scrupule à s'en tenir à la vérité dès lors qu'elle prenait appui sur la réalité.

Mais envisager d'utiliser la déchéance inexorable de Jules pour créer un personnage de roman, il n'en était pas question. La sérénité n'était permise que lorsqu'il s'agissait du destin des autres. Là, ils pouvaient, en toute conscience et sans égard pour la sensibilité de leurs contemporains, insister sur la chronologie de la maladie.

Les manœuvres de diversion d'Edmond, dès que Jules y faisait allusion, réussissaient toujours.

Jules lui laissait croire qu'il ne s'agissait que d'une indisposition naturelle, causée par un surmenage intellectuel permanent. Il s'était habitué à ne pas contredire son frère aîné, d'autant que ça le rassurait qu'Edmond ne proteste pas. Il n'était pas d'accord, il n'acquiesçait pas de la tête, il se taisait. Son silence paraissait suffire à rassurer Edmond. Croire que la diminution constante des capacités intellectuelles de Jules était causée par le raffinement toujours plus grand de son écriture était pour lui bien plus réconfortant que le nom et les symptômes d'une maladie.

Il aurait peut-être été préférable que son frère revienne à la peinture. C'était un dessinateur de talent, un peintre doué. Il lui était plus facile de manier la plume que de tenir son esprit sous contrôle.

Jules tressaillit violemment quand Edmond lui ôta la fourchette de la main et qu'elle tinta en heurtant l'assiette.

« Tu es trop sensible, mon petit, trop sensible », dit Edmond, et il avait raison, Jules était devenu aussi hypersensible au bruit qu'un compositeur ou un musicien, à qui une fausse note donne des idées de meurtre parce qu'il y perçoit une dissonance qui échappe au profane.

Il y avait dans la voix d'Edmond plus de tendre amour que Jules n'en avait jamais entendu dans la bouche d'une femme. L'amour des femmes ne lui manquait pas. La femme qui aime est aussi exigeante et fatigante que l'amour lui-même, qui distrait de l'essentiel, et cet essentiel ce n'est pas l'amour, mais l'œuvre qu'on crée, qu'ils créaient et devaient créer, l'œuvre qui leur incombait à eux, les frères Goncourt, et sur laquelle beaucoup crachaient, parce qu'ils ne la connaissaient pas ou tout simplement ne la comprenaient pas.

« Tu veux entendre quelque chose de gai ? dit Jules, entièrement changé.

– Oui », répondit Edmond, et Jules dit : « Quelque chose d'amusant. Amusant. Tu te souviens de l'oncle Adolphe ? »

Edmond acquiesça et, dans ce que lui raconta Jules en phrases incomplètes et confuses, Edmond reconstitua une histoire qu'il connaissait depuis longtemps.

À dix-sept ans, Jules avait accompagné l'oncle Adolphe qui allait déjeuner chez un vieil ami d'enfance près d'Orléans. Ils arrivèrent à midi et furent priés de passer aussitôt à table. La maîtresse de maison sentait le gâteau et le four comme si elle avait préparé le repas elle-même. « Gâteau et four », dit Jules, et il ne se lassait pas de répéter « gâteau et four, gâteau et four ».

L'hôtesse pria Jules de s'asseoir à côté d'elle et, dès les hors-d'œuvre, se mit à lui lancer des regards sans équivoque tout en lui murmurant des phrases ambiguës pendant que ces messieurs s'entretenaient de politique et de finances. Aussi ne s'aperçurent-ils pas de l'incroyable effronterie de l'audacieuse hôtesse qui se mit à parler à Jules comme à un enfant qui ne comprend pas ce qu'on lui dit. Mais ce qui aurait fait rougir même un soudard resta entre eux. Plusieurs fois elle lui toucha la cuisse en douce et lui saisit le sexe, ce qui ne fut possible qu'après qu'il eut poussé sa chaise plus près d'elle. « Un jeu d'enfant ! »

Au début, tout était de son fait à elle mais, quand le petit Jules comprit ce qu'elle voulait, il tendit sa jambe droite – « ma jambe ! » –, ensuite sa cuisse – « ma cuisse » –, jusqu'à ce qu'il s'enhardisse de plus en plus et glisse presque sous la table au point que la chaise parte en arrière – sous les rires amusés des messieurs qui ne comprirent pas le sens de cette chute – et qu'il se retrouve sur le derrière.

Quand ils furent à nouveau dans la calèche pour rentrer, l'oncle Adolphe affirma qu'il avait eu peur de devoir se battre en duel avec son vieil ami à sa place. Celui-ci se mit alors à rire jusqu'à en avoir les larmes aux yeux.

Il but une gorgée de vin. Tout était comme avant, si ce n'est que Jules ne se rappelait pas qu'il lui avait déjà raconté cette histoire.

De la même façon qu'il avait oublié que l'oncle Adolphe, en l'honneur de cette visite, lui avait prêté un jabot de dentelle tiré de sa propre armoire, car il craignait que son neveu fasse aux hôtes une impression trop provinciale, ce qui bien sûr n'était rien d'autre que l'expression de son propre provincialisme.

« Au moins la chemise et le pantalon restèrent propres, si tu vois ce que je veux dire », aurait-il plaisanté.

Et tous deux auraient ri.

« Nous devons consigner cette histoire, dit Edmond. La chute est trop belle. Pas étonnant que cette femme ait eu un coup de foudre pour toi, blond, beau et gai comme tu étais. Quelle femme digne de ce nom renoncerait sérieusement à être choyée par un si charmant chérubin, surtout si elle a atteint un certain âge. »

Jules se souvenait-il de son érection qui n'avait pu échapper à sa séductrice, quand il gisait sur le sol comme un hanneton sur le dos ?

« À mon avis, tu as eu certainement plus de bonheur et de plaisir que j'en ai eus avec Mme Charles, cette créature courte sur pattes sur qui je suis tombé à seize ans. C'est vraiment un miracle que la vue de sa nudité ne m'ait pas ôté tout désir sexuel et que je ne sois pas devenu pédéraste. Je suis pris de dégoût quand je pense que je l'ai prise et que j'ai supporté ses cris de plaisir sans vomir. Son torse avait la forme d'un losange sur lequel un dieu mal inspiré aurait vissé deux jambes et deux bras courts. Elle ressemblait à un crabe tombé sur le dos quand elle m'a attiré sur sa couche. Comment ai-je fait pour y survivre ? Ai-je vraiment pu durcir ? À vrai dire, je me rappelle mieux à quoi elle ressemblait que mes pulsions juvéniles capables de s'éveiller et de se dresser, même devant une aussi dégoûtante créature.

– Sans doute avait-elle une belle poitrine ronde ? dit Jules.

– Qui sait, qui sait ? »

Ils éclatèrent de rire en se peignant toutes les possibilités, aussi ne remarquèrent-ils pas que Pélagie était entrée pour débarrasser la table. C'était comme s'il ne s'était rien passé, comme si rien n'avait changé.

Il avait vingt ans quand il avait été infecté, il avait consulté un médecin parce qu'une tumeur rougeâtre, aussi petite qu'une piqûre d'insecte, s'était formée à l'aine. Ni choqué ni perturbé – les maladies sexuelles étaient son pain quotidien –, le médecin lui avait fait part de ses craintes.

« On n'en meurt pas », avait affirmé autrefois Edmond pour le tranquilliser.

Le médecin, lui, s'était bien gardé de faire des prévisions.

« Je recommande une syphilisation, avait-il dit. Je suis persuadé qu'on ne combat le mal que par le mal. »

Ensuite, il leur avait expliqué ce que ça signifiait.

Le nom et le visage de la putain s'étaient effacés mais pas la chambre misérable où Jules s'était livré avec elle à cette chose si banale. Il avait juste vingt ans et aucune expérience, il connaissait seulement la masturbation et le désir inassouvi, et cette situation ridicule où il s'était laissé embringuer chez l'ami de son oncle.

À l'inverse de sa personne, la chambre dans laquelle il avait été contaminé dix-huit ans avant était aussi présente à son esprit que s'il ne l'avait jamais quittée, un réduit où on l'avait enfermé et dont il ne pourrait plus s'échapper ; il pouvait l'oublier pendant des jours et des semaines mais jamais plus longtemps, jamais pendant des mois. Le cachot était toujours là. Pourquoi était-il allé chez la putain sans son frère, ce n'est noté nulle part. En 1850, l'année où ça s'était produit, ils ne tenaient pas encore leur *Journal*.

On peut y voir un hasard mais c'est au moment où la maladie s'installa en lui qu'explosèrent ses capacités de poète et d'observateur exceptionnel de son temps ; le peintre et le dessinateur avaient quitté la scène.

D'autres l'avaient dépassé sans effort dans ce domaine, comme Gavarni. Pour juger de cet abandon, il faut voir avec quelle liberté, sans jalousie et sans ressentiment il admirait Gavarni et se réjouissait d'avoir fait sa connaissance et d'avoir gagné son amitié ; mais trois ans après, Gavarni mourait. Ils parlaient souvent de lui, très souvent.

« Gavarni », murmura-t-il.

Edmond hocha la tête, bougea les lèvres : « Gavarni... »

Retour dans le réduit de sa maladie, il entendait dans le lointain un Chopin soûl couper du petit bois sur un piano désaccordé, en frappant sur les touches comme un sourd, jusqu'à ce qu'enfin, il s'arrête. Quelques cordes détendues pendouillaient probablement en se balançant çà et là. Le vent qui s'y joignait s'efforça de les faire tinter mais trop légèrement pour qu'il les entende. Puis elles ne bougèrent plus.

« Sss...

– Jules, mon garçon ? »

Le cheval ruait.

Les chiens aboyaient.

Les enfants criaient.

Le piano s'était tu.
C'était déjà ça.

Le rideau était couleur de pisse d'enfant, sa bordure cassait sur le sol comme une robe du soir trop longue, traînant dans une flaque d'eau sale. La fenêtre était à demi ouverte, un souffle de vent chaud, mêlé à une odeur salée apportée par la mer, effleurait Jules, effleurait le jeune homme, autrefois, le soir où elle avait instillé en lui le poison. Dans le clair de lune étouffant dansaient des papillons de nuit. L'humidité suintait partout. La sueur sur son corps le protégeait de la lune, pas de la femme. Le vent chaud transportait les maladies des matelots et la mélancolie du pays. Il n'y avait pas de place pour la sentimentalité. Dans un coin, une chaise, son siège, tourné vers le mur, ressemblait à un écolier mis au coin puis oublié. Sous la table de toilette s'étirait une double flaque qui ressemblait à du sang, des bulles transparentes s'y étaient formées, ce n'était pas du sang, ça y ressemblait seulement, c'était de l'eau savonneuse avec laquelle la prostituée avait lavé la sueur et le sperme de son prédécesseur. Bientôt elle ferait la même chose avec ce qui resterait de lui. Sur la table de toilette était posée une cuvette en faïence grise.

Quelques jours après étaient apparus les premiers signes de la maladie contre laquelle on l'avait mis en garde sans lui dire comment l'éviter. Personne n'avait exigé de lui une totale abstinence, finalement il fallait bien que la race se perpétue, même si le prix à payer était de se mettre en danger de mort.

Il n'avait pas prêté à la première éruption plus d'attention que nécessaire, il n'avait alors que vingt ans, il était si jeune, si beau, en si bonne santé. Il avait dû certainement contaminer un certain nombre de femmes. Même s'il ne s'en vantait pas comme certains, il n'en avait pas honte non plus.

Qui mieux que la putain qui l'avait infecté savait quel risque on prenait à coucher avec un étranger ? Était-ce vraiment dans la chambre de celle dont il ne se souvenait pas qu'une partie de lui était restée, et pas chez la suivante dont il ne se souvenait pas non plus ?

Aussi peu que lui, elle savait comment éviter la contagion sans rester vierge. Elle connaissait seulement l'incurabilité de la maladie napolitaine qu'ailleurs on appelait le mal français. Tout au long des siècles qui avaient suivi sa première apparition, ce fléau s'était installé partout où vivaient les hommes. Beaucoup y survivaient, il y a toujours des miracles.

Même à Edmond, il avait gardé le secret pendant quelques heures, alors qu'il ne lui cachait rien, comme Edmond ne lui cachait rien, car ils n'étaient qu'un. Edmond avait blêmi lorsqu'il avait vu l'abcès qui quelques jours après avait guéri et disparu comme s'il n'avait jamais été là. Cela signifiait simplement qu'il s'était retiré dans le corps pour mieux s'y s'incruster, rassembler ses forces pour, un jour, célébrer sa résurrection, plus fort et plus dangereux qu'avant.

Ils n'avaient mentionné l'infection dans le *Journal* que quatorze ans après. Edmond n'y avait rien objecté. On ne devait pas mettre la vérité sous le tapis, aussi sombre qu'elle puisse être, elle ne devait pas fuir devant la lumière du jour. Comme tout ce qu'ils disaient, entendaient et pensaient, elle méritait d'être consignée pour la postérité. Le *Journal* faisait partie de leur œuvre, de leur vie, la priorité en mouvement.

Dieu avait créé le coït, l'homme l'amour. Si Dieu s'était limité à l'amour, tant de morts de tous âges qui à présent brûlaient en enfer auraient été épargnés, se disait Jules. L'amour n'est qu'une courte convulsion. Bien plus longues que son côté agréable en sont les suites éventuelles.

Si quelque chose promettait un succès, c'étaient bien les bains d'eau chaude minérale, les thermes de Leuk, les bains de Royat où ils étaient. Même les Romains y voyaient une promesse de guérison. On racontait de véritables miracles. La nature corrige la nature et se guérit elle-même.

« Combien crois-tu que l'homme peut supporter de degrés avant de s'enflammer ? demanda Jules à son frère.

– Qu'est-ce qui te fait demander ça ?

– Supposons qu'un homme quelconque soit atteint d'une terrible maladie qui ne peut être guérie que si on chauffe le sang du malade jusqu'au point d'ébullition et qu'ainsi la maladie est brûlée ?

– Le danger que la combustion soit mortelle est trop grand. Il mourra avant que ne meure la maladie qu'il veut soigner. »

En septembre 1868, ils avaient échangé leur appartement de Paris contre une maison au 53 boulevard de Montmorency à Auteuil, et le bruit de la ville contre le silence de la campagne, c'est en tout cas ce qu'ils avaient espéré. La proximité du train de ceinture, qui leur permettait d'atteindre la gare Saint-Lazare pour quelques sous, avait présenté un attrait de plus.

Ils avaient pu acheter la maison, qui coûtait quatre-vingt-trois mille francs, en vendant leur propriété de Breuvannes et Fresnoy dans la Haute-Marne, près de Vittel. Ils étaient loin de se douter que Jules ne vivrait que deux ans dans leur nouveau foyer. Derrière les murs précieusement tendus de la maison les attendaient l'aliénation mentale, la déchéance corporelle, l'horrible agonie, la mort précoce.

Jules n'avait aucun souvenir du goût des fraises. Il ne se rappelait pas l'odeur d'un feu ou de la neige, ni le goût d'une pomme ou de la crème. Il ne se rappelait pas non plus de la veille. Il ne savait pas comment l'écrire. Quoi écrire et pour quoi faire. Il confondait les lettres et les chiffres. Que signifiaient-ils ? Était-ce l'été ? C'était l'été ? C'était donc l'été ? On était lundi, mercredi, samedi, un jour de semaine, un dimanche ou un huitième jour ? Combien de jours deviennent nuits ? Il ouvrit les yeux – il était sur son lit, tout habillé – et essaya de se rappeler ce qu'étaient un mois, un jour, une année, ce qu'étaient une fraise, une pomme, de la crème, mais il n'en avait aucun souvenir, les mots qui désignaient les objets s'étaient envolés et, comme les objets n'avaient plus de noms, ils étaient devenus inutiles, n'avaient plus ni poids ni contour. Il ferma les yeux, sombra dans son corps comme on sombre dans un marécage. Lentement, continûment. Ce n'était pas désagréable. Des décennies de connaissances étaient devenues indiscernables, inconsistantes comme disparues en une seconde et sans laisser de traces.

Il ne possédait plus que quelques mots épars, des choses inutiles, des lettres et des syllabes qui ne s'assemblaient pas et n'allaient pas ensemble, des fragments rétifs. Il les ramassait et les laissait retomber, sans arrêt, cent fois, mille fois.

Mais il avait faim. Tout au fond de lui quelque chose criait pour être rempli à ras bord, pour que le trou, de la taille d'une vessie de porc, ne s'agrandisse pas. Le trou était déjà assez grand et il avait peur que ça empire. Dehors il faisait sombre. Aucun chien n'aboyait. Aucun vent ne mugissait. Il entendit le martèlement d'une locomotive qui approchait. Il se leva et regarda en lui-même de haut. Dans la maison tout était tranquille. Ils étaient tous partis mais c'était qui, ils ? La lampe à pétrole brûlait sur la table de nuit, le réservoir était presque vide. Elle allait bientôt s'éteindre. La mèche de la bougie était inaccessible. Il voulut appeler. Comment faire ? Il y avait toujours quelqu'un pour l'entendre, mais qui ? Où ? Il ouvrit la bouche, mais seul un bredouillement franchit ses lèvres. Il ferma les yeux. Il poussa un long gémissement qui résonna sur les murs vides, y resta suspendu, ils se remplirent de ses cris, des cris de bête, des dessins aux murs. La pièce était crépusculaire. La lampe ne brillait plus. D'habitude elle brillait. Il savait ce qu'était une lampe. Il savait ce que voulait dire briller, mais qu'est-ce que ça signifiait quand elle ne brillait pas ? Peut-être que la connaissance reviendrait peu à peu en lui comme un serviteur fugitif, plein de remords, comme une balle qu'on jette vers le ciel et qui retombe toujours sur la terre. Il savait ce qu'étaient un serviteur, une balle, une lumière, il ferma les yeux, il savait ce qu'était le sommeil, à quoi ça servait de fermer les yeux. Il se rallongea, raide comme un bloc de bois, des nœuds des branches duquel seraient sortis bras et jambes. Il jeta le ciel dans la balle et le serviteur et la lumière.

Sur le toit en pente de la mansarde se dessina le visage d'un homme dont il ne se rappelait pas le nom, un écrivain, un directeur de théâtre, un ami, un parent de la princesse, son frère, l'empereur ? On fait de la musique avec huit notes et trois octaves, des vers avec vingt-six lettres sur des milliers de pages, le bonheur avec ce qui reste. Les enfants sont comme la crème : plus on les bat, meilleurs ils deviennent. Après quelque temps le bonheur fond et la crème se liquéfie, elle aussi.

Sur le dos de sa main le sang courait à flots, des flots de sang. Ils avaient battu les enfants comme plâtre. À cet instant il sentit son membre se gonfler et il gémit très fort, une fois, deux fois, trois fois, puis la porte de sa chambre s'ouvrit et Edmond entra dans la pièce avec une bougie. Alors il se souvint de tout, de son visage, de ses mains, de sa poitrine, de ses cuisses, puis il perdit à nouveau conscience et oublia tout ce qu'il avait su.

4

Une marche dominicale en 1860

La musique militaire était la seule musique qui ne les mettait pas en fuite. Ils dressèrent donc l'oreille lorsqu'un dimanche matin, un peu avant midi, une fanfare se mit à jouer deux ou trois marches poussivement entraînantes, en l'honneur d'Adolphe Sax, devant la fabrique d'instruments ; apparemment, on devait lui remettre une médaille ou un titre honorifique quelconque. Une entreprise couronnée de succès comme Sax était accoutumé à ce genre d'hommages et de marques d'honneur, tout comme à de périodiques crises financières, dont on n'avait connaissance que lorsque les intéressés étaient acculés à une faillite définitive, ce qui n'était pas le cas de Sax. Il était couronné de succès la plupart du temps mais bruyant en permanence, et peut-être était-il particulièrement couronné de succès parce qu'il était plus bruyant que les autres.

Ils logeaient à l'arrière de la maison et leurs fenêtres donnaient sur une cour intérieure, mais la musique, se jouant de tous les obstacles, arrivait jusqu'à leurs oreilles. Même quand ils fermaient les fenêtres.

Bien sûr, la vraie musique était bien différente et – derrière les fenêtres fermées – bénéfique, mais pas forcément agréable car traversée par le bruit des instruments éternellement à l'essai dans les ateliers de Sax : trombones, trompettes, flûtes et cornets, tubas et saxophones évalués sur leurs performances dans tous les registres imaginables. Ils avaient tous un point commun : il valait mieux les entendre de très loin si on ne voulait pas courir le risque d'avoir le tympan déchiré ou de devenir fou, qu'on y souffle fort ou doucement, tous les instruments étaient insupportables à l'oreille, voire douloureux, surtout pour des êtres comme eux, dotés de nerfs plus sensibles que les gens normaux. Il est significatif que les Allemands, qui se font toujours remarquer, aient un mot particulier et plus expressif quand le tympan est déchiré*. Dans la manufacture Sax, combien de tympans de travailleurs et de musiciens avaient-ils été déchirés, combien de passants innocents qui flânaient là par hasard, étaient-ils devenus sourds par un coup de trombone ou de trompette, et combien d'enfants ou de bonnes d'enfants, mortellement effrayés quand le son strident des cuivres leur avait percé les oreilles ? Jules et Edmond auraient dû savoir, quand ils avaient emménagé ici en 1851, que les ateliers d'Adolphe Sax étaient installés dans le quartier depuis presque dix ans. Mais la modicité des loyers, qui d'ailleurs n'était pas étrangère à la bruyante présence des ateliers Sax comme ils allaient bientôt l'apprendre à leurs dépens, les avait convaincus et cloués trop longtemps dans la rue qu'ils quittaient à présent.

S'ils avaient habité dans un quartier tranquille, la musique aurait pu leur être indifférente et, à une distance convenable, peut-être l'auraient-ils appréciée, même si elle ne comptait pas beaucoup pour eux ; mais à présent ils en étaient venus à exécrer toute forme de musicalité ; ils auraient aimé fermer leurs oreilles devant ces sons qui les laissaient de marbre, mais comme les cuivres résonnaient dans toute la maison, c'était impossible.

Contre ce vacarme, même le piano que quelqu'un maltraitait parfois à l'étage du dessous était impuissant.

Ils ne seraient allés pour rien au monde à l'opéra ou au concert, Sax leur avait rendu impossible l'amour de la musique ; ils ne lisaient jamais ce qui était écrit dans les journaux sur les nouveaux opéras ou sur les symphonies, ils n'avaient ni compositeurs, ni pianistes, ni chanteurs dans leur cercle d'amis ou parmi leurs connaissances, ils ne s'intéressaient même pas aux commérages qu'on pouvait faire sur eux. Ils n'éprouvaient aucun intérêt pour les hommes qui pratiquaient un art qui les laissait froids et ne comprenaient pas qu'on

* *Tympanon*, et *trommelfell*.

se pâme devant les noms de Paganini, Liszt, Rossini, Meyerbeer, Halévy ou Offenbach. Ils ne fréquentaient pas les cercles musicaux et, dans ceux qu'ils fréquentaient, il n'y avait aucun musicien. On n'avait même pas besoin de s'éviter : les cercles n'avaient aucun contact, musique et littérature étaient naturellement séparées.

C'était déjà assez que Rose, leur bonne, chantonne des airs tirés pour la plupart d'opéras célèbres ou d'opérettes qu'elle avait entendus Dieu sait où. Par un « Rose, assez », l'un ou l'autre la faisait taire. Rose connaissait leur aversion pour ce genre de chansons et murmurait une excuse, mais avec un air amusé : « Oui, oui, pardon, pardon... »

À leurs oreilles, tout sonnait pareil. Que ce soit une chanson, une sonate ou une symphonie, la seule chose qui pour eux faisait une différence, c'était l'intensité, mais comment cela pouvait-il plonger quelqu'un dans le ravissement, cela leur était incompréhensible. Quand il s'agissait d'une marche ou d'un cancan, ils pouvaient au moins suivre le rythme et ils savaient reconnaître une valse : avec les marches on défilait et avec le cancan les jambes se levaient haut sous les jupes plissées.

Même s'ils n'allaient pas, comme leur ami Théophile Gautier, jusqu'à tenir Charles Gounod pour un âne ni jusqu'à penser que la grande idée de Verdi avait été de remplacer le triste *trou trou trou* par *tra tra tra*, Jules et Edmond, comme tous les écrivains qu'ils connaissaient – Balzac et même Victor Hugo –, étaient fiers d'être des profanes en musique, d'en être même d'authentiques détracteurs, sourds aux jolies mélodies, insensibles à la subtilité des accords comme à l'élan symphonique, et, bien entendu, ils n'accordaient aucun intérêt aux principes théoriques ou autres extravagances. L'apport du contrepoint ou de l'harmonie n'était pour eux qu'une formule magique, dont la logique leur échappait, comme elle échappe d'ailleurs à la plupart des musiciens amateurs ; cela visait uniquement à provoquer une excitation esthétique chez l'auditeur impuissant, oui, de le plonger tout simplement dans une exaltation hystérique qui rendait toute pensée impossible en la suspendant ; pas vraiment différent du jeu agile des soi-disant virtuoses. Si la musique avait un but, c'était de rendre le silence encore plus jouissif quand enfin il se faisait.

C'était un miracle que le fabricant d'instruments, dont ils ne voyaient jamais le visage, ne les ait pas fait fuir plus tôt ; qu'ils aient pu vivre en face de lui depuis des années ; ils avaient d'abord habité le rez-de-chaussée avant de monter au quatrième étage, sur le même palier qu'Anne Deslions, une courtisane bien connue ; mais le déménagement n'avait en rien changé l'ampleur du vacarme, au contraire, plus ils étaient haut, plus le fracas devenait assourdissant. Rien ne pouvait mettre un terme aux coups de clairon, aux tirs en rafale et aux flatulences des soupapes.

C'est peut-être ce qui avait causé la mort de Kokolis. Ils avaient souvent envisagé cette possibilité et regretté de ne pas l'en avoir préservé. Mais c'était plus probablement par bêtise que le petit ouistiti, qu'ils avaient ramené en 1854 de Sainte-Adresse, était tombé de la fenêtre : persuadé que des lianes et des palmiers lui tendraient une main secourable, il avait sauté pour ne trouver que le vide et la mort. Kokolis avait décrit une grande courbe dans l'air avant de s'écraser sur les pavés de la cour, le crâne fracassé, devant le regard dégoûté des autres locataires. Personne n'eut pitié de lui, sauf les deux frères. Quelques semaines plus tard, la concierge avait même affirmé que le singe avait répandu des poux qui les tourmentaient elle et son mari, ces poux ayant, soi-disant, déserté la fourrure de l'animal lorsqu'il avait touché le sol. Et on la vit plusieurs fois à genoux, essuyer longuement une tache de sang invisible.

Le bruit constant de la chambre de torture musicale abaissant le coût des loyers, certaines femmes célibataires étaient venues habiter ici, comme la Deslions (ce qui ne dérangeait en rien les autres locataires). Adèle, sa femme de chambre, dormait donc dans la mansarde à côté de Rose qu'elle abreuvait des derniers cancans sur la vie d'Anne ; c'est par elle que les deux frères apprirent la liaison de sa maîtresse avec Joseph Napoléon, cousin de Napoléon III et frère de la princesse Mathilde, laquelle, à cette époque, ne faisait pas encore partie de leur cercle d'amis.

Qu'Anne Deslions habitât ici, cela se sentait dans tout l'escalier. Son parfum au muguet et autres arômes séducteurs, qui flottait derrière elle comme une cape, embaumait tout l'immeuble et accompagnait les habitants et les visiteurs jusqu'à la rue.

Après avoir été la maîtresse de Joseph Napoléon que ses proches surnommaient Plon-Plon, Anne, en 1858, quitta la rue Saint-Georges pour s'installer rue Lord-Byron. La moitié de Paris savait, du moins ceux que ça intéressait, qu'elle avait trompé, comme tous les autres d'ailleurs, son Plon-Plon qui était le portrait craché de son glorieux oncle.

À sa nouvelle adresse, généreuse comme elle était, sa maison fut largement ouverte à des hommes d'esprit, tous très riches, qui la comblaient de cadeaux de grande valeur qu'Anne leur demandait sur un ton mi-badin mi-sérieux, et cela aussi longtemps que ses charmes le lui permirent.

Tant qu'elle fut séduisante, elle fut prospère. Qu'elle eût travaillé jeune fille dans un bordel, comme le bruit courait, il suffisait de l'entendre parler pour ne pas en douter. Elle était jolie et ordinaire et avait la langue bien pendue. Les hommes aimaient sa façon de parler sans détour qui n'était pas le moindre de ses charmes (elle était petite avec des mains enfantines et des jambes bien galbées, qu'elle ne montrait pas qu'aux intimes). Si on exceptait sa femme de chambre, sa couturière, sa modiste et ses vendeuses préférées, elle ne fréquentait aucune femme, avait-elle des frères et des sœurs, personne ne le savait, le bruit courait que sa mère faisait déjà le même métier qu'elle.

De toutes les richesses – tableaux, bijoux, toilettes luxueuses et variées pour chaque jour et chaque nuit – qu'elle avait possédées, il ne restait plus rien depuis que son étoile avait pali et que de ses dons naturels ne restaient plus que son franc-parler et ce qu'elle savait depuis longtemps : la chance est éphémère. Elle n'avait été pour elle qu'une passante rencontrée par hasard, une chose qui lui avait été offerte et qu'elle avait acceptée, puis qui s'était éloignée, et qu'on n'avait pas regrettée. En tout cas elle n'avait pas versé une larme quand la chance s'était retirée et, avec elle, tout ce qu'elle lui avait jadis apporté et qui avait fondu entre ses doigts. Même sa beauté s'était envolée comme une goutte de pluie qui brille encore un instant au soleil avant de s'évaporer.

Cependant pas tout à fait, car un Espagnol nommé Perez, qu'elle avait presque ruiné, lui évita une fin tragique dans le ruisseau. Avec le peu d'argent qui lui restait, il lui paya un appartement décent rue Taitbout. La Maison des pauvres lui fut ainsi épargnée. Elle mourut à trente-cinq ans, même si beaucoup de sources affirment qu'elle était plus proche des quarante-cinq. Mais qui se souciait de son âge à l'époque ?

Oubliée déjà de son vivant, sa seule gloire, outre un plat de pommes de terre qu'elle avait baptisé Pommes Anna, fut qu'Émile Zola, un disciple enthousiaste d'Edmond et de Jules, l'ait prise comme modèle pour camper sa courtisane, Nana.

Un jour, chez la concierge, Rose avait pu jeter un œil sur les déshabillés d'Anne Deslions qu'Adèle, sa femme de chambre, devait apporter chez un amant avec qui elle comptait passer la nuit. Comme elle ne connaissait pas encore ses goûts, elle avait demandé à Adèle d'aller s'informer des préférences secrètes du monsieur. Cette offre, qui était vite prise pour acquise, enchantait les hommes et ils en profitaient avec plaisir. Elle voulait voir, en situation, si ce choix était au goût du monsieur ou, dit autrement, s'il l'excitait. Ainsi ses toilettes étaient devenues plus nombreuses à chaque nouveau client, jusqu'à ce que son armoire menace d'exploser. Le déménagement était donc arrivé au bon moment.

Anne était très à cheval sur la propreté, et les deux baignoires qui chaque jour, à l'exception du dimanche, où elle prenait vingt-quatre heures de repos, étaient montées par l'escalier étroit, ne laissaient aucun doute sur le souci qu'elle avait de ce corps si précieux ; finalement, il était la source de sa fortune, un capital dont elle savait qu'il ne rapporterait pas éternellement des intérêts. Chaque jour, quatre hommes se coltinaient donc, à travers la cour et jusqu'au quatrième étage, deux baignoires et l'eau chaude qui allait avec. Elle prenait toujours deux bains. Comme Rose l'apprit d'Adèle, la courtisane se baignait dans deux sortes d'essences, d'abord dans les brûlantes plantes du Sud, romarin, origan, lavande et thym, ensuite dans la chaude rose, la camomille ou du lait au miel. Ces fragrances, dont le parfum correspondait aux préférences olfactives de l'amant, étaient versées dans l'eau des baignoires, arrivées sans encombre dans son spacieux boudoir, juste avant qu'elle ne s'y plonge.

Quand Edmond et Jules apprirent que Rose avait obtenu de jeter un coup d'œil sur une toilette du soir d'Anne Deslions, laquelle aurait aussi bien pu s'appeler toilette du matin, ils voulurent tout savoir sur chaque étoffe, chaque couleur, chaque pastel, chaque passepoil, chaque ruban, chaque surjet, bref le moindre détail les intéressait. Rose décrivit, avec son vocabulaire et les adjectifs dont elle disposait, un déshabillé de satin blanc ouaté, des pantoufles de la même couleur avec appliques de broderie d'or dont elle estimait la valeur à pas loin de mille francs – Rose, qui achetait chaque jour les provisions, était parfaitement informée sur la valeur des choses et connaissait le prix d'une chemise de batiste ornée de Valencienne et d'un jupon rehaussé de trois volants de dentelles.

Quand Anne Deslions, au sommet de sa carrière, quitta la rue Saint-Georges, une prostituée, nommée Durand, reprit l'appartement. La nouvelle locataire espérait que ce lieu lui apporterait la même chance qu'à Anne qui y était devenue riche grâce à des hommes fortunés. On ne sait pas si ce souhait fut exaucé, l'histoire des courtisanes est rarement plus longue que celle de leur succès qui, la plupart du temps, se termine abruptement par une fin précoce.

Edmond et Jules ne suivirent pas l'itinéraire biographique de la Durand. Mais de temps en temps, Jules la faisait venir pendant qu'Edmond lisait ou écrivait dans la pièce à côté. Cela n'échappa pas à Rose, rien de ce qui se passait entre les quatre murs de la rue Saint-Georges ne lui échappait. Mlle Durand était aussi jolie que complaisante, un jour elle demanda à Jules si son frère ne voulait pas se joindre à eux, elle n'avait pas la classe d'Anne.

Jules ne répondit pas à sa question – ou bien fit en sorte qu'elle n'en reparla pas la fois suivante. Pourquoi d'ailleurs se serait-elle imposé un travail supplémentaire qui ne lui aurait apparemment pas rapporté un double gain ?

5

Aucune raison de se plaindre

En 1837, Rosalie Malingre était rentrée, à seize ans, au service de Mme de Goncourt, après avoir secondé Françoise Mangin, qui était bonne chez les Goncourt depuis 1823.

Quand Françoise mourut en 1840, il était logique que Rose la remplace. Elle resta fidèle à la famille Goncourt pendant vingt-deux ans, jusqu'à sa mort.

Les sœurs aînées de Rose l'avaient poussée à venir à Paris en ne lui faisant espérer que des avantages. Mais Rose n'en trouva aucun. La ville était bruyante et sale, les passants, distraits et malpolis. Beaucoup étaient même dangereux. Quand on était tombé dans le ruisseau, on n'en sortait plus. Si l'on n'était pas constamment sur ses gardes, on était le dindon de la farce. Même ceux à qui Rose avait accordé sa confiance, parce qu'ils s'étaient montrés serviables, se révélaient souvent calculateurs et méchants.

À son arrivée dans la capitale, sa sœur, qui habitait avec son mari une loge de concierge, la plaça comme bonne, d'abord pour quelques semaines, dans un café qui louait aussi des chambres dans les étages. C'est à Rose qu'il incombait de les nettoyer et de les ranger après le départ des clients, un travail ingrat. La maison était étroite, tout en coins et recoins, et sombre avec ça. La lumière grise du jour ne tombait que d'un unique vasistas que la saleté rendait presque opaque. Il fallut plusieurs jours à Rose pour s'y retrouver dans les couloirs, souvent elle devait chercher son chemin à tâtons. Il arriva plusieurs fois qu'elle se heurte à des clients qui s'étaient égarés dans les couloirs obscurs ou n'avaient pas fermé leur porte et qui paraissaient attendre quelque chose dans cette chambre étrangère. Certains sursautaient en la voyant, d'autres la regardaient d'un air déconcerté, c'était rare qu'ils lui adressent la parole pendant que Rose refermait la porte en balbutiant et en rougissant, effrayée à l'idée de s'être comportée de manière inappropriée. Elle n'y connaissait rien, il n'y avait pas de femmes parmi les clients, pas même des prostituées. Rose avait sans arrêt l'impression de ne pas mériter l'argent qu'elle gagnait. Dans le café, tous les employés étaient des hommes, sauf elle. Un serveur déjà âgé, nommé Joseph, qu'elle avait d'abord pris pour le propriétaire, se différenciait par son attitude bienveillante des autres qui soit l'ignoraient, soit la menaient à la baguette. Il avait la soixantaine et aurait pu être son grand-père. Cette bienveillance ne venait pas d'un caractère amical mais d'une ruse astucieuse pour la rendre docile, c'est ce qu'elle découvrit un dimanche où ils étaient seuls à la maison. Alors, son masque de brave homme tomba.

Ce jour-là, on avait donné congé à tous les employés pour assister à une grande parade sur le Champ-de-Mars. Rose, qui n'avait pas envie de se mêler à la foule, était restée seule avec Joseph qui triait des serviettes de table dans l'arrière-salle. Il appela Rose en lui criant de venir l'aider, elle obéit volontiers, car elle aimait sa compagnie et commençait à s'ennuyer, regrettant de n'être pas allée voir la parade. Discuter d'une chose ou d'une autre avec le vieil homme lui offrait une distraction, il aimait parler de son pays et, bien qu'il fût du Sud et elle du Centre de la France, elle retrouvait sa propre enfance dans les histoires qu'il racontait. Les chiens. La campagne. Les champs. La pluie qui sentait autrement et tombait autrement qu'à Paris, le soleil qui était plus chaud et colorait la peau autrement.

Tout se passa bien autrement qu'elle ne s'y attendait. Elle entra dans la pièce, cria, tomba, pleura, se défendit, appela désespérément à l'aide, la maison vide resta sourde.

Quand Rose revint à elle, elle courut dans sa chambre, ferma la porte à clé, vomit, se lava tout le corps, vomit une deuxième fois, se lava de nouveau, mais quoi qu'elle fasse, rien ne pouvait la laver de ce qui l'avait salie. Elle était comme hébétée. Elle avait mal au bas-ventre. Elle découvrit du sang sur sa chemise. Un filet de sang mêlé à un liquide blanc, qu'elle prit pour du pus, lui courait sur les cuisses.

Elle ne se laissa pas voir de toute la journée. Elle entendit les hommes rentrer et se boucha les oreilles. Elle se buta. Elle creusa un trou en elle, où elle se cacha.

Quand le lendemain Joseph voulut lui parler, elle recula, terrifiée. Comment pouvait-il ? Qu'est-ce qu'il lui voulait encore ? L'expression et le geste de Rose étaient ceux d'une démente. Était-elle devenue folle, se demandèrent peut-être ceux qui avaient observé la scène, et qui continuèrent à travailler comme s'ils étaient aveugles.

Cinq semaines plus tard, elle passa la soirée chez sa sœur Bénédicte qui était concierge. L'aînée, Sidonie, qui était restée au pays, était là aussi. Après avoir mangé sa tranche de gâteau, Rose se mit à vomir et s'évanouit. Le médecin, qui habitait la maison et qui était venu au même moment chercher sa clé chez la concierge, expliqua aux femmes l'état de leur jeune sœur. Elle n'était pas malade. Elle était enceinte.

Elle était enceinte ? Où et avec qui était-elle allée traîner ? Les sœurs, et le beau-frère qui les avaient rejointes, laissèrent éclater leur colère. Personne n'était là pour les retenir, le médecin était déjà parti, en quoi les domestiques le concernaient-ils ? Les sœurs s'acharnaient encore sur Rose alors que celle-ci était sortie depuis longtemps de son évanouissement.

« J'aimerais te marcher sur le ventre, dit le beau-frère.

– Fais-le », dit Rose avec indifférence.

On pouvait bien la battre à mort, elle avait déjà tout perdu, et surtout son honneur. Et, avec un enfant illégitime, jamais elle ne trouverait de mari.

« Tu es enceinte, tu as entendu ? dit Sidonie.

– Tu es beaucoup trop jeune. Tu n'es même pas mariée, dit Bénédicte, comme si sa jeune sœur n'avait pas compris.

– Putain », dit le beau-frère, qui lui aurait craché au visage s'ils avaient été dans la rue, mais ici, sur le parquet fraîchement ciré, il se retint. « Sale pute. »

Rose accueillait les questions, les insultes et les menaces dans un silence obstiné. Elle n'essayait ni de se défendre ni de s'excuser. Elle se tut. Mieux valait se taire que se défendre avec des paroles, c'était moins difficile, moins douloureux, aussi et pareillement sans espoir. Aucune parole ne pouvait la protéger. Être frappée n'était rien en comparaison de ce que Joseph lui avait fait.

Elle ne dit pas combien elle avait peu contribué à ce qui lui était arrivé. Personne n'apprit le nom de l'homme qui l'avait engrossée. Il lui restait l'espoir vague de mourir subitement, elle et ce qui poussait en elle. Mourir, disparaître. C'était si facile.

Quand Bénédicte, plus expérimentée, demanda si on l'avait forcée et ajouta, en baissant la voix avec une mine de conspiratrice, qu'il existait des commissariats et des tribunaux, une plainte sourde s'échappa de la bouche de Rose. Elle l'entendit elle-même comme de loin, comme venant d'un étranger qui l'aurait poussé d'une fenêtre ouverte – loin d'elle et incompréhensible en même temps. Jamais elle ne leur avouerait sa honte. Ses sœurs en auraient immédiatement répandu la nouvelle. C'était pourtant elles qui l'avaient tourmentée pour qu'elle quitte le village et vienne à Paris, elles qui lui avaient trouvé la place où elle avait été violée !

L'enfant prenait ses aises en elle et poussait. C'était la nature. Personne ne pouvait rien contre cela.

Quatre mois après, elle mit au monde un enfant mort.

Après la découverte de sa grossesse, grâce à la présence impromptue du médecin, Rose ne revint plus au café du Marché, elle vécut, retirée, en sous-location chez une couturière (c'est Bénédicte qui était allée chercher le salaire qu'on lui devait). Elle ne sut même pas si l'enfant était un garçon ou une fille, elle ne l'avait pas demandé. Deux ou trois fois, elle avait rencontré le père dans la rue en allant au marché, il l'avait arrêtée, lui avait reproché de s'être sauvée en douce sans dire un mot et avait essayé de la persuader de revenir et de l'épouser. Elle lui avait tourné le dos. Il lui avait couru après en boitant et en criant son nom, « Rose, ma petite Rose ! », tout en lui proposant son assistance paternelle. Il était hors d'haleine, sa voix tremblait comme celle d'une vieille femme, il voulait lui offrir un fruit, un ananas, dit-il. Elle lui avait tourné le dos sans lui accorder un regard.

« Une mandarine, une banane », criait-il.

Elle ne lui apprit pas la mort de l'enfant. Il ne le saurait jamais, en tout cas pas de sa bouche. Elle voulait garder ce souvenir pour elle. En réalité l'enfant aussi s'effaçait de sa mémoire.

Ceux qui voyaient courir le vieil homme derrière la jeune fille n'auraient jamais supposé qu'il était le père de son enfant.

L'amitié de Joseph, dont le seul but avait été de gagner sa confiance pour l'attirer dans l'arrière-salle et la violer, lui apprit à ne pas se fier aveuglément aux hommes qui se montraient gentils avec elle. À présent, quand elle parlait des hommes, elle le faisait en femme expérimentée, même si elle n'en savait pas beaucoup plus.

Elle pensait de plus en plus souvent à l'événement qui l'avait conduite à devenir mère, ainsi qu'à l'enfant qui ne grandirait jamais. N'était-il qu'un embryon sans vie ?

Les sœurs auraient considéré cet événement comme un crime qui devait recevoir un châtiment. Mais comment ? Désigner Joseph ? Lui tendre un piège ? Le tuer ? Elle n'était pas assez forte. Cette pensée l'effleurait parfois, mais juste quelques secondes.

Tout ce qu'il en restait, c'étaient le sang, la sueur, le sperme, l'embryon, bref le souvenir. Elle avait versé des larmes de douleur et de colère sur son absence de bon sens. Mais elle refusait d'en parler. Avec personne. Avec qui d'ailleurs ? Si elle n'avait pas été aussi inexpérimentée – elle était si jeune –, elle aurait accompagné les autres à la parade, et rien ne serait arrivé.

Pour une fille dans sa situation, il était hors de question de trouver un homme pour la vie. Quand on doit se dominer jour et nuit, on ne peut pas, en plus, s'occuper d'un homme et d'enfants. Et si on y ajoutait l'innocence perdue, qui accepterait de conduire à l'autel une fille qui n'était pas vierge et même pas jolie ?

Rose était persuadée qu'on pouvait lire dans ses yeux ce qu'elle taisait. Elle se demandait si elle aurait aimé cet enfant de la honte. Dans son imagination, il grandissait plus vite qu'il ne l'aurait fait dans la réalité, jusqu'à ce qu'il disparaisse brusquement de ses pensées. Peut-être qu'il ne s'agissait ni d'une fille ni d'un garçon mais d'un asticot qui ne méritait pas de vivre et qu'on devait écraser. Mieux valait ne pas y penser.

Les gens des villes étaient persuadés que les filles de la campagne – à l'inverse des enfants des villes – connaissaient les secrets de la nature et qu'on n'avait pas à prendre de gants avec elles car elles s'occupaient chaque jour de vaches pleines et de porcelets nouvellement nés et que pour elles la vue d'un cheval en rut ou d'une vache menée au taureau était quotidienne. Elles n'avaient pas besoin d'être initiées au mystère de l'enfantement, elles le connaissaient de naissance.

Ce n'est que plus tard, bien plus tard, qu'elle raconta à Maria, la sage-femme, que sa première fois avec un homme avait été un viol en plein jour.

Maria fut toujours là pour elle, quand elle en avait besoin. Sa bonté semblait appartenir à un autre monde. Rose aurait voulu qu'elle épouse Edmond ou Jules, ou encore mieux, les deux, et cette idée l'amusait et la réconfortait.

Chez les Goncourt, Rose apprit l'agrément d'un intérieur réglé, de draps propres et régulièrement changés, d'une nourriture riche qu'elle prenait toujours seule à la cuisine.

Elle découvrit les bienfaits de la messe et de la confession qui lui apportait un soulagement pour quelques heures. Le péché qui l'avait souillée se dissipait peu à peu. Elle revenait de chaque confession en planant sur un nuage d'encens qui s'étirait dans un rayon de soleil jusqu'au bout de la grande nef.

En fréquentant la maison de Dieu, Rose témoignait sa reconnaissance envers le Seigneur pour lui avoir montré le bon chemin, le chemin vers Mme de Goncourt et ses fils, et peut-être aussi pour l'avoir délivrée de ce fruit indésirable. La chlorose des jeunes filles, c'est ainsi que le médecin avait qualifié sa maladie, s'atténua, même si Rose n'en fut jamais complètement guérie – comme ce devait être révélé après sa mort, quand éclata toute la vérité.

Parfois l'envie de se marier renaissait en Rose, le temps d'une visite à l'église où la paix intérieure qu'elle éprouvait lui faisait tout oublier.

Est-ce qu'elle manquait de quelque chose ? lui demandait Mme de Goncourt quand Rose l'aidait le soir à enlever son bonnet, en donnant l'impression qu'elle rêvait les yeux ouverts et les oreilles fermées. Mais en guise de réponse, elle obtenait plus souvent une larme dérobée qu'un petit rire, sur les lèvres serrées de cette Rose de vingt ans qui paraissait plus vieille que son âge.

Dans l'église, Dieu posait sur elle un regard plein de bonté. Elle savait qu'Il s'incarnait dans son confesseur chaque fois qu'elle se confessait. Ce dernier n'avait pas une barbe blanche mais ressemblait au Jésus des images de son missel, un jeune homme très doux entouré du sévère apôtre et de la Sainte Vierge. Au lieu de leur parler, il parlait à Rose, au lieu de marcher sur l'eau et de partager le pain aux pauvres, il la confessait toutes les semaines. Et il la libérait du poids de ses péchés.

Pendant six mois, elle alla se confesser chaque samedi et, le lendemain, elle communiait. Mais c'était chaque jour qu'elle pensait au jeune prêtre qui l'attendait dans le confessionnal. Les voyelles de sa voix douce – il ne parlait pas distinctement, ouvrant à peine les lèvres, finissant à peine ses phrases – étaient comme une coupe où il gardait des choses précieuses pour les lui offrir. Elle les recevait comme l'hostie. Elle rêvait de lui. Elle se réveillait. Elle fermait les yeux et sentait ses mains sur sa tête. Il s'appelait l'abbé Joseph – oui, comme Joseph qui lui avait fait un enfant et avec qui pourtant il n'avait aucune ressemblance. Quand elle s'agenouillait dans le confessionnal, elle ne s'agenouillait pas devant Dieu mais devant l'abbé Joseph. Quand elle disait « mon Dieu », ce n'était pas au Seigneur qu'elle s'adressait mais à l'abbé Joseph en chair et en os.

Pendant ces mois réconfortants, c'était au confessionnal qu'allait sa première pensée chaque matin et sa dernière chaque soir. Elle attendait le samedi avec une joie anticipée, mais le temps avançait à une allure d'escargot.

Quand le jeune prêtre tendait l'oreille vers elle, il penchait la tête et posait le menton dans la fourche formée par la paume et l'index de sa belle main ; malgré l'obscurité, elle distinguait le poli de ses ongles et l'éclat de ses lèvres mouillées par la pointe de sa langue. Elle lui racontait tout, sauf qu'elle avait été violée. Jamais elle n'aurait osé prononcer un tel mot devant lui, même si elle savait qu'ici la souillure serait lavée, sinon à quoi bon se confesser ? Non. Il ne devait pas savoir ce qui lui collait à la peau. Elle lui racontait de petits péchés véniels qu'elle avait déjà confessés la dernière fois ou qu'elle n'avait pas commis, ce qui la rendait probablement coupable, devant Dieu, mais pas devant l'abbé.

Sur le chemin de l'église elle se préparait comme une véritable écolière (qu'elle n'avait été que brièvement). Plus elle entrerait dans les détails, plus elle trouverait de mots pour ses petits méfaits, plus elle passerait de temps près de lui et respirerait son souffle rafraîchissant à travers l'ouverture grillagée. Un jour il sentait la menthe, une autre fois la violette et parfois la lavande, des parfums qu'on ne pouvait pas toucher mais qu'on pouvait recevoir en soi. Elle aurait tant voulu le supplier de lui tendre sa pastille sur le bout de sa langue à travers la grille du confessionnal.

Il ne fallait pas qu'il pense du mal d'elle. Peut-être qu'il l'avait percée à jour. Peut-être qu'il lui pardonnait, sans le dire, son enfant mort-né. Dieu seul savait ce qui s'était réellement passé. Lui seul connaissait ses pensées et ses actes, le piège qu'on lui avait tendu et la punition qu'on lui avait infligée, et peut-être connaissait-Il aussi le coupable. Dieu approuvait aussi les injustices. Dieu les défiait. Dieu les tolérait. Dieu était en tout, même en celui qu'Il avait abandonné et répudié. Dieu lui pardonnerait l'amour coupable qu'elle avait pour l'abbé Joseph car Dieu était patient, comme un âne qui encaisse les coups sans broncher.

Dans l'obscurité du confessionnal, le profil de l'abbé Joseph se détachait sur l'ombre dense. Elle le voyait en rêve. Une fois, il chevauchait un cheval blanc, les bras et les jambes nues. Une autre, il poussait une porte qui découvrait en s'ouvrant un château et un parc charmant plein de palmiers, de perroquets et de jolies femmes. Une fois encore, il était transparent, brandissant une épée de feu dans la main droite. Elle restait sur le banc d'église jusqu'à ce qu'il quitte le confessionnal, ça prenait parfois une heure, souvent plus. Il était jeune, chaleureux, patient et beau. Il avait la voix d'un saint.

Un jour elle remarqua deux filles qui suivirent l'abbé Joseph dans la sacristie. Elles avaient surgi de nulle part. Elles disparurent derrière la lourde porte qui se referma sans bruit. Rose ne les avait jamais aperçues, ni l'une ni l'autre, sortir du confessionnal. C'était la première fois qu'elle les voyait. Elle attendit quelques minutes puis elle les suivit. Quand elle poussa la porte de la sacristie, elle vit les deux filles agenouillées devant l'abbé Joseph, lequel avait, sous le crucifix suspendu sur l'autel sans ornement, la bouche ouverte, la tête détournée, le cou renversé, les yeux à demi fermés. Le christ en croix portait juste un pagne. Puis son regard tomba sur Rose.

À la confession suivante elle demanda des explications. Elle dit : « Pourquoi ces deux-là ? »

Il souffla : « C'est un blasphème, ce que tu n'arrêtes pas d'imaginer. Fais attention. Je suis un homme d'Église. En revanche tu n'es rien. Prie. Tais-toi. Égrène trois rosaires et la prochaine fois tu iras te confesser à un autre abbé. N'entre plus dans ce confessionnal. Ne m'approche plus. »

Il dit cela comme si elle devait éviter le diable. Comme s'il était le diable.

Quand elle quitta le confessionnal, il en ouvrit aussi la porte, et Rose remarqua deux veinules en dents de scie sur ses tempes qui palpitaient sous sa peau comme des points de couture. Il avait oublié de lui donner l'absolution et elle ne l'avait pas réclamée.

Rose perdit tout intérêt pour l'Église qui, pendant quelque temps, avait adouci pourtant l'amertume de la vie. Elle n'alla plus à la messe qu'à Pâques et à Noël. Elle ne mit plus les pieds à Saint-Roch où l'abbé Joseph la confessait. Elle préférait faire un long chemin jusqu'à Notre-Dame pour ne pas risquer de le rencontrer.

La cathédrale de Paris impressionnait Rose. Elle remplaça facilement la perte de la foi. Notre-Dame lui paraissait chaque fois plus majestueuse.

Il l'avait laissée tomber. Pas une seconde il n'avait essayé de la retenir. Que représentait-elle à ses yeux ? Une femme déchue qui ne plaisait à personne. Il lui arrivait de rêver de lui comme du garçon de café, Joseph, mais, heureusement, pas très souvent.

Rose se tourna alors vers le petit Jules qu'elle avait jusqu'à présent à peine remarqué, sinon comme un chat qui se frotte à votre jambe. Il avait sept ans quand elle entra rue de Provence chez Mme de Goncourt, une femme réservée, presque timide, peu expansive. L'année suivante, ils déménagèrent rue Capucine. À présent elle aimait plus tendrement le gracieux petit garçon intelligent que le pensif Edmond qui avait huit ans de plus. Pour elle, c'était un roi, Jules était un prince.

Dès le jour où Rose entra au service de Mme de Goncourt, elle fit partie de la famille. Et, jusqu'à sa mort, il en fut ainsi. Elle était bien traitée et convenablement payée. Ni chez Mme de Goncourt, ni chez les deux frères, elle ne fut jamais cloîtrée à la maison comme une esclave, elle avait toute liberté pour sortir. Personne ne voyait d'objection à ce qu'elle aille danser et se donner du bon temps le samedi. Elle était encore si jeune.

Annette-Cécile Huot de Goncourt, qui à l'arrivée de Rose était déjà veuve depuis trois ans, n'était ni exigeante ni capricieuse. Rose était une jeune fille timide et taciturne et personne ne savait rien sur ses antécédents. Jamais Annette-Cécile, qui depuis la mort de son époux vivait retirée et dans la chasteté, n'aurait pu supposer que, malgré son jeune âge, Rose avait été enceinte, même si sa propre mère avait oublié ses devoirs en abandonnant ses enfants pour un homme. Rose était aussi discrète qu'il seyait à sa condition.

Durant les trois années où Rose fut sous les ordres de Françoise Mangin, la femme de chambre expérimentée de Madame, elle en apprit assez pour devenir indispensable. Quand Françoise mourut de façon inattendue – Madame régla sa succession et tint tête à un héritier culotté qui en voulait le plus possible –, Rose était heureusement capable de prendre sa place et le fit si bien que cette perte ne changea rien dans la tenue de la maison. Depuis longtemps Edmond et Jules étaient devenus comme ses enfants pour son cœur solitaire et à tout moment ils pouvaient compter sur elle. Elle était aussi fidèle qu'un chien de garde et aussi familière qu'un meuble.

En 1840, à la fin de l'année où Françoise Mangin était morte, les restes de Napoléon Ier furent ramenés de l'île de Sainte-Hélène – où les Britanniques l'avaient retenu prisonnier pendant vingt ans, après la défaite de Waterloo – à Paris. Le corps devait reposer dans toute sa gloire sous le dôme des Invalides. La construction de l'imposante crypte, où devait être érigé le fier tombeau de granit rose, venait à peine de commencer, le corps ne serait définitivement inhumé qu'en avril 1867. Entre-temps, il attendrait son repos définitif dans une chapelle, au cœur d'une sorte de poupée russe, car cinq autres cercueils enveloppaient le premier en fer-blanc où il reposait : un cercueil d'acajou, deux cercueils de plomb, un cercueil d'ébène et un cercueil de chêne.

Le transfert du premier Empereur des Français avait été décrété par le roi Louis-Philippe qui espérait que rejaillisse sur sa propre popularité l'amour à nouveau enflammé pour Napoléon. Mais quand tout fut prêt – la construction du tombeau dura presque vingt ans –, Louis-Philippe avait depuis longtemps perdu le pouvoir. Et il ne survécut que deux ans et demi à son abdication en 1848.

Peu avant la fin de son règne, Louis Napoléon, neveu de Bonaparte et, depuis 1848, président de la deuxième République, avait pris le pouvoir. Son coup d'État eut lieu le 2 décembre 1851 : les soldats du 42e régiment envahirent sur son ordre l'Assemblée nationale et arrêtèrent le vice-président du Parlement. Après la dissolution de l'Assemblée nationale, des soulèvements ensanglantèrent les rues de Paris, trois cent quatre-vingts personnes y perdirent la vie. Le résultat du référendum du 21 novembre 1852 fut sans appel : 96,7 % des électeurs (seuls votaient les hommes) mirent le neveu de Napoléon Ier sur le trône, sous le nom de Napoléon III.

Le titre d'un pamphlet de Victor Hugo, *Napoléon le Petit*, poursuivit Napoléon III tout au long de sa vie. L'écrivain qui qualifiait le nouvel empereur de voyou, de criminel et de filou, fut banni et passa les deux décennies suivantes à Jersey et à Guernesey.

Les innombrables appels de Hugo restèrent sans effet. Ce ne furent pas les Français qui chassèrent l'empereur mais les Prussiens et leurs alliés. Ses vingt ans de règne s'achevèrent dans une débâcle.

Mais en 1861 ce fut à ce Napoléon – le troisième et dernier empereur des Français – de présider la solennelle entrée aux Invalides de cet oncle qui avait fait trembler la moitié de l'Europe.

Il avait été question toute la journée du retour de l'Empereur autrefois proscrit, maintenant rentré à Paris avec tous les honneurs imaginables et la perspective de l'immortalité.

Annette-Cécile de Goncourt était submergée par des souvenirs personnels car son mari avait servi comme officier dans la Grande Armée jusqu'à ce qu'il soit rétrogradé avec la croix de la Légion d'honneur à un rang subalterne et devienne un demi-solde, ce qui d'une part lui ôta toutes perspectives – il n'était pas autorisé à exercer une profession, même si en tant que propriétaire terrien, il lui était permis d'administrer ses terres – et d'autre part le força à s'installer en Lorraine sous prétexte que c'était le berceau de sa famille. Être un demi-solde signifiait toucher une demi-solde, ce qui n'arrangeait pas les choses.

Condamné à l'inactivité, Marc-Pierre Huot de Goncourt était cependant astreint à être disponible à tout moment. Ses continuelles recherches pour obtenir un poste actif dans l'armée et mettre ainsi fin à son inactivité échouèrent malgré ses importantes relations. Finalement il fut autorisé à quitter Nancy avec sa famille pour Paris, évitant ainsi le triste destin de moisir en province.

Après avoir servi la moitié de sa vie dans l'armée napoléonienne comme major, il passa le reste de son existence à regretter une carrière dont le point culminant avait coïncidé avec le plus grand désastre français. La campagne de Russie, à laquelle Huot avait pris part, avait mal fini pour lui. Pendant la retraite, une balle lui avait traversé l'épaule et il avait presque perdu l'usage de la main de ce côté-ci. Sa fin précoce, à moins de cinquante ans, fut mise sur le compte de ces années qui en avaient fait un homme consumé par la vérole et accablé de toutes sortes de maladies.

Annette-Cécile de Goncourt avait pu parler de toutes ces choses avec Françoise, sa femme de chambre. Mais celle-ci était morte, comme son mari et ses deux filles Nephtalie et Émilie, Nephtalie à un an à peine, et Émilie à trois ans dans les bras de ses parents alors qu'ils fuyaient précipitamment le choléra en calèche. Tout ce qui restait à Mme de Goncourt – pour les questions d'argent, elle était désespérément inapte, toutes ses spéculations s'étaient soldées par un désastre –, c'étaient ses deux fils.

Alors qu'Edmond se rappelait très bien son père, Jules n'en avait gardé aucun souvenir.

Quatorze ans après la mort de son époux, Annette-Cécile de Goncourt suivit son mari dans la tombe. Elle avait cinquante ans.

Le séjour à la campagne chez ses cousins Villedeuil n'avait amélioré que provisoirement sa santé, déjouant l'espoir de ses proches. Rien ne put empêcher sa fin. Au début de septembre 1848, son état empira tellement qu'un retour à Paris ne fut même pas envisageable. Elle mourut au château de Magny, entourée de ses deux fils.

Edmond et Jules se relayèrent à son chevet, regardant avec stupeur la mort prendre possession de leur mère. De toute évidence, on ne négociait pas avec elle. L'après-midi du 5 septembre, on appela un prêtre qui lui administra les derniers sacrements.

Quand elle fut seule avec ses fils, elle mit la main de Jules dans celle de son frère et, posant sur l'aîné un regard sans appel, elle lui fit jurer de prendre soin de Jules comme de son propre fils. Quand elle referma sa main froide qui pesait à peine sur les mains de ses fils, l'alliance fut scellée. Elle mettait l'adolescent de dix-sept ans sous la responsabilité d'un jeune homme de vingt-six ans.

« Nous ne nous marierons jamais », dit Edmond, et Jules acquiesça. Rien ne leur fut plus facile que cette décision et aucun des deux ne pensa jamais, même fugitivement, qu'elle avait été mauvaise.

À présent ils jouissaient l'un et l'autre d'une rente de cinq cents livres par an et possédaient des propriétés et des terres dans la Haute-Marne. Ils étaient indépendants.

Rose avait tenu à faire la toilette mortuaire d'Annette-Cécile. Dès l'aube, elle ouvrit le drap, déshabilla le cadavre et, avec une éponge, le lava des pieds à la tête, selon la coutume de sa campagne – elle n'avait jamais fait la toilette d'un mort mais, enfant, elle avait assisté à celle de sa grand-mère et plus tard d'une tante.

Personne ne le lui avait demandé. Personne n'avait eu à le faire. Elle accomplit ce travail, qu'elle considérait comme son devoir, dans un tel silence que ni Edmond ni Jules, couchés dans la chambre à côté, ne l'entendirent bouger. Quand ils revirent leur mère, ses cheveux étaient coiffés comme d'habitude, son front blanc, ses joues poudrées de rose et ses lèvres maquillées. Rose était assise dans un coin et dormait. Son tablier était encore humide.

Le soir même, Edmond lui demanda formellement de continuer à les servir. Personne ne connaissait mieux qu'elle leurs habitudes. Personne ne saurait mieux qu'elle tenir leur ménage. Les frères n'avaient aucune raison de se séparer de Rose, ni Rose d'eux. Elle tenait la maison de main de maître. Elle en avait l'habitude. Et même si sa cuisine laissait à désirer et ne s'était pas améliorée au cours des années, cuisant les légumes jusqu'à ce qu'ils soient en purée, sans goût et sans couleur, la viande, dure et fibreuse, ce n'était pas une raison de se séparer d'elle. Ils la connaissaient si bien.

Rose acquiesça de la tête et resta.

Mme de Goncourt était comme la chaîne invisible qui reliait Edmond, Jules et Rose, elle était toujours présente à l'arrière-plan, comme le paysage dans un tableau, que chacun voit et dont personne ne parle, parce que ce n'est pas lui qui en est le centre, mais les personnes qui sont représentées. Aucun des trois ne pensa, même une fois, rompre le lien.

Quelques jours après l'enterrement, Edmond démissionna du poste subalterne qu'il occupait depuis peu au Trésor public. Il renonça volontiers et d'un cœur léger à une carrière de juriste, qu'il n'avait embrassée que pour répondre au souhait maternel d'acquérir une position assurée dans le monde.

Être artiste. Ils avaient attendu ce moment si longtemps, Edmond encore plus longtemps que Jules. Tous les deux dessinaient. Tous les deux étaient exceptionnellement curieux. Ils avaient à présent assez de temps et d'occasions pour mesurer leur talent à la réalité et à la représentation de cette réalité qui, chaque jour, serait mise à l'épreuve.

Les frères se mirent aussitôt à réfléchir où ils allaient voyager – désormais en artistes libres. Leur choix tomba sur l'Italie. Mais la situation politique à Rome étant peu sûre, ils optèrent donc pour les provinces françaises qu'ils connaissaient aussi peu que Venise, Florence ou Rome.

Un long périple de six cents kilomètres les conduisit à pied de la Bourgogne à la Provence ; chaque jour, sous un soleil brûlant, ils faisaient quarante-trois kilomètres en moins de six heures. Ils n'utilisaient la diligence que rarement, ils atteignaient leur but aussi vite à pied. La poussière des chemins vicinaux et des champs de céréales s'accrochait à leurs épaules. Pourtant ils quittaient rarement l'une des quatre pièces du vêtement qui leur collaient à la peau. Une fois, dans une auberge, on prit Jules encore imberbe pour une jeune fille qui s'était déguisée en garçon pour n'être pas reconnue.

Après trois mois et demi de marche, ils s'embarquèrent à Marseille pour Alger. Ils y étaient allés comme peintres, ils en revinrent écrivains.

Rose n'avait pas besoin de consulter la pendule pour préparer le repas, elle se fiait à son estomac. Son horloge interne était au moins aussi précise que la pendule suspendue au mur.

Chez les Goncourt, les pendules, il y en avait partout, sur les murs, sur les commodes, sur les tablettes des cheminées, Rose n'y prêtait pas plus attention que ça, pour elle elles ne se résumaient qu'à leur tic-tac ou aux coups qu'elles frappaient. Edmond ne souffrait pas qu'une seule pendule s'arrête, même s'il ne semblait pas prêter attention à leurs sonneries. Parfois les lèvres de Rose bougeaient, elle comptait machinalement les coups, compter et calculer, c'est ce qu'elle savait le mieux faire.

Elle était debout à six heures. Elle n'avait pas besoin d'un réveil, les cloches de Notre-Dame-de-Lorette sonnaient pour la prière du matin. Avec elles commençait son service, se laver à fond et s'habiller convenablement en faisait partie. En hiver elle allumait d'abord tous les poêles de l'appartement, ensuite le fourneau, en été elle aérait avant de refermer les fenêtres contre la chaleur de midi. Elle allait chercher du pain frais. Puis elle préparait le petit-déjeuner. Pendant qu'Edmond et Jules déjeunaient dans le salon, elle faisait leurs lits.

À onze heures et demie, elle commençait à cuisiner, pour autant que les frères, seuls ou avec des amis – dont les noms étaient familiers à Rose ou qu'elle ne connaissait pas –, ne mangeaient pas au restaurant, ce qui était pour eux la meilleure des distractions après leur travail qui les tenait enfermés entre quatre murs. À six heures du soir, elle allumait à nouveau son fourneau, mais la plupart du temps les frères allaient au théâtre ou dîner chez des amis ; leurs relations allaient s'élargissant comme les cercles dans l'eau – et comme eux elles se perdaient parfois.

Peu avant minuit, Rose jetait un dernier regard à la pendule de la cuisine, accrochée à côté du vaisselier. Elle voyait alors ce que son horloge interne lui avait déjà dit : les aiguilles étaient proches de minuit puis elles y glissaient avec un clic à peine audible, la journée était passée, une nouvelle commençait. Dès que les aiguilles se rejoignaient, elle montait dans sa mansarde où était son lit et où elle dormait dans le froid en hiver, dans la canicule en été, d'un sommeil souvent agité.

Dans la matinée, elle allait presque chaque jour au marché. Elle aimait bavarder avec les commerçants, les femmes du marché, la crémière, la boulangère, les aides, les vendeurs de journaux et les domestiques. Les serveurs, elle les évitait mais personne ne s'en apercevait. Elle préférait écouter les autres, elle-même se livrait peu.

Elle avait toujours peur qu'on jase derrière son dos. Les uns ne faisaient pas attention à elle, les autres la trouvaient laide, elle-même passait toujours très vite devant les vitrines qui lui renvoyaient son reflet avec malveillance. Si un regard dans la glace était inévitable, elle avait sa propre méthode pour s'y dérober. C'était la championne de l'évitement et des yeux détournés. Pendant qu'elle se sauvait, les reflets restaient en arrière et s'effaçaient ; à l'inverse de son ombre, ils ne pouvaient pas la suivre.

Avec des étrangers, elle ne bavardait jamais sur les deux jeunes célibataires chez qui elle servait et chez qui elle habitait. En tout point de vue elle était la servante la plus dévouée et la plus discrète qu'on puisse souhaiter. Les taches qui ternissaient son image, elle seule les connaissait et elle faisait son possible pour les effacer.

Quoi qu'il ait pu se passer, quoi qu'elle ait pu vivre la nuit, quoi qu'elle ait rêvé, chaque matin elle était levée longtemps avant les frères et se tenait à leur service. Le soir en revanche, elle allait se coucher avant eux. Comme ils griffonnaient jusqu'au matin, ils n'avaient pas besoin d'elle. D'abord ils dirent qu'ils seraient journalistes, puis romanciers. Elle ne fut jamais curieuse de lire ce qu'ils écrivaient ni sur quoi ni pourquoi. Certes elle savait lire mais il lui était difficile de saisir le rapport entre un trop grand nombre de mots qui pour elle n'étaient souvent qu'une suite de lettres nues. D'ailleurs quand aurait-elle trouvé le temps de lire ?

Dans la saison froide, elle leur mettait une bouillotte de cuivre dans leur lit et n'oubliait pas, en temps voulu, de la faire rouler du pied du lit jusqu'au milieu du lit et inversement pour que la chaleur soit également répartie.

Edmond se faisait apporter du thé au lit, Jules en revanche ne voulait pas être dérangé après avoir fait sa toilette du soir. Rose se pliait aux caprices des deux. Elle préparait les chemises de nuit. Jules voulait que la sienne soit posée sur l'oreiller, Edmond la préférait déployée sur le dessus-de-lit bien tiré.

Rose était à leur disposition quand ils avaient besoin d'elle et se retirait quand ils le lui demandaient. Quand elle sortait, elle devait rentrer à l'heure. Elle respectait la moindre lubie de ses maîtres, au besoin elle lisait sur leurs lèvres ou devinait à leur air ce qu'ils attendaient d'elle, et souvent savait de quoi il s'agissait avant eux. Elle connaissait leurs horaires et leurs habitudes, leur ordre et leur désordre, leurs humeurs et leurs lubies, leurs propos et leurs silences, leurs rêvasseries, leur curiosité et leur bavardage, leur détestation des artichauts et leur amour pour les cuisses de grenouilles, elle connaissait leurs amis qui venaient manger, les habitudes, les préférences et les détestations de ceux-ci, elle connaissait aussi les belles dames qui venaient parfois les voir, les amourettes de Jules, la plupart du temps aussi fugitives que l'eau qui coule du toit dans le ruisseau.

Elle se sacrifiait sans un mot. Elle faisait ce qui lui incombait, elle savait ce qui était convenable, aussi longtemps qu'elle était dans l'appartement. Elle était souple et persuasive. Elle savait se tenir, elle faisait les commissions et cuisinait. Elle n'avait même pas besoin d'écrire la liste des commissions, elle avait tout dans la tête. Chaque jour, excepté le dimanche, elle lavait le carrelage de la cuisine dans le cas où Edmond y entrerait et elle cirait le parquet des chambres, du couloir et de l'escalier à genoux. Quand elle époussetait, elle savait qu'elle devait faire attention aux tableaux, aux vitrines et à tous les ornements précieux lisses et brillants, ornementés et fragiles qu'elles contenaient, verre, argent, porcelaine, ivoire, marbre, bois, étoffe, papier, et souvent un mélange de chaque. Même les objets les plus solides, elle les traitait comme un œuf qu'on mire, les portait parfois à l'oreille et écoutait.

Personne n'était fiable, ordonné et ponctuel comme elle. Rose connaissait parfaitement son rôle, même si dans tout Paris il n'y avait pas de cuisinière aussi calamiteuse.

Quand les aliments n'étaient pas brûlés, ils étaient crus. Ou bien ils étaient cuits au point de perdre toute consistance, n'ayant conservé ni leur forme originelle, ni leur couleur, ni leur goût. Quand les frères donnaient des conseils à Rose, elle n'en tenait aucun compte, consultait rarement les recettes de la famille et, quand elle le faisait, c'était superficiellement ; elle cuisait du vert au gris et du rouge au brun. Le chou, elle le faisait brûler jusqu'à le rendre amer, les pâtes perdaient leur forme et leur fermeté, du poisson il ne semblait rester que les arêtes et les écailles, les huîtres et les coquillages ne cachaient pas qu'ils avaient vécu dans le sable ; le goût de la viande se perdait tant elle était devenue filandreuse.

Edmond : Où as-tu appris à cuisiner, Rose ?

Rose : Oh, c'était pas nécessaire, Monsieur Edmond, ça m'est venu dès le berceau.

Edmond : Dans le berceau de qui ? Tu cuisinais déjà enfant ?

Rose : C'est venu d'une fée. Je rêvais d'elle, déjà enfant. Je rêve toujours d'elle. Elle me donne des idées.

Edmond : Par exemple ?

Rose : Une soupe de fenouil, de chou et de carvi.

Edmond : Ciel !

Rose : C'est très bon.

Edmond : Tu as pensé aux fibres du fenouil ?

Rose : Quelles fibres, Monsieur Edmond ?

Toute tentative de lui faire découvrir les secrets de la cuisine, les épices et les proportions, était vaine, elle croyait en savoir plus que quiconque. C'était inutile d'en discuter avec elle.

Edmond : Quand tu cuisinais chez notre mère…

Rose : Oh, votre mère n'y connaissait rien en cuisine !

Edmond : Il me semble pourtant que ce qu'on mangeait autrefois avait un goût différent.

Rose : Je sais. Je dis, oui, que votre maman n'y connaissait rien en cuisine, mais parfois elle insistait pour que je suive ses indications. La plupart du temps, le résultat laissait à désirer.

Edmond : Laissait à désirer…

Elle était persuadée qu'une voix – une fée sans doute – lui soufflait des recettes en arabe, en russe, en italien, même en chinois, qu'elle combinait en menus pour le moins aventureux.

Elle n'attendait pas plus de louanges que de blâmes. Elle était sûre d'elle, quelques paroles gentilles suffisaient à la pousser à de nouvelles aventures.

Rose : Ces messieurs ont aimé les choux de Bruxelles ?

Edmond : C'étaient donc des choux de Bruxelles ?

Rose : Quoi sinon ?

Edmond : Sucré et quoi d'autre ?

Rose : Pas de sucre, rien à part du citron, des clous de girofle, du miel et du lait.

Edmond : Du lait et du citron ? Donc…

Rose : Donc, quoi ?

Edmond : Donc le léger granulé, comme si quelque chose était, oui, dissous.

Rose : Dissous ? Qu'est-ce qui serait dissous ? Ce n'était pas bon ?

Edmond : Si, si, c'était bon, les clous de girofle endorment même les dents saines.

Rose : Qu'est-ce qu'elles ont, vos dents ?

Edmond : Rien du tout. Je parlais de mon palais. Combien de clous de girofle ?

Rose : La moitié d'une pleine main. Plus, ce serait trop, bien que…

Edmond : Où es-tu allée chercher cette recette, Rose ? Chez le bourreau de Paris ? À Charenton, on devait infliger ce plat aux détenus pour un crime particulièrement odieux.

Rose : Vous êtes ingrat, Monsieur Edmond. Prenez exemple sur Jules. Il est content, lui, et il se tait.

Edmond : Il se tait, mais il n'en pense pas moins.

Rose se retirait, pour réfléchir sans doute à ce qui pourrait donner au plat – poisson ou viande, peu importe – plus de signification et de sensationnel.

Edmond ne manquait jamais de lui reprocher, en sa présence – et en présence de son frère –, d'avoir le palais anesthésié, la langue insensible et le nez sans odorat. Quand ils disaient : « Tu sautilles comme une corneille paralytique, Rose », elle riait comme s'ils lui faisaient un compliment caché. Pour les frères, c'était un jeu, aux yeux de Rose, des taquineries affectueuses. Elle les laissait dire sans répondre. Eux ne pensaient pas un instant que ça aurait pu la blesser.

Elle était aussi discrète qu'une table ou une armoire, elle faisait partie d'eux et de leur appartement, aussi immuablement qu'un meuble ou une porte qu'on ouvre et ferme toute la journée sans se demander pourquoi on le fait ou s'il est nécessaire de le faire.

Une table commence-t-elle à branler ou l'armoire à couiner, il est facile d'y remédier en glissant un morceau de bois sous l'un des pieds de la table et en huilant la serrure de l'armoire. Mais quand, pendant l'automne 1861, Rose attrapa une pleurésie, ce genre de réparation ne suffit pas à résoudre le problème. Elle avait toujours eu de l'affection pour Edmond et Jules, elle savait ce qu'ils désiraient et faisait en sorte de satisfaire ces désirs avant même qu'ils soient exprimés. Elle veillait sur Jules et Edmond en grognant et en restant sur le qui-vive comme un vieux chien de garde. Elle était leur compagnon fidèle, jamais loin, tout indiquait qu'elle vieillirait avec eux comme le vaisselier qui avait été dans la cuisine de la rue Saint-Georges et se trouvait maintenant dans la cuisine du boulevard Montmorency. Mais contrairement à ce meuble, elle ne les suivit pas à Auteuil.

Malgré ce que plus tard ils apprirent sur elle, elle resta dans leur mémoire après sa mort comme une épave insubmersible de leur jeunesse, un témoin, une ancre à laquelle le souvenir de leur mère était amarré. Rose avait comblé la lacune béante entre le présent prosaïque et l'enfance et la jeunesse délicates, ces jours d'espoir et de confiance.

*En province c'est la loi dure de la vieille Rome, du vieux Caton, qui dit qu'il faut vendre les vieux esclaves comme les vieux fers. C'est ici un capital dont il faut tirer tout l'intérêt possible. La maladie, le chagrin, les misères de ces corvéables, qu'importe ! Sous une gronderie perpétuelle, qui est l'occupation de la santé de la femme de province, qui n'a rien à faire, ces êtres opprimés, torturés, crucifiés, portent autour d'eux des tristesses de peuples réduits en servitude ; anxieux, tremblants, effarouchés et se remuant nerveusement pour faire croire qu'ils travaillent, quand on entre ; roulant en eux de perpétuels mensonges ou bien les yeux effarés, la cervelle effarée, la tête allant de droite à gauche, comme des animaux pourchassés et qui cherchent une issue. Il vous prend un mal à l'aise à voir ces jeunes filles, qui vivent ordinairement d'éclats de rire, tristes et absorbées, vous répondant à peine d'une voix effacée, promener le suicide de leur jeunesse**.

* *Journal*, octobre 1858.

6

Rose

C'était comme dans un conte. La jeune fille entra dans l'agréable cuisine où on l'accueillit gentiment. On la pria de s'asseoir à table près du fourneau pour se réchauffer et se restaurer royalement avec du kouglof et une boisson chaude. Parmi les boissons, une la fit se sentir comme enveloppée d'un voile impénétrable, et l'hôtesse, qui était vêtue d'une robe de laine, longue jusqu'aux pieds, demanda, à plusieurs reprises, qu'on lui verse cette boisson à volonté. Plus elle en boirait maintenant, moins elle serait seule tout le reste de sa vie et moins elle aurait froid. Elle remercia et s'exécuta, elle but chaque gorgée comme si c'était de l'or liquide. Alors un jeune homme entra dans la pièce par une porte invisible. Il était plus beau que le plus beau des princes, ses cheveux étaient noirs comme de l'ébène et il s'assit à côté de sa mère et de la jeune fille qui était venue du froid de l'hiver ; une chaleur émanait de lui comme d'une bête contre laquelle on se blottit, comme la fille de ferme se serre le matin contre la vache laitière. Mais il ne disait pas un mot, il était muet. La seule vue du jeune homme mettait la jeune fille au comble du bonheur. La femme lui donna un fuseau et la pria de filer. Elle se mit immédiatement à filer volontiers et avec la plus grande diligence mais bientôt elle se piqua le doigt et le fil qu'elle filait se colora de son sang. Quand la vieille femme vit le sang, elle parut effrayée et montra sa véritable apparence. La robe de laine qu'elle portait tomba d'elle et dévoila le squelette et le crâne d'une vieille femme. C'était une sorcière. Le jeune homme disparut pour toujours, ainsi que la porte par laquelle il était entré. Alors la jeune fille pleura amèrement et elle eut froid.

Le fourneau s'était éteint et le verre où elle avait bu était brisé en mille morceaux.

Quelque temps après la mort de Mme de Goncourt, Rose but son premier verre d'eau-de-vie chez Mme Colmant qui tenait une crémerie au coin de la rue Saint-Georges et de la rue Saint-Lazare. D'abord, elle le renifla et respira profondément avant d'en boire une gorgée qui lui brûla la langue. Elle reposa le verre, attendit et, sous le regard curieux des autres, le vida.

Elle fit la grimace. Elle n'arrivait pas à comprendre qu'on puisse se régaler avec ça. Dans son pays, seuls les hommes buvaient, les femmes, assises à leur côté, les regardaient. Les femmes qui buvaient – bien sûr il y en avait – allaient se cacher à la cave ou au grenier en emportant la bouteille. Chez Mme Colmant se réunissaient, chaque jour, une blanchisseuse d'un âge incertain, une couturière de même pas vingt ans et Alexandre, le fils de Mme Colmant qui, Rose était au courant, apprenait la boxe.

Lorsque, quelques jours plus tard, après la fermeture du magasin, Mme Colmant lui offrit à nouveau de l'alcool, la forçant presque, elle refusa d'abord puis finit par accepter par politesse. Elle vida le verre à petites gorgées timides et ressentit une vague de chaleur qui la parcourut de la poitrine jusqu'à la pointe des pieds. C'était extraordinaire que si peu d'alcool fasse un tel effet.

« C'est vraiment incroyable », dit-elle d'un air rayonnant.

Elle tendit son verre une deuxième puis une troisième fois et se fit resservir comme un homme, en tout cas comme aucune femme de son village n'aurait osé le faire en présence d'un étranger. Cette fois elles étaient seules, Mme Colmant avait dégrafé son corset pour donner plus de liberté à son corps rose criblé de taches de rousseur. Elle ne portait pas de bas, ses pieds étaient finement veinés comme le bleu d'Auvergne qu'elle vendait.

Plus tard, Alexandre entra dans l'arrière-boutique qui faisait office de cuisine. Par mauvais temps, c'est là que Mme Colmant attendait la clientèle, assise près du fourneau, sinon elle préférait se tenir à l'affût sur le pas de la porte ; de là, elle avait le meilleur point de vue sur le carrefour. Personne ne savait pourquoi elle se disait « veuve Colmant » et personne n'avait jamais vu un homme de ce nom dans sa proximité.

À présent, Alexandre venait de plus en plus souvent les rejoindre quand Rose passait voir la veuve, ce qui était plus fréquent désormais, d'abord chaque lundi, puis deux ou trois fois par semaine, le matin, l'après-midi et même dans la soirée, en coup de vent parfois, en s'attardant quand elle le pouvait. Comme le magasin était très proche de l'appartement des Goncourt, ses visites n'attiraient pas l'attention. Mme Colmant vendait de tout à l'exception des légumes, du poisson et de la viande.

Rose était toujours la bienvenue dans l'arrière-boutique.

Alexandre ne parlait pas beaucoup, il préférait exhiber son anatomie. Il roulait très haut les bras de sa chemise à carreaux pour mieux montrer sa musculature, Rose en était impressionnée. Les regards dérobés qu'elle jetait sans arrêt sur ces bras nus et cette large nuque n'échappaient ni au fils ni à la mère.

Alors qu'Alexandre restait muet la plupart du temps, Rose était de plus en plus loquace. Ils échangeaient de brefs regards. Mais, pour un qu'il lui jetait, elle lui en offrait deux. Il la regardait brièvement. Elle soutenait son regard, lui en demandait plus en silence, puis leurs regards se perdaient l'un dans l'autre. Elle aurait tout donné pour une étreinte.

Le temps semblait suspendu dans la cuisine tiède. Le temps était suspendu, mais son cœur battait follement. Que pouvait-il bien penser quand il la regardait comme ça ? Que peut bien penser un jeune homme à qui les premiers poils poussent au menton ? Elle n'en avait aucune idée, ce qui ne faisait qu'accroître sa curiosité.

Pendant qu'elle sirotait son eau-de-vie, et les verres se faisaient toujours plus nombreux, Alexandre buvait sa limonade à petites gorgées tout en ramenant une mèche de cheveux derrière l'oreille.

Rose voyait bien qu'on ne la quittait pas des yeux. Chacune de ses paroles, lui semblait-il, était dévorée avec les yeux, beaucoup étaient répétées à voix basse ou suivies d'un silence comme si c'étaient des règles d'or qu'il suffisait de suivre pour qu'elles vous conduisent au bonheur parfait. Mère et fils l'observaient avec curiosité et obséquiosité comme s'ils lui étaient redevables. Pourtant elle ne leur avait encore rien donné sinon un amour non partagé.

Elle s'en étonna elle-même, soudain elle avait plus à dire que d'habitude. Des histoires oubliées lui revinrent en mémoire et si, parfois, elle en inventait, ce n'était pas grave, car elles étaient assez crédibles pour des oreilles complaisantes. Elle parla moins d'elle-même que des autres. Mais quand Mme Colmant voulut en savoir plus sur les deux célibataires du n° 43 – qui ils fréquentaient et où et quand et combien de fois, à combien se montaient leurs biens, ce qu'ils aimaient, ce qu'ils faisaient toute la journée –, les réponses de Rose devinrent évasives. C'était une limite qu'elle ne franchirait pas, jamais elle n'irait jusqu'à révéler l'intimité d'Edmond et de Jules à des étrangers, car la crémière était pour elle une étrangère et, même si son rêve était de devenir plus intime avec Alexandre, ça n'y changeait rien. Et pourtant elle savait que cette réticence ne pouvait que décevoir Mme Colmant.

Quand elle voulut se lever elle sentit que le monde chavirait, elle dit comme si c'était la première fois qu'elle s'en apercevait :

« La terre est vraiment ronde, on trébuche quand elle se dérobe sous vos pieds. »

Puis elle retomba sur la chaise qui vacilla tellement que Mme Colmant tendit instinctivement la main pour la retenir.

« La voilà de nouveau assise, dit-elle, ravie de son habileté à percer les gens et leurs pensées secrètes, ne tombez pas, petite Rose. »

Petite Rose, ici elle l'était, ici elle se sentait une jeune fille, une jeune fille amoureuse, et les autres n'en devaient rien savoir. Jamais elle n'avait été satisfaite du monde et d'elle-même comme en ce moment. On était assis ensemble dans une cuisine bien chaude et on respirait, pensait, attendait, aimait ensemble. Elle aurait voulu vivre toujours ainsi, sans exigence, pompette, aimée et en sécurité.

Alexandre la regarda fixement. Il eut un sourire moqueur. Son visage était un peu chafouin, mais avec des traits fins, un profil classique et de courts cheveux bouclés comme ceux de l'Enfant Jésus sur les images pieuses. Il n'avait que dix-neuf ans, dix ans de moins que Rose. Est-ce qu'elle avait l'air d'être sa mère ?

Elle le trouvait beau, et son impudeur était délicieuse. On lui demanda si elle voulait boire un autre verre, et elle accepta, juste une gorgée. Il tourna la tête pour qu'elle puisse admirer son profil, la rectitude de son nez mince, ses lèvres pleines, son menton volontaire et, quand il se tourna à nouveau vers elle, sa barbe à peine naissante et ses dents blanches.

À aucune amie de Mme Colmant il n'aurait échappé que ce n'était pas par amitié que Rose était soûlée.

Sauf à Rose.

Elle aimait s'imaginer qu'Alexandre était son enfant, ou tout au moins qu'elle l'avait connu enfant, qu'elle l'accompagnait à l'école et allait l'y chercher, le gardait à ses heures libres et lui rendait visite à Saint-Nicolas où sa mère l'avait mis en pension parce qu'elle n'avait pas le temps de s'occuper de lui et qu'il était, oui, assez turbulent. Rose aurait volontiers donné son dernier sou pour qu'il puisse recevoir la meilleure éducation, elle le trouvait intelligent et il ne lui échappait pas qu'il était malin et savait parfaitement vous mener par le bout du nez. Elle aimait tout en lui, l'enfant, le jeune homme, l'homme et le séducteur.

Quand la crémière servait dans le magasin, Rose allait de plus en plus souvent dans l'arrière-boutique, pour faire la poussière et secouer les coussins et les napperons posés sur les meubles trop serrés, pendant que Mme Colmant poussait des soupirs douloureux à chaque pas qu'elle faisait. « Je suis usée, usée par la vie », disait-elle, et personne ne la contredisait, même si personne n'aurait pu dire ce qui l'avait amenée à cet état.

Un jour, Alexandre annonça qu'il voulait apprendre le métier de gantier. Sans doute se voyait-il déjà assis derrière une vitrine où seraient exposés des gants faits main, en agneau le plus fin ou en cuir de kangourou, des gants qu'il aurait confectionnés lui-même et qui seraient passés entre ses mains avant d'être enfilés sur les doigts d'une femme élégante. Ce métier lui aurait permis d'être toujours en vue. Il n'était pas fait pour rester dans l'ombre, il devait se montrer.

À présent, Rose passait chaque minute de liberté chez les Colmant. C'était son plaisir et sa fierté de donner un coup de main, comme elle disait, et la grosse crémière se gardait bien de protester quand Rose proposait de lessiver le sol ou de la remplacer au magasin, pendant que l'autre, assise au soleil sur le seuil de la boutique, bavardait avec les clientes.

« L'air frais me fait du bien ! » aimait-elle répéter.

Rose s'épanouissait et son humeur était au beau fixe. Il n'échappait pas à Edmond et à Jules qu'elle quittait souvent la maison à des heures tardives, alors qu'ils étaient déjà au lit ou écrivaient dans leur *Journal* ce qui leur était arrivé dans la journée et ce que leurs amis leur avaient dit ou avaient fait. Ils l'entendaient se dépêcher dans l'escalier comme une jeune fille qui court, enfiévrée d'amour, à son premier rendez-vous, et « qui sait, c'est peut-être le cas, même si c'est un peu trop souvent le cas, mais ce que fait Rose de son temps libre ne nous regarde pas, nous ne sommes pas des esclavagistes », et ils revenaient à leur propre vie, l'écriture.

Mais la servilité de Rose éveilla bientôt chez les deux Colmant un dédain dont s'aperçurent tous ceux qui observaient avec curiosité les rapports entre ces trois-là, tous, excepté Rose.

Il suffit de quelques semaines pour que Rose accueille avec reconnaissance les quelques mots aimables que la mère d'Alexandre daignait lui jeter, et que le jeune homme, sans lui accorder un regard quand elle lessivait le sol ou cirait le plancher à quatre pattes, prenne un malin plaisir à marcher avec des souliers boueux sur la surface fraîchement encaustiquée. Rose regardait rêveusement les traces de pieds noires, comme les contours d'un pays étranger sur une carte.

Une nuit, en voyant par hasard Adèle, la femme de chambre de la Deslions, descendre quatre à quatre l'escalier, passer la porte et prendre la direction de la rue Saint-Lazare, elle ressentit, au fond d'elle-même, une menace vague mais inéluctable qui la retint de lui demander où elle allait, ce qu'elle aurait fait pendant la journée car elles avaient toujours été amies. En plein jour, elle n'aurait pas eu la moindre arrière-pensée, mais la voir se hâter ainsi, et peu avant minuit !

Elle ne l'appela pas et, au lieu de ça, elle la suivit sans se faire remarquer. Bientôt il devint évident que son but était le magasin de la veuve Colmant où, malgré l'heure avancée, il y avait de la lumière, et pourtant ce n'était pas une heure où Mme Colmant pouvait s'attendre à avoir une cliente.

Mais l'intention d'Adèle n'était pas d'acheter du lait ou du beurre pour le petit-déjeuner de sa maîtresse ni de tailler une bavette nocturne avec la crémière qui n'était visible ni sur le seuil du magasin ni à l'intérieur, non, elle glissa comme une ombre le long du magasin et, sans jeter un regard en arrière, disparut au coin de la maison où se trouvait l'entrée des Colmant. Là, Alexandre attendait et qui il attendait ne faisait aucun doute. Plus tard, quand Rose vit sa main pincer sans honte les fesses d'Adèle, elle comprit qu'elle avait été trahie.

L'idée qu'il se savait observé et qu'il savait pertinemment que c'était elle qui l'observait lui traversa l'esprit mais sans s'y arrêter.

Adèle poussa un cri de joie à peine réprimé et disparut avec son amoureux qui la poussa dans la maison. La chambre du jeune homme était à la droite du rez-de-chaussée, Rose n'y était jamais entrée mais elle s'était souvent demandé si elle était bien rangée ou en désordre comme l'est souvent la chambre d'un jeune homme.

En trébuchant, comme une marionnette qui se serait emmêlée dans ses fils, elle se glissa le long du mur jusqu'à la fenêtre d'Alexandre. Légèrement penchée en avant, le visage dissimulé sous sa coiffe noire qu'elle avait tirée sur son front, elle se mit à l'affût comme un espion de la police. À l'exception d'un chien errant puis d'un chat, personne ne passa dans la demi-heure suivante. Rose, pressée contre le mur de la maison en retenant son souffle, épiait à travers les lamelles dans la demi-obscurité de la chambre. Des heures plus tard, elle sentait encore la pression du bord de la fenêtre sur son bas-ventre.

Il valait mieux entendre que voir ce qui se passait là-dedans. Ce qu'elle ne voyait pas, elle l'imaginait, il y avait bien assez de murmures et de bruissements pour nourrir cette imagination et elle les écoutait, tétanisée. Adèle et Alexandre s'étaient donné rendez-vous dans un but bien précis.

Cinq caractères scintillaient en lettres de feu sur la maison de la mère et du fils Colmant : ORGIE. L'orgie dont il était question découpa dans le cœur de Rose, comme l'aurait fait une scie, sa croyance en un bon jeune homme. Elle sentait chaque dent s'enfoncer dans sa peau comme se pénétraient les corps des amants.

Ce qu'elle venait d'entendre résonnait encore dans ses oreilles quand elle fit demi-tour et regagna sa mansarde. Chez les frères, il y avait encore de la lumière, ce qui ne signifiait pas qu'ils soient toujours en train d'écrire. Il n'était pas rare qu'ils oublient d'éteindre avant d'aller au lit. Cette fois, Rose ne le fit pas pour eux.

À peine sa couverture tirée, elle tomba dans un lourd sommeil. À son réveil, elle avait de la fièvre. Mais sa température ne consumait pas la douleur. Malgré sa fièvre, elle se leva comme chaque jour.

« Alors Rose, un amour contrarié ? » l'asticota Jules après le déjeuner, tel un fox-terrier hargneux, sans même lever les yeux de la page. Pendant qu'il séchait avec le buvard une tache d'encre, elle avait sans doute parlé seule. Elle évita les frères tout le reste de la journée. Elle ne voulait pas qu'ils plongent en elle leur regard scrutateur.

Rose voyait bien à quoi les deux frères étaient occupés mais elle ne le comprenait pas. Toute la journée et la moitié de la nuit, ils lisaient et écrivaient, assis devant leur cahier ou leur livre, ils se penchaient sur un buvard, discutaient sans arrêt, écrivaient et griffonnaient mais elle ignorait ce qui en résultait, ça ne l'intéressait pas. Ce n'était pas son monde. Il n'avait pas été nécessaire de lui interdire de toucher aux papiers, d'ouvrir les livres quand ils étaient fermés ou de les feuilleter quand ils étaient ouverts. Elle avait compris toute seule qu'il fallait tout laisser en place et ne rien déplacer.

Plus le temps passait, plus sa colère contre Alexandre et Adèle faiblissait : ils étaient jeunes, tout fous. Le chagrin qu'elle avait éprouvé s'évanouit. Après quelques jours, Rose se persuada que leur rencontre ne s'était jamais reproduite et bientôt elle crut avoir tout simplement rêvé cette scène nocturne. Un mauvais rêve, ça ne faisait aucun doute.

« J'ai beaucoup d'imagination », plaisanta-t-elle un jour, assise à la table de Mme Colmant en jetant un regard de côté à Alexandre. Elle voulait un enfant de cet homme. Il détourna les yeux.

Alexandre découvrait le métier de gantier. Il faisait de rapides progrès, le professeur était satisfait, il disait que son élève était attentif et apprenait vite. On n'avait pas besoin de lui expliquer longtemps.

Mais ça ne lui suffisait pas. Quand ils étaient tous les trois assis à la table de la cuisine, avec la soupe qui cuisait sur le fourneau, il répétait sans arrêt qu'il se mettrait à son compte dès qu'il aurait fini son apprentissage. Il voulait être son maître, il ne pouvait pas rester en apprentissage plus longtemps, c'était dans sa nature d'être libre, la boxe ne lui suffisait pas.

Il chercherait et trouverait quelque chose de convenable. Rose n'avait aucun mal à l'imaginer à son compte. La mère hochait la tête.

Le combat au poing, qui avait une popularité croissante dans le public, correspondait à sa soif d'indépendance et de gloriole. Bientôt il voulut livrer son premier combat, torse nu devant tous les regards. Admiratifs, bien sûr !

Quand Alexandre eut terminé son apprentissage, Rose se mit à la recherche d'un magasin. Elle vendit ses boucles d'oreilles et demanda aux frères une avance de six mois de gages qu'ils lui accordèrent généreusement sans poser de question. Elle loua, sous le nom d'Alexandre, deux pièces avec deux vitrines au rez-de-chaussée d'une maison de la rue Taitbout. Elle s'occupa de tout ce qui était nécessaire pour qu'il puisse se mettre immédiatement au travail. Elle y sacrifia toutes ses économies, à présent elle n'avait plus rien. Il fallait que ce soit une surprise, elle se présenta au patron d'Alexandre comme une cousine qui avait le souci de son avenir ; il lui donna tous les renseignements nécessaires pour l'organisation et l'équipement professionnel du magasin.

De l'inventaire jusqu'aux outils nécessaires, tout était prêt quand un jour, comme en passant, elle demanda à Alexandre de l'accompagner pour faire une petite promenade dans le quartier. Quand ils furent devant le magasin qu'elle lui montra avec fierté, la première chose qu'il vit, c'est le nom sur la porte. Il y était écrit, en beaux caractères, Alexandre Colmant, gantier. Sa surprise fut sincère et son bonheur dura bien deux ou trois jours, mais très vite il lui parut évident que tout cela lui était dû.

Elle avait placé la table sur laquelle il travaillerait de telle façon que les dames, qui passaient par hasard, auraient l'œil attiré par le jeune gantier. L'homme en chemise bleue et pantalon foncé, qui s'affairait avec l'aiguille et les ciseaux, les patrons et le cuir, le fer à repasser et le polissoir, le tranchoir et le fer rouge, ne pouvait pas passer inaperçu. C'était la pépite du magasin, à côté les gants ne jouaient qu'un rôle subalterne. Les passantes, après avoir jeté un regard fugace à travers la vitre, s'arrêtaient et observaient du coin de l'œil l'homme penché sur sa besogne. Le gantier était une attraction aussi irrésistible que le travail délicat qu'il exécutait. Quand il levait les yeux, il n'était pas rare que son regard croise celui d'une femme qui, confuse, abaissait les paupières. Rose n'était pas la seule à déchiffrer cette scène muette.

Alexandre ne laissait rien au hasard, même s'il faisait mine de ne pas s'apercevoir de l'effet qu'il faisait aux autres. Il savait qu'il était observé. Il cherchait à attirer l'attention du public féminin.

Rose était fière de lui et de la scène qu'elle lui avait offerte. Il avait pris l'air désinvolte, l'arrogance et la condescendance vulgaire du fat qui se sait observé. Et qui trouve ça normal.

Ce n'est que deux semaines plus tard, quand elle remarqua sur les doigts d'Adèle des gants qu'elle ne lui avait jamais vus, qu'elle se demanda – outre le coup de couteau en plein cœur – pourquoi ce n'était pas elle qui portait ces gants. Est-ce que ça n'aurait pas été normal, après tout ce qu'elle avait fait pour Alexandre ?

Quand elle vit les gants d'Adèle, elle se figea, vacilla et souhaita ne jamais avoir rencontré cet homme. Mais ce vacillement et ce souhait s'évanouirent dans les tâches quotidiennes comme les injures qu'elle aurait aimé lancer à Adèle.

Les gants se moulaient, enveloppaient et protégeaient les peaux fragiles, préservaient du froid et de l'orage, de la chaleur, de l'humidité et de la saleté, mais aussi d'une proximité désagréable.

Un jour, Alexandre céda à l'appel timide de Rose et l'embrassa. Il lui offrit une paire de gants qui étaient un peu trop grands pour ses mains sèches et abîmées. Mais elle n'avait jamais rien possédé de plus joli ni de plus doux. C'étaient les premiers gants qu'elle portait.

Le jour suivant, il la posséda, même si elle ne s'était pas pomponnée, ça arriva comme ça. Il s'en servit comme d'un objet utilitaire.

Ce ne fut pas une agression, mais pas non plus ce qu'elle avait espéré. Ce n'était pas de l'amour. Ce n'était même pas un remerciement. Alexandre prit ce qui lui appartenait comme s'il mordait dans la première pomme venue. Il prit le fruit parce qu'il avait faim. Mais pour Rose, c'était beaucoup.

Elle lui donna ce qu'elle pouvait lui donner, elle lui donna tout. Elle savait bien sûr que d'autres lui auraient offert bien plus. Que c'était peu. Ces étreintes ne la firent ni plus jeune, ni plus belle, ni plus séduisante, mais elles la rendirent heureuse. Elle aurait voulu le garder pour toujours. Il se détacha le premier, elle s'y attendait.

Rose avait découvert une pièce peu utilisée dans la maison de la crémière que même Alexandre ne semblait pas connaître, une chambre où traînait une chaise longue mise au rancart, sur laquelle étaient posés des sacs et des couvertures poussiéreuses qui n'avaient pas été secouées depuis longtemps. Là, ils n'étaient pas dérangés, sauf par les bestioles omniprésentes, attirées par les provisions entassées au rez-de-chaussée et souvent agressives. Cela devint une routine, Alexandre se servait de Rose selon son humeur.

Quand c'était fini, Alexandre se promenait nu devant elle. Devant tant de beauté, Rose restait pantoise et sans voix, il était aussi beau qu'un athlète, elle s'enveloppa dans les draps moites qu'il avait rejetés sans lui accorder un regard. Le contempler suffisait à son bonheur.

Tous deux se taisaient. Elle aurait eu beaucoup de choses à lui raconter mais elle avait peur de l'ennuyer.

Une nouvelle fois elle tomba enceinte, elle avait presque trente ans. Depuis sa dernière grossesse, elle n'avait jamais eu un regard pour un autre homme que lui et, même s'il la traitait par-dessus la jambe, elle ne lui en voulait pas. Un enfant d'Alexandre était un cadeau des dieux, et elle l'en remerciait dans sa prière du soir.

Cette fois, il n'était pas nécessaire de mettre au courant ses sœurs, qui auraient insisté pour savoir qui était le père. Elle n'avait pas eu besoin d'elles pour comprendre son état, d'ailleurs elle ne les voyait presque plus. Elle était si heureuse de porter dans son ventre l'enfant de son bien-aimé qu'elle ne vit pas la nécessité de le mettre au courant.

Sa joie rejetait tous les doutes dans l'ombre. Elle n'avait pas peur de ce qui l'attendait.

Mais elle ne vivait pas isolée sur une île déserte. Elle devait cacher à ses proches qu'elle attendait un heureux événement, d'abord à Mme Colmant et à ses clientes, mais surtout à Edmond et à Jules à qui rien n'échappait car, affirmait-elle, ils avaient les yeux partout. Une chance qu'elle soit si mince, chaque gramme qu'elle prenait paraissait aller à cette nouvelle vie. Une chance aussi que les frères ne s'occupent pas de l'apparence de leur bonne ; certains jours, elle leur servait leur petit-déjeuner ou leur déjeuner sans qu'ils lui accordent un regard.

Rose desserrait un peu plus son tablier chaque semaine. Il était plus facile de laisser les autres dans l'ignorance qu'elle n'aurait cru.

« Je grossis », dit-elle un jour, en ramenant sur son ventre les plis de sa jupe qui devenaient moins nombreux, et Jules rit de cette coquetterie qu'ils découvraient chez Rose.

« Serait-elle amoureuse ? dit-il.

– A-t-elle des passions ? renchérit Edmond.

– Certainement », dit Jules, seulement nous ne les connaissons pas.

Le petit corps se formait et, pour la première fois, Rose donnait l'impression d'être potelée.

Plus sa grossesse avançait, plus sa passion pour Alexandre grandissait. Il y avait peu de chance que la venue de l'enfant lui fasse plaisir, elle le savait, aussi continua-t-elle à lui taire sa grossesse.

Alexandre, que sa mère appelait Alex, pouvait demander à Rose ce qu'il voulait : dévouement, travail, temps, économies et aumônes. Elle lui accordait tout. Quant à elle, elle n'avait besoin de rien, sauf d'une assiette de soupe et d'un toit sur sa tête, peu de choses, en somme. De temps en temps, il la prenait. Mais il ne remarqua pas sa grossesse pour autant. Pour le décourager, elle espaça de plus en plus leurs rendez-vous, aussi se détourna-t-il d'elle.

Quand, peu avant la naissance, elle lui apprit enfin son état. Il la regarda d'un air incrédule et essaya de le prendre en riant. Il n'en était pas fier. En fait la nouvelle le laissa indifférent. Il était trop jeune, trop inexpérimenté et elle ne trouva pas les mots pour lui faire comprendre ce bonheur qu'elle aurait voulu partager avec lui.

« Ne raconte rien à ma mère », c'est tout ce qu'il trouva à dire avant de se remettre à parler des exigences des fournisseurs de cuir. Même le jour où elle partait accoucher à la maison de santé, il lui demanda de l'argent. Et elle lui en donna.

Rose se fit conduire à la maternité de la rue de Port-Royal. Elle avait eu la sage précaution de dire aux frères, qui ne se doutaient de rien, qu'elle ne se portait pas bien et qu'elle devrait rentrer dans une maison de santé si ça n'allait pas mieux, une affaire de femme. Parler d'une histoire de femme était le meilleur moyen d'éviter les questions importunes. Edmond avait hoché la tête et lui avait souhaité un prompt rétablissement. Plongé dans ses livres et ses cahiers, Jules ne s'aperçut même pas de son absence, d'autant qu'elle avait prévu une remplaçante ; il ne manquait pas de travailleuses affamées pour faire la cuisine et le ménage.

Edmond interdit à la remplaçante de Rose d'ouvrir les vitrines et de dépoussiérer les objets qu'elles contenaient.

Rose mit au monde une fille en bonne santé, qui avait les traits d'Alexandre. À présent elle le possédait deux fois, et pour elle toute seule.

Rose aurait pu attraper la fièvre puerpérale et mourir si une jeune sœur ne lui avait conseillé de quitter la maternité aussi vite que possible. Dans la grande salle commune où elle était couchée, chaque lit était frappé par la nouvelle peste qui s'échappait des berceaux contaminés et se répandait rapidement. Les mères et les enfants mouraient en quelques heures, les enfants souvent avant les mères. Et comme personne n'avait vraiment envie que ces petits restent en vie, ça paraissait la meilleure solution. On entendait dans tous les coins des cris de douleur. En proie au délire, les jeunes mères criaient. Beaucoup sautaient de leur lit, erraient à travers la salle et arrivaient dans l'endroit où étaient disséqués les cadavres et où elles le seraient, elles aussi ; on les attachait, on leur mettait des camisoles de force pour qu'elles ne se blessent pas. « Quand on ne peut pas terminer sa vie, on vient hanter les vivants comme un spectre », dit la jeune sœur devant Rose. Fiévreuse, commençait-elle déjà à délirer ? Affaiblie par l'accouchement, elle vit des cadavres sortir de la salle de dissection pour venir lui prendre son enfant. Elle ferma et ouvrit les yeux, ils étaient toujours là.

La vie chancelait comme si elle était arrachée de force aux corps des femmes. Avant qu'elles ne s'éteignent, les couvertures se soulevaient au-dessus des corps gonflés des mourantes.

Rose quitta précipitamment la maternité. Elle fuyait les mauvaises fièvres et la mort. Sur les conseils de la nourrice chez qui elle se réfugia avec l'enfant, elle but d'innombrables infusions de tilleul. Elle profita de la nature, la nourrice qui allait désormais s'occuper de l'enfant habitait à la campagne.

Elle y resta trois semaines. Elle envoya de ses nouvelles aux deux frères qui se demandèrent en la lisant si Rose avait écrit la lettre elle-même. Ils ne reconnaissaient pas son écriture. Puis ils passèrent au contenu. Elle disait qu'elle souffrait d'une inflammation de l'utérus sans gravité.

« La pauvrette ! » dit Edmond, mais il ne répondit pas à sa lettre.

Le nourrisson prospérait et Rose retourna à Paris, remise et d'humeur sereine. Elle essaya d'éveiller l'intérêt d'Alexandre pour sa fille, mais en vain, il ne vint la voir qu'une fois. Chaque dimanche elle allait voir l'enfant. Mme Colmant ignorait toujours qu'elle était devenue grand-mère.

7

La coalition du silence, février-mars 1869

Lorsque les deux frères, une semaine après la sanglante collision entre les fiacres, se présentèrent chez la princesse Mathilde, les blessures sur le visage d'Edmond étaient pour ainsi dire guéries ; seules quelques éraflures sur les tempes et une place vide dans sa barbe rappelaient l'accident sans gravité. À présent, ils ne prenaient plus un fiacre au hasard ou en se fiant à la providence, ils choisissaient soigneusement la voiture ou l'omnibus dans lesquels ils montaient et l'homme qui devait les conduire. Comme ils avaient noté le numéro du fiacre, le 170, ils avaient averti leurs amis de l'éviter soigneusement.

Un domestique créole, aux cheveux noirs crêpelés, vêtu d'une livrée ornée d'une tresse dorée, les accueillit à la porte d'entrée de l'hôtel particulier et les conduisit dans la véranda, en passant devant un chevalet où était posé depuis des mois un pastel inachevé de la princesse auquel ils n'accordèrent pas un regard. La princesse était une peintre passionnée et douée qui d'habitude achevait ses tableaux. Cette esquisse était-elle là pour illustrer l'échec et l'inachèvement que redoutent tous les artistes ?

Dans la véranda, ils hésitèrent avant de repérer leur hôtesse, ainsi que Gautier et de Sacy dans ce fourré de plantes foisonnantes, pour la plupart hautes de plusieurs mètres, lierre, arums, lys verts, yuccas. Tous trois étaient en effet presque entièrement cachés derrière un bananier importé dont les fruits pas mûrs rappelaient les plumes d'un cacatoès vert. Dans les pots et les vases fleurissaient des azalées, des camélias, des pivoines. Des coupes en précieuse porcelaine peinte – environnées de mouches minuscules – offraient des oranges, ces fruits que Mathilde vendrait dans les rues d'Ajaccio si son oncle n'avait pas fait carrière à Paris, comme elle aimait le dire en plaisantant.

Ce n'était vraisemblablement pas sa seule raison de vénérer Napoléon Ier qui était mort à Sainte-Hélène une année après sa naissance. Il n'y avait pas de maisons à Paris où étaient suspendus autant de portraits de cet empereur – dont le successeur sur le trône impérial, Napoléon III, l'aurait épousée, s'il n'avait pas été son cousin. Il avait été amoureux d'elle à quinze ans et l'aimait toujours, c'était un secret de polichinelle.

Mathilde et ses invités étaient assis au milieu des plantes violemment parfumées de la serre qui, bien qu'elle ne se trouvât pas au milieu de la maison, en était le centre secret. Le jardin d'hiver exotique profitait de la luxuriance et de la magnificence du château de Saint-Gratien qui appartenait à la princesse. En raison de la chaleur et du haut degré d'humidité, l'eau s'égouttait des feuilles grasses et des fleurs carnassières qui, ouvrant leurs calices avec avidité, exhalaient un parfum entêtant d'extases et de décomposition. C'est ce qu'on devait sentir dans les pyramides décorées de fleurs quand on abandonnait les pharaons à leur destin au royaume des morts ; impression encore renforcée par le visage de la princesse qui avait souligné la blancheur naturelle de sa peau par une épaisse couche de poudre de riz. Elle était à moitié allongée sur une méridienne et s'éventait, appuyée sur un coude, pour écarter l'air chaud, en vain semblait-il, et éviter les perles de transpiration sur son visage matelassé de petits coussinets. Gautier, qui était assis à côté d'elle, essayait d'éviter ce courant d'air mouvant mais, à en juger par l'expression de son visage, ses manœuvres restaient vaines.

« Asseyez-vous près de nous, mes bichons », dit Mathilde, et une rougeur de jeune fille empourpra ses joues bizarrement slaves. C'est Flaubert qui avait donné ce surnom aux deux frères mais, à l'exception de lui et de la princesse, personne n'avait le droit de les appeler ainsi et nul ne transcendait cette règle. La princesse fut parcourue d'un frisson quand elle se leva pour leur tendre ses deux mains. « Quel plaisir de vous voir tous ici. Quel heureux moment. »

S'ils avaient été allemands, Edmond et Jules auraient élevé la main droite de leur hôtesse et l'auraient baisée en s'inclinant, comme ils l'avaient vu faire à Berlin. Au lieu de quoi, Edmond posa sa main gauche sur la main mollement tendue de Mathilde qui s'était posée sur sa main droite ; elle était comme toujours un peu humide. La princesse sentait la poudre de riz qui commençait à se craqueler sur son visage. La lumière du jour qui tombait à travers la paroi vitrée de la véranda était impitoyable. Mathilde Bonaparte n'avait que deux ans de plus qu'Edmond mais à cet instant et sous cet éclairage, elle paraissait des années plus vieille que lui.

Elle ouvrit son poudrier et se refit prestement une beauté. Alors qu'elle tournait la tête dans tous les sens, ses yeux restèrent fixés au centre du miroir ; elle claqua le couvercle du poudrier dans une dernière bouffée de poudre et passa deux ou trois fois ses doigts fardés dans ses cheveux.

Elle demanda à Edmond comment il allait après leur accident, quel était l'état de ses blessures car elle ne les avait pas vus depuis. Edmond laissa à Jules le soin de raconter ce qui s'était passé. Comme celui-ci commençait à s'embrouiller dans le déroulement des faits, Edmond l'interrompit. Mathilde leva les yeux. Le regard vacillant de Jules et sa façon saccadée de parler ne lui échappèrent pas, pas plus qu'aux autres personnes présentes.

« Où est Flaubert ? » demanda Jules en se penchant vers Edmond. Celui-ci lui souffla à l'oreille que Flaubert n'était pas là.

« Pourquoi, on nous l'avait promis », insista Jules bravement, et Edmond répéta sa réponse avec plus de fermeté, mais en baissant la voix et les yeux. Quand il les leva, il rencontra le regard de Mathilde. Il détourna le sien. Avait-elle deviné ?

La princesse mit fin à la petite assemblée. Quand elle se leva, son genou heurta la petite table sur laquelle étaient posés le champagne et les coupes à moitié pleines ; personne n'avait vidé son verre. Le champagne, depuis, avait tiédi.

Le fracas réveilla les quatre chiens tachetés qui, jusque-là, s'étaient tenus exceptionnellement tranquilles sous la petite table. Ils en émergèrent et se mirent à aboyer bruyamment. Quand Mathilde vit Jules se boucher les oreilles et mettre sa veste sur sa tête, elle essaya de calmer les chiens : « Phil, Mouche, Soc, Gin, allez-vous cesser, taisez-vous ! »

Mais elle n'y parvint que lorsque, avec Gautier qui lui avait offert son bras, elle prit la direction de la salle à manger où de Sacy, Jules et Edmond la suivirent. Deux domestiques firent sortir les chiens au grand regret de leur maîtresse qui avait du mal à se passer d'eux.

On se laissa tomber sur les chaises rouges rembourrées. Les fauteurs de troubles étaient hors de la vue et loin des oreilles.

Ici aussi grimpaient un impressionnant strelitzia et des lianes qui étalaient leurs fleurs lubriques. Edmond poussa pourtant un soupir de soulagement. Bien que les cheminées et les poêles fussent allumés, laissant aussi peu présager de la saison hivernale que dans le jardin d'hiver, le léger courant d'air qu'on sentait sur les jambes était plus agréable que la chaleur oppressante de la serre, même si, malgré l'épais tapis, il finissait par vous glacer les pieds.

La nourriture qui fut apportée était simple, des macaronis aux morilles qui avaient le goût de la terre sur laquelle ils se seraient à nouveau effondrés si on ne les avait pas rafraîchies dans l'eau. C'était le plat principal, après un consommé aux boulettes. C'est seulement au dîner qu'était offerte chez la princesse une nourriture plus élaborée mais à peine plus raffinée. On ne la fréquentait pas pour sa table mais pour la qualité de la conversation qui était menée par ses invités comme une antienne toujours renouvelée. Parfois, c'était celui-ci qui monopolisait la parole, parfois celui-là, ou bien deux interlocuteurs s'affrontaient, soutenus par plus ou moins de convives, souvent tout le monde parlait en même temps. Avoir son franc-parler était un péché mortel.

Personne ne revint sur l'accident du fiacre n° 170, le sujet était épuisé. Ils parlèrent de diverses choses, mais Edmond semblait distrait, il n'écoutait que d'une oreille et participait à peine à la conversation, ce qui n'échappa pas à Mathilde. De temps en temps elle jetait un regard scrutateur sur les deux frères qu'elle n'avait jamais vus aussi silencieux. Il est certain qu'elle se posait plus de questions qu'ils ne l'auraient souhaité. Elle n'était pas assez égocentrique pour ne s'intéresser qu'à sa personne et elle n'était pas aveugle sur ce qui se passait autour d'elle.

À l'inverse du soir, à midi on était plus spirituel qu'original. Gautier et de Sacy parlèrent d'une pièce médiocre, qu'ils avaient vue la veille, de ces forcenés de la copie qu'étaient Meilhac et Halévy, tout au long de laquelle se traînait de chaise en chaise un corps féminin ficelé dans des haillons sordides et qui parlait si vite qu'on ne comprenait pas un mot. L'intrigue était inénarrable. La fille flétrie, qui ressemblait à un chiffon à poussière plaqué or, parlait trop vite, grimaçait et gesticulait comme une possédée. Divine et puissante – une voix au timbre argenté qui montait dans les aigus en frappant doucement, semblait-il, contre de l'or –, à l'inverse, l'étoile montante de la scène parisienne, à présent Gautier avait changé de ton pour évoquer la jeune actrice qui selon lui aurait bientôt toute la ville à ses pieds, Sarah Bernhardt, la fille d'une courtisane juive.

« Oh, celle-là, jeta Mathilde, elle a une liaison avec mon cousin de Morny – le demi-frère de l'empereur – qui était si persuadé de son talent qu'il l'a envoyée à quatorze ans se former à la Comédie-Française. Il a payé et elle s'est beaucoup améliorée. Qui sait, c'est peut-être sa fille.

– Arrivée à présent si vite, si loin ! dit Gautier.

– Les jeunes juives sont belles, ambitieuses, séduisantes et malignes, et douées », Edmond entendit-il dire la princesse.

Pour l'instant, Edmond avait l'impression qu'il était assis devant un tableau et que sa chaise était discrètement et sans bruit tirée en arrière. Il s'éloignait, les voix des autres devenaient de plus en plus faibles, il se taisait, il n'avait rien à dire, jusqu'à ce que Jules, en se mettant à manger bruyamment, le ramène à la réalité. Il était de nouveau assis à sa place et il entendait ce que les autres entendaient, mais personne ne releva la scandaleuse façon de manger de Jules.

Edmond le gronda doucement et Jules referma la bouche comme un écolier pris en faute. Qu'est-ce qu'il avait fait ?

Ce que Gautier, la princesse et de Sacy racontaient ne pouvait que divertir la société mais ce que les frères auraient aimé entendre, ils ne l'entendirent pas. Pas un mot sur *Madame Gervaisais* ne sortit des lèvres de leurs amis.

Juste un mot sur leur roman ! Une remarque sur leur nouveau livre. Une phrase qui aurait prouvé que l'existence de l'œuvre à laquelle ils avaient travaillé pendant des mois n'était pas totalement indifférente à leurs amis. Qu'ils la connaissaient, l'avaient peut-être lue, comme leur ami Flaubert pour qui ce que la plume de ses bichons produisait n'était pas de la merde comme les étrons des clébards de la princesse. Flaubert avait lu *Madame Gervaisais* le 13 février, le jour où le livre avait paru, il l'avait commencé à onze heures du matin et ne l'avait refermé qu'à cinq heures, à l'aube suivante, il avait lu le livre dans un train et ne s'était interrompu que pour tousser comme il l'écrivait, car il souffrait d'une forte grippe. C'était de l'art le plus fin et le plus sublime, leur avait-il dit. Bon Dieu ! C'était fort, oui, grand ! Saperlipopette. S'il avait été là, il les aurait serrés dans ses bras. N'avait-il pas écrit qu'il avait pleuré ? Flaubert avait versé des larmes sur leur livre !

Mais les applaudissements de Croisset ne leur suffisaient pas. Ils en voulaient plus, leur besoin de commentaires, d'applaudissements et de succès était insatiable. On aurait dû les remercier à genoux pour leur apport littéraire.

L'homme a plus créé que Dieu. La pensée humaine est plus vaste que l'infini divin.

Mais ici, dans ce salon, pas un commentaire sur *Madame Gervaisais* ; pas un mot sur leur nouveau roman n'était sorti de la bouche des invités, pas une phrase, pas la moindre allusion, pas de critique, pas de félicitations, sincères ou pas. Simplement rien. La princesse Mathilde, Gautier et de Sacy n'avaient même pas évoqué le livre alors qu'ils l'avaient reçu tous les trois, et la princesse, en premier. Cette froideur, comme si on leur avait tourné le dos, les glaçait jusqu'à la moelle (naturellement, ils trouveraient plus tard une expression adéquate pour cette blessure) : l'été précédent, Mathilde avait été choquée quand ils lui en avaient lu certains passages, à présent ils se sentaient humiliés. Voilà le mot qu'ils cherchaient.

C'était comme si elle avait été personnellement outragée par leur récit, elle les avait écoutés en silence d'un air maussade et dégoûté qui disait éloquemment qu'elle préférait se taire. De temps en temps, des exclamations lui échappaient qu'ils n'arrivaient pas à interpréter ; en tout cas, ce n'étaient pas des signes d'approbation.

Au lieu de l'aquarelle inachevée, dit le soir Edmond à Jules, elle aurait mieux fait d'exposer notre livre pour que tout le monde le voie. Mais elle l'a sans doute expulsé de chez elle, à moitié lu, et il attend chez le relieur sa sépulture définitive : la couverture de chagrin rouge, armoriée. Il sera ensuite répertorié et confié à la bibliothèque de Gautier, que personne n'avait jamais vue... et définitivement oublié.

Comment auraient-ils pu espérer une volte-face et une réaction enthousiaste après la lecture en entier de leur livre alors que la première moitié l'avait maintenue à distance ? Elle avait dû ressentir la conversion au catholicisme de Mme Gervaisais comme un coup de poignard à ses croyances enfantines, oui à son dieu personnel à qui une femme comme elle, bien que profondément croyante, ne se serait jamais soumise aussi inconditionnellement et radicalement que le fait le personnage qui, en dehors de toute influence – par un revirement littéraire hyperbolique –, renonce à son esprit à l'instant où il pénètre dans la salle d'audience du pape. Non, non, non, pour elle cela n'avait rien à voir avec la foi véritable ! C'était de la bigoterie à la limite de l'hérésie et de l'hystérie. L'abandon à Dieu de Mme Gervaisais n'était rien d'autre que la trahison des aspects naturels et beaux de la foi.

Flaubert était le seul être au monde qui les traitait avec affection. Lui seul avait reconnu de quoi ils étaient capables, lui seul les avait lus et compris ! Il avait pleuré. Il les avait pris dans ses bras. Vous êtes des types épatants, leur avait-il écrit. Lui, un écrivain ! Quelles félicitations pourraient avoir plus de poids que celles d'un collègue, d'un rival ? À présent, Flaubert avait du succès, et féliciter était certes plus facile aux vainqueurs qu'aux perdants envieux. Tout artiste n'était-il pas jaloux en secret des œuvres des autres, ne voyait-il pas dans chaque nouvelle parution une concurrente dans la carrière de son roman à lui ?

Les jaloux ne font pas confiance à ce qu'ils lisent, ils ne se fient pas à leur propre jugement, ils attendent plutôt de voir qui commencera l'éreintement. Eux ne s'attendaient en aucun cas à une approbation sans réserve. Si approbation il y avait, ce serait seulement l'avant-garde d'un éreintement. Mais le silence, comment l'interpréter ?

Flaubert espérait qu'on les engueulerait raide, lui-même avait vécu dans sa propre chair, ce que signifiait être au centre du scandale dont on est soi-même l'instigateur. Aurait-il fallu que *Madame Gervaisais* suive le chemin plein d'épines de la vindicte publique pour connaître le succès ? Ça n'avait pas non plus été le cas avec *Germinie Lacerteux* qui était pourtant plutôt explosive.

Ce serait insupportable si tous restaient silencieux, à quelque exception près, comme ils étaient restés silencieux sur *Germinie*. Ils auraient préféré qu'ils se jettent tous sur leur roman comme une meute de loups sur leur proie plutôt que de rester muets dans leur coin, mieux valait qu'ils gueulent à s'en déchirer la gorge, mieux valait qu'ils se jettent sur leur victime toutes griffes dehors pour s'en repaître et la recracher. Plutôt que le noir manteau du silence, mieux valait la curée, qui ne pourrait jamais atteindre son but, car après cette tentative d'exécution, ils se relèveraient et se remettraient au travail. Celui qui renonce n'est pas digne de servir l'art et de le faire avancer.

Mais les amis faisaient comme si leur plus jeune enfant avait été avorté parce qu'il était mal formé.

Quand, le soir à Auteuil, ils commentèrent le déjeuner de la rue de Courcelles, Jules et Edmond seraient du même avis : le comportement de leurs amis avait confiné au meurtre. Combien de temps devraient-ils encore attendre leur réaction ? Allaient-ils enfin leur parler de *Madame Gervaisais*, oui ou non ? La princesse ne s'était pas gênée pour évoquer sa répugnance quand elle avait lu *Germinie Lacerteux*. Sa lecture l'avait tellement rebutée qu'elle avait failli vomir. « Des pages de ce livre monte une odeur de cloaque », avait-elle dit. Quelle chance pour elle de n'avoir jamais rencontré le modèle de cette femme. C'était déjà bien assez épouvantable de partager avec elle le sort d'être une femme. À cet instant, comme elle aurait aimé être un homme !

Que cette dépravation ait pu déteindre sur les deux célibataires, elle ne l'avait pas heureusement pris en compte. Comment une femme comme elle aurait-elle pu avoir la moindre idée de ce qui se passait dans leur tête. Chez les hommes, la lumière et l'ombre sont étroitement imbriquées. Alors qu'ils bandaient encore, ils pensaient déjà à la prochaine métaphore.

Ils n'avaient pas caché à la princesse que le personnage de Germinie – ils avaient commencé le travail du roman en janvier 1865 – avait eu pour seul modèle Rose, leur bonne. Mais ils ne lui avaient pas dit que Rose était morte le jour où ils étaient venus chez elle pour la première fois. Apprendre que la mort de la bonne dépravée et le commencement de leur amitié avaient eu lieu le même jour – le 16 août 1862 – aurait pu jeter une ombre inutile sur cette amitié. Ce jour-là, ils n'auraient jamais imaginé, même en rêve, qu'ils écriraient un jour un roman sur Rose.

La mort de Rose Malingre n'avait pas été mentionnée une seule fois au cours de leur visite à Saint-Gratien ; ils avaient autre chose à raconter à Mathilde Bonaparte que la mort d'une bonne.

Edmond et Jules étaient furieux et tristes d'être en butte à une coalition du silence. C'était une indifférence, ou de l'envie, ou – encore pire – un mépris de leur travail, de tous ces mois qu'ils avaient passé à décrire l'âme d'une femme qui, en s'agenouillant devant la Madone de Saint-Agostino à Rome, avait sauvé son enfant atteint d'une maladie incurable, ce qui avait changé sa vie.

Avaient-ils été dépassés par l'audace de leur œuvre ?

D'où venait la froideur de leurs amis ?

Comment une femme comme la princesse pouvait-elle éprouver de l'envie ou du ressentiment à l'égard de leur roman ?

Le désintérêt était plus vraisemblable.

« Quel silence, Edmond ! Ce que vous mangez ne vous plaît pas ou bien s'agit-il de nous ? »

En disant cela, Mathilde ne regarda pas Edmond mais Jules. Comme si elle voulait avec cette question observer sa réaction.

Ensuite, son regard fit le tour de la table et elle leva son verre pour le reposer aussitôt car à cet instant les chiens se précipitèrent comme au commandement dans la salle à manger, aussi indisciplinés et bruyants qu'une troupe de ballerines devenues folles, s'assirent aux pieds de l'hôtesse tout haletants et levèrent vers elle des yeux impatients.

« Vous êtes affamés, mes petits chéris, ce n'est pourtant pas l'heure de votre repas mais du nôtre. Allez-vous-en ! Allez, ouste, ou nous allons vous manger, miam miam ! »

Jamais Mathilde n'était aussi joyeuse que lorsqu'elle parlait à ses chiens. Leur présence semblait faire naître en elle une voix d'une douceur suave que d'habitude elle bridait derrière un air réservé.

Elle fit un petit geste de la main pour les chasser mais, bien sûr, ce rejet n'était pas sérieux, ce n'était qu'un jeu comme chaque fois qu'il s'agissait des chiens. Ceux-ci, connaissant parfaitement les intonations de voix de leur maîtresse, se gardèrent bien d'obéir lorsqu'elle leur demanda gentiment de quitter la pièce ; ils savaient que faire la sourde oreille à cet ordre resterait sans conséquence, qu'ils ne seraient ni battus ni privés de nourriture, leur entêtement sembla au contraire redoubler l'amour de la princesse pour ses chiens. Le son de sa voix passa comme un vent chaud sur leurs courts poils hirsutes. Ils restèrent assis en remuant la queue et en claquant des mâchoires après des mouches ou d'imaginaires morceaux de choix, qu'on ne leur refuserait plus très longtemps. Ils comptaient sur les restes de la table, qui remplissaient déjà les écuelles posées sur les deux dessertes et qui leur seraient servis aussitôt que la princesse se lèverait de table, ce qui n'allait plus tarder. Aussi ne bougèrent-ils pas. Le chien le plus stupide n'était pas assez stupide pour ne pas avoir percé à jour le rituel qui le retenait ici.

« Ça pue », dit Jules.

À la seconde, toutes les conversations s'interrompirent. Pourtant il avait raison, ça sentait affreusement mauvais. Mais il avait prononcé le mot qu'il ne fallait pas dire, ni ici ni ailleurs, même si la princesse, tout comme la Palatine, n'était pas bégueule quant à son vocabulaire, fière de s'accorder des libertés que ses invités s'interdisaient et qui sursautaient quand ils l'entendaient parler comme on l'attend d'une harengère mais pas d'elle.

« Ça pue la merde », dit Jules en reniflant. Il repoussa les macaronis comme s'il avait découvert la source de la mauvaise odeur dans son assiette.

Un des chiens avait déposé une crotte tout près de la tablée. Effectivement, ça puait la merde de chien.

La princesse défendit l'auteur de ce méfait comme une louve ses petits, non pas en défendant le chien à qui la mésaventure était arrivée mais par une volte-face à laquelle aucun de ses amis ne s'attendait.

« Excusez-moi, dit-elle sèchement, avec un regard contrit, je suis un peu ballonnée. »

Les chiens restèrent dans la pièce. L'objet malodorant ne fut plus évoqué.

8

La biologie de l'eau

Bouillante, froide, tiède, froide, chaude, froide, bouillante et toujours mouillée, c'était de l'eau mais, sauf pour raconter la parabole du Déluge ou l'histoire des naufragés de la *Méduse*, qui alors réfléchissait sérieusement à l'eau ? Personne, sauf les hydrologues et tous ceux qui s'intéressaient par goût à l'hydropathie et à l'hydrothérapie mais aussi au médical et à la physiothérapie et au chimique, et pas seulement par intérêt économique. L'eau était pour eux aussi importante qu'au poisson ou au canard, au pêcheur ou au jardinier. Ils l'observaient avec leurs yeux, la faisaient couler entre leurs doigts, la sentaient, la goûtaient comme un bourgogne, en estimaient la dureté, la température exacte, l'éventuelle volatilité, en cherchaient la composition chimique et enfin jugeaient en académiciens et en savants les effets sur le corps et l'esprit de telle ou telle source – et chaque source avait un nom, la source César, parce que cet empereur avait été le premier à s'y baigner et qu'il en avait ressenti un bienfait, la source Eugénie parce que cette impératrice – ce qui était encore mieux – l'avait goûtée et ne l'avait pas recrachée.

Il y a des dizaines de possibilités et d'opportunités de traiter l'eau. Les scientifiques avaient leurs croyances et leurs connaissances dont ils n'auraient pas voulu priver leurs patients, car ils étaient soucieux de leur bien-être. L'eau était leur médicament, un moyen de survie.

Jules rêvait de plus en plus souvent qu'il s'y noyait. Ce qui le faisait crier et se débattre sauvagement, si bien qu'Edmond devait le tirer du sommeil et le ramener à la réalité.

L'omniprésence de l'eau était incontestable. C'était déjà le cas quand l'homme n'était encore qu'une glaise informe, quand les Grecs bâtirent leurs temples, et quand les plaines du Nil furent inondées, puis quand les Romains découvrirent des sources d'eau chaude où ils se baignèrent et qu'ils burent, et souvent les deux à la fois. Les malades guérissaient, les femmes tombaient enceintes, les blessures des guerriers se refermaient et leurs sens s'éveillaient à une nouvelle vie. On était donc persuadé que l'eau était bonne pour tout.

Edmond l'acceptait comme un mal nécessaire, qui servait à se laver pour ne pas faire partie des gens qu'on évitait parce qu'ils sentaient mauvais, car le parfum le plus cher et le plus puissant ne couvrait jamais ce que l'eau n'avait pas emporté et qui faisait le vide autour de vous.

Mais Jules détestait l'eau, et ce d'autant plus fort qu'il était plus souvent à son contact, et pourtant – lors de leur première cure à Loèche-les-Bains dans leur jeunesse, durant l'été 1851 – il avait trouvé agréable et plaisant d'abandonner son corps à l'eau de ces thermes étonnamment chaude. Enveloppé dans un peignoir, on restait debout dans l'eau, avec devant soi du café, des journaux, des livres et autres passe-temps sur un plateau posé sur l'eau, lequel se mettait à vaciller et à tanguer dès que quelqu'un s'approchait ou s'éloignait, entrait ou sortait du bassin. En Suisse, les hommes et les femmes se baignaient heureusement dans des bains séparés.

L'eau avait été hautement conseillée par les médecins pour lutter contre l'épuisement de Jules et contre cet état d'agitation qui, en l'absence de traitement, pouvait conduire à de dangereux symptômes de paralysie.

« Des symptômes de paralysie ? s'était exclamé Edmond avec effroi.

– Attendez-vous au pire », avait répondu le Dr Basset, le médecin des bains de Royat, et la courte pause qu'il avait faite avant le superlatif était si dramatique qu'elle aurait impressionné l'interlocuteur le mieux préparé.

Edmond, qui était venu consulter le médecin sans son frère, l'avait regardé comme si une pierre s'était mise à parler. Il en avait le souffle coupé.

« Je ne comprends pas.

– La cause de la maladie de votre frère crève les yeux. Nous savons tous deux de quoi il souffre, n'est-ce pas ?

– Il souffre d'épuisement.

– Tout épuisement a ses raisons.

– Ça, je le sais. Les travaux pour notre livre sont affreusement exigeants et épuisants, cela a dû fatiguer mon frère plus que de raison. Vous l'avez interrogé ?

– Oui, en long et en large et il m'a parlé de votre travail en commun, certes épuisant, certes plein d'exigences. Je prends en compte votre dépense spirituelle, croyez-moi, mais...

– Mon frère a-t-il dit autre chose ?

– Comme tous les médecins, je suis soumis à la confidentialité. Parlez-vous de tout avec lui ?

– Nous ne nous cachons rien. »

Le Dr Basset ne lui plaisait pas, bien qu'il se fût avéré un fin connaisseur et un admirateur de leur œuvre. Edmond avait tenu à lui parler pour empêcher qu'on inflige le pire à Jules.

« Il déteste l'eau. »

Jules restait souvent assis d'un air absent. Sans rien dire. Edmond essayait de le réconforter.

Aussitôt que l'orchestre s'installait dans le pavillon, ils s'enfuyaient devant le fracas qui était sur le point d'éclater. Comment pouvait-on espérer recouvrer la santé quand une douzaine de musiciens semblaient déterminés à martyriser les gens de leurs instruments ? Pourquoi n'y avait-il pas d'autres distractions : un casino, un vaudeville ou, dans le pire des cas, une opérette ?

On donnait trois fois par jour une douche écossaise et un bain russe. Tout le monde appelait ça être soumis à la torture et pourtant, à l'inverse de la torture, ça n'avait aucun effet, en tout cas sur Jules. Ni la température des douches qui passa de dix-sept à quarante-six degrés, ni les bains de vapeur qui montaient jusqu'à quarante-cinq degrés ne changeaient quoi que ce soit à son état.

« Médecins et bains devraient être interdits, interdits, interdits... », murmurait Jules.

Il en faisait des cauchemars et racontait à son frère qu'on essayait de le noyer comme un chat en introduisant un tuyau dans sa gorge et en tournant le robinet à fond jusqu'à ce que l'eau remplisse son cou. Il criait, criait au milieu de la nuit, en émergeant de ses rêves au point de réveiller Edmond, dans la chambre d'à côté, bien que la porte fût matelassée entre les deux pièces. Les cris de Jules engloutissaient ses propres rêves comme d'immenses vagues et le ramenaient violemment à la réalité. Le matin suivant, Jules lui racontait qu'on versait de l'eau en lui si bien que ses mains se gonflaient comme de petits ballons et que ses doigts se transformaient en saucisses roses, jusqu'à ce que l'eau jaillisse de ses ongles, imprègne le papier, noie l'encre et efface ce qu'il venait d'écrire et cela pour toujours, car à présent il ne s'en souvenait plus. Aucun cri, aucune résistance ne pouvait arrêter les deux garçons de bain dont le visage était caché sous une capuche blanche. Ils continuaient imperturbablement. Les cris de protestation désespérés paraissaient plutôt les stimuler.

Jules disait doucement : « Je déborde d'eau. »

Edmond avait la nausée en pensant au martyre que vivait son frère même dans ses rêves. « Tu dois te reposer. Reste allongé aussi longtemps que possible. »

Il alla demander au Dr Basset d'épargner les douches froides à son frère. « Si quelque chose peut le guérir, c'est la douceur. Même si l'eau chaude ne remplace pas les mains d'une femme, ça le calme, l'apaise, enfin, c'est ce qu'il pense. » Le Dr Basset garda son calme, prit des notes en mettant sans arrêt la main droite devant les yeux mais le matin suivant, malgré ses protestations, Jules eut droit à une douche froide. Il claqua des dents jusqu'au déjeuner et refusa de manger.

Ça ne servait à rien et en plus c'était désagréable, une torture pour le corps et pour l'esprit à laquelle il ne cessait de penser des heures avant la prochaine séance.

Le grand hôtel, serait-ce le plus beau et le plus moderne du monde, était impuissant à compenser la souffrance qui l'attendait dans la cabine de soins, que ce soit sous la douche torride ou glaciale ou dans la baignoire débordante d'une eau qui jaillissait en fumant de cet enfer souterrain qu'aucun œil d'homme n'a vu, où aucun humain n'a pénétré et dont personne ne peut mesurer l'effet ultime. Edmond pensait que la chaleur des profondeurs de la terre pouvait être bénéfique à son intelligence et servir son intérêt pour la nature quand elle se déversait en lave brûlante comme ils l'avaient observé au cours de leur voyage à Naples, mais l'eau chaude et bouillonnante, issue de couches inconnues, qui coulait du robinet de la baignoire ou jaillissait de la douche lui était profondément suspecte. Car, outre la chaleur, qu'est-ce que l'eau entraînait avec elle ? La science de la nature n'apportait pour toute réponse que le terme de minéralogie. Mais prouvait-elle vraiment qu'elle ait un effet positif sur le corps plutôt que négatif ?

Ils repartirent le 2 juillet 1869 encore plus mécontents de leur séjour que deux ans plus tôt, encore plus angoissés qu'autrefois. L'avenir s'étendait devant eux, sombre et bouché. Ce n'est qu'en de certains moments qu'Edmond le voyait clairement devant lui comme personne ne pouvait le faire. Ses nerfs étaient alors comme galvanisés ; il en contrôlait aussi peu les tressaillements qu'une grenouille soumise à un courant électrique par Benjamin Franklin. Que pouvaient-ils faire d'autre que rentrer à Auteuil où les attendaient les ruades du cheval dans l'écurie des voisins, les cris des enfants, les aboiements et les grognements des chiens, les cris nocturnes de volupté des chats et toutes les clameurs du monde qu'ils avaient presque oubliées. Ils savaient que le calme de Royat leur manquerait dès qu'ils seraient chez eux, mais ils ne supportaient plus les eaux, et les curistes leur portaient sur les nerfs, même si au début ils avaient trouvé intéressants certains représentants des nations les plus diverses, les Russes élégantes, les Turcs corpulents, les Grecs barbus et les ladies anglaises qui voulaient être examinées par le médecin aussi profondément que possible. Cette société fortunée, aristocratique, fanée, décrépite, éprouvée par la douleur, leur resterait toujours étrangère. Il n'y avait que la campagne d'Auvergne, qu'ils avaient parcourue à pied pendant des heures et admirée, qu'ils regrettèrent à peine l'eurent-ils quittée.

Parfois, assis sous un noyer dans un champ de blé, ils suivaient des yeux un montagnard qui marchait au loin d'un pas tranquille ou écoutaient le chant mélancolique d'un paysan qui, en pleine canicule, emmenait chez le docteur un enfant malade, certainement pas au Dr Basset, mais chez un médecin de campagne qui prescrirait à l'enfant une médecine de cheval. Survivrait-il ou succomberait-il à sa maladie comme c'était à craindre, ils ne le sauraient aussi peu que son nom et son sexe.

Ils n'étaient heureux que lorsque apparaissaient ces revêches habitants du pays, qui ne riaient jamais et ne souriaient pas plus.

« Nous ne reviendrons pas ici.

– Note-le. »

Les roches de l'Auvergne, principalement de l'ardoise, leur faisaient penser aux murs d'une prison au théâtre. Aux décors d'une pièce. Un drame, le dernier acte : deux prisonniers tout seuls.

Ce qui les avait le plus enchantés, c'était un petit pavillon de bois près des thermes, où un vieux soldat offrait une attraction tout à fait singulière : une caméra obscure. Dans la petite pièce sombre où il exerçait son art, ils virent des montagnes, des ruisseaux, les thermes, des chevaux, un omnibus et des promeneurs de Royat, et rien ne les différenciait de ceux qu'ils voyaient chaque jour ; c'était comme si de petits artistes les plus extraordinaires qu'on puisse imaginer les avaient éveillés à la vie. Le plus étrange de cette performance était la peinture elle-même. Elle était plus jolie, plus spirituelle, plus juste et plus coquette que celles qu'ils connaissaient. Si on était capable de fixer ces images – et on le serait un jour, ça ne faisait aucun doute –, la peinture deviendrait superflue. Jamais un peintre ne pourrait rendre la vie d'une façon aussi fidèle et aussi réelle. Ici, tout serait représenté, même le déclin inexorable, dit Jules, et Edmond, sans comprendre ce qu'il voulait dire, n'insista pas.

Le montreur magique projeta quelques instants un paysage sur le chapeau jaune de Jules et l'y maintint brièvement ; il ressemblait à une impression sur tissu japonaise.

Quand ils ressortirent à la lumière crue de midi, ils étaient si aveuglés qu'ensemble ils levèrent le bras pour se protéger les yeux.

Mais de tels moments de bonheur étaient rares. Le vide, l'ennui et le souci prédominaient, comment surmonter la journée qui s'éternisait dans un maintenant impitoyable, jour après jour écrasé par un sombre silence.

Le mois le plus triste de leur vie finissait. Ils laissèrent derrière eux ce pays maudit, ces sources pleines de souffrance, l'hôtel bruyant et les conversations des curistes sans cervelle.

Finalement la seule chose dont ils se souviendraient, c'était des panneaux affichés en bonne place dans l'église qui exhortaient les fidèles à ne pas cracher par terre.

9

La vie au jour le jour

À peine arrivés chez eux, ils demandèrent à Pélagie de fermer les fenêtres contre les perturbations incessantes dans la journée et la nuit contre le bruit, mais sans obtenir le moindre résultat, ce bruit était permanent. Aussi, dès le matin, ils gagnaient le bois de Boulogne et, lorsqu'ils étaient fatigués, ils s'étendaient en soupirant sur une couverture, avec le ciel au-dessus de leurs têtes comme ces malheureux qui n'ont pas de toit.

Pourquoi avaient-ils acheté cette maudite maison qui ne leur avait apporté ni bonheur, ni satisfaction, ni bien-être ? Ils évoquaient sans cesse les clairons d'Adolphe Sax qu'ils avaient échangés contre une variété innombrable et capricieuse de cris humains et d'animaux qui – au contraire des sons de trompettes et de saxophones – ne cessaient jamais. Funeste changement que d'être tiré du sommeil au milieu de la nuit par des cris et des aboiements ! Ils n'auraient jamais dû quitter la rue Saint-Georges ! Cela dit, ils pouvaient bien se plaindre de leur maison, ça ne calmait pas leurs nerfs.

Ils s'enfuirent à la campagne, à Saint-Gratien. Mais lorsque la princesse Mathilde les accueillit, ils virent qu'elle était de mauvaise humeur et irritable.

Ils croyaient connaître la raison de cette sécheresse – le côté le plus désagréable de son tempérament napoléonien de vouloir tout dominer. Elle ne supportait pas que les autres soient souffrants. Les princes n'aiment pas les malades. Elle comprit au premier regard dans quelle situation se trouvaient les frères en voyant l'épuisement d'Edmond, le regard vacillant de Jules. Sa pâleur. Ses accès de chaleur. Sa léthargie. Elle constata que son état avait empiré. Elle perçut son épuisement.

En voyant sa froideur, d'autres auraient tourné les talons et seraient partis. Mais ils s'interdirent ce genre de bassesses petites-bourgeoises, après tout, ils faisaient partie de l'aristocratie. Ils se firent montrer leur chambre en se disant que l'humeur de Mathilde changerait tôt ou tard, ils la connaissaient.

L'heure avant le dîner qui se passa dans la véranda, en l'absence de Gautier – il profita de chaque occasion pour aller fumer – mais avec Popelin (peintre, écrivain, émailleur) et le Dr Philips (urologue), fut à peine plus cordiale même si les invités avaient absorbé une partie de la mauvaise humeur de Mathilde. Elle fut insupportable comme elle l'avait rarement été et contredit tout le monde, que ce soit sur des faits les plus avérés que sur les consensus les plus communs ; elle parla de la grève des mineurs de la Ricamarie avec une grossièreté et une acrimonie qui interdit toute discussion sérieuse et fit les objections les plus enfantines qu'on puisse imaginer. Quand elle en vint au droit de vote pour tous, elle demanda à quoi ça servait puisque tout le monde voterait pour l'empereur. À qui pourraient-ils donc donner leur voix ?

Comment pouvait-elle dire de telles sottises ? Et tout ça sur un insupportable ton d'adjudant, singeant le grand Empereur des Français ainsi qu'elle le rêvait. Ils la détestaient à cet instant de tout leur cœur mais ils savaient que son humeur changerait à nouveau.

Jules se taisait en faisant parfois des hochements de tête impénétrables.

Le Dr Philips parla de ces nouvelles maladies, auparavant inconnues, qui étaient un signe des temps. Ainsi en valait-il des troubles nerveux induits par le travail mécanique, où l'ouvrier, pendant sept heures, faisait chaque minute le même mouvement répétitif, semblable au rapide aller et retour de la navette des tisserands, et cela jour après jour. Chez les chauffeurs, les soubresauts des machines sur lesquelles ils travaillaient engendraient des troubles circulatoires qui menaient à un ramollissement de la moelle épinière. Chez les jeunes ouvrières des usines d'allumettes, les vapeurs de phosphore qu'elles respiraient en travaillant provoquaient des nécroses de la mâchoire. La princesse ne voulait rien savoir de tout ça, c'étaient les élucubrations d'un cerveau malade. Ce soir-là, elle paraissait avoir érigé une barricade contre la raison. Elle taxa ses invités, à tour de rôle, de malade ou de fou. Philips, plutôt que de se casser la tête sur des maladies imaginaires, ferait mieux de s'occuper de la vessie mal fichue de ses patients.

Puis la tempête s'apaisa et l'atmosphère devint plus détendue et plus amicale. Épuisée par ces absurdes escarmouches, Mathilde enleva soudain son armure et écouta les autres sans les interrompre constamment et sans secouer la tête à chaque remarque. Elle ne semblait pas très attentive mais pas non plus distraite, elle avait apparemment repris le contrôle de ses idées.

Le lendemain matin, elle fut un tel modèle de gentillesse et d'amabilité qu'il était difficile de reconnaître cette image de princesse grincheuse qu'elle avait donnée la veille. Le vent avait tourné pendant la nuit, et elle prodigua son affection à ses invités. Peut-être devait-elle se réhabituer à ses fidèles qu'elle n'avait pas vus depuis quelque temps.

Elle disait sa joie de se voir entourée d'amis, de vivre au milieu d'hommes qui comptaient pour elle, qu'elle estimait, qu'elle aimait, qui lui étaient sympathiques, même s'ils l'empêchaient de créer les grandes choses dont elle était capable – elle en était persuadée : aurait-elle construit d'importants châteaux, si ça n'avait pas été le cas, dit-elle, et son emphase était si contagieuse qu'un instant ils la suivirent de bonne grâce dans ses rêveries. Elle conclut avec un : « Je suis une Napoléon, ne l'oubliez pas ! »

Qui aurait pu l'oublier.

À peine commençaient-ils à se détendre et à profiter du calme et du chant des grillons qu'ils furent assaillis par les moustiques. Edmond entendit Jules dans la chambre à côté se défendre à coups de chaussure, de journal et d'un livre contre ces parasites volants qui se rendaient invisibles sur les Gobelins et la tapisserie. Il décida de laisser une lampe allumée dans le vain espoir que ces indésirables se brûleraient dans sa flamme, le lendemain il était piqué sur tout le corps. Il avait fini par s'endormir quand Jules s'était calmé.

Les jours suivants, où les invités se succédèrent, furent presque sans nuage. Certains ne restaient que deux ou trois jours, d'autres pendant des semaines.

Flaubert rappliqua sept jours après leur arrivée. Il débordait littéralement de force et de confiance en lui, il ne faisait qu'un avec le monde, il n'aurait pas voulu être un autre, il nageait dans un fleuve de paroles qui se déversaient inexorablement dans la mer.

Il évoqua avec effusion son ami de jeunesse Louis Bouilhet qui était en train de mourir. Il en parlait comme s'il était le maître de la vie et de la mort de ses amis et de ses ennemis.

On ne sut que plus tard combien il était déjà proche de la fin : Bouilhet mourut le jour qui suivit la visite de Flaubert chez la princesse, à l'âge de quarante-sept ans.

La passion tonitruante et l'énergie que Flaubert déployait toute la journée étaient à peine supportables. Avec naïveté, il était persuadé de consoler Jules et Edmond, oui, de les réconforter. En prenant congé, il s'écria : « J'ai l'impression que le principe vital de mon ami mourant passe en moi ! »

À qui d'autres pouvait-il penser sinon à son ami de jeunesse mourant et à Julesmond – comme il les avait appelés une fois. Bientôt le vampire pourrait se nourrir des morts, qui avaient quitté ce monde pour le servir au royaume des mots. Dans sa tête. Dans son ventre. Dans ses excès. Edmond aurait aimé se joindre au rire de Flaubert. Mais il fallait d'abord trouver les mots justes pour décrire ce rire. Homérique, gras, barbare, impitoyable ?

« Seul un de ces tonitruants compositeurs d'opéras italiens arriverait à le rendre », dit plus tard Edmond à Jules.

Puis Flaubert disparut, laissant les bichons encore plus perturbés qu'il les avait trouvés, qu'allaient-ils devenir une fois la brûlante tempête du désert disparue dans un tourbillon de sable et de soleil ? En tout cas, il leur avait épargné la lecture de sa nouvelle œuvre inachevée.

Bien que l'atmosphère à Saint-Gratien fût agréable, une vague puissante entraînait les deux frères toujours plus près d'un abîme invisible d'une profondeur inconcevable. Pour la première fois,

Edmond avait le sentiment qu'ils avaient cessé d'être un. Jules était bien plus près du gouffre que lui. Et il ne pouvait pas le tirer en arrière, Jules se dérobait à lui, il ne se laissait pas retenir, Edmond restait à la traîne. Quelque chose s'était dressé entre eux.

Edmond pensa à Rose. Elle se serait jetée devant Jules de tout son cœur pour le défendre du malheur qui approchait. Elle se serait jetée devant un cheval, un tramway, le mur de la maison effondré, un rocher, un tigre, pour sauver le petit Jules ; elle l'aurait abrité, protégé, couvert de son corps, mais Rose était morte.

Eux, pour qui le travail avait toujours été la valeur la plus haute, avaient été incapables de s'y remettre après cette cure qui avait encore empiré l'état de Jules. L'épuisement de Jules sapait les forces d'Edmond. Comme toujours, ils ressentaient la même chose. Une paralysie de l'esprit et du corps, et ceci, au moment où le talent de Jules allait atteindre le sommet de ses possibilités. Alors qu'ils étaient capables des plus grandes choses, tout semblait se défaire et s'effondrer.

Le prince Napoléon s'invita lui-même par un télégramme et, comme chaque fois qu'il envoyait un télégramme à sa sœur, celui-ci jeta aussitôt un froid dans le salon. Quand Plon-Plon s'annonçait, tous voulaient prendre la fuite, ce que, bien sûr, personne ne faisait. Mais contre toute attente, ce soir-là il fut plus aimable et plus disert que d'habitude. Doué d'une mémoire exceptionnelle, il évoqua toutes sortes d'endroits où il était allé ces dernières semaines. Il était sans cesse en voyage. C'était l'unique plaisir qu'il lui restait. Il ne tenait pas en place, il voulait être partout.

« Voyager chez un homme comme moi tient lieu d'activité amoureuse. J'ai remplacé celle-ci par les déplacements. »

Comme tous les hommes corpulents, ses grosses jambes écartées, il était assis comme un sac de patates dans un fauteuil qu'il remplissait au point de ne faire qu'un avec son siège. Plus que jamais, on avait l'impression que la tête du grand Napoléon était tombée du ciel comme une météorite pour s'incruster entre ses épaules et qu'à présent, profondément enfoncée, telle une pièce de musée, elle faisait aller une langue bien pendue entre des lèvres minces sous des yeux clignotants. Quand il parlait, son double menton tremblotait. Tout son être donnait l'impression d'être compressé, écrasé, un César balourd et apathique qui paraissait incapable du moindre déplacement.

Quand on parla du voyage à Cherbourg de l'impératrice Eugénie, Mathilde dit en plaisantant à quel point l'ambassadeur Benedetti – par ailleurs un de ses nombreux visiteurs – se sentirait libéré si l'impératrice tombait enfin à l'eau.

« Quel joli deuil nous porterions cet hiver. »

Puis imaginant la noyade de l'impératrice :

« La bordure en dentelle de sa robe surnagerait en dernier à la surface de l'eau et elle disparaîtrait du monde dans un petit glou-glou. »

Ils lurent les journaux puis allèrent se promener et Edmond essaya de s'habituer aux silences de Jules. Pas un mot là-dessus dans leur *Journal*. Alors qu'y sont mentionnés tous les visiteurs, qui étaient plus nombreux et différents chaque jour, ainsi que leurs conversations, les importantes comme les insignifiantes. Un peintre sans talent, une jeune fille dans un ridicule costume de bergère, Mme Dufly, cette aveugle qui parlait aux ombres qui l'entouraient et qu'elle prenait pour son mari.

La cour de la princesse s'élargissait sans cesse, c'était une confusion de conversations, sur de Sacy, sur Mme de Pralin, sur les visages habituels et sur les nouveaux : Popelin, qui tutoyait tout le monde, essayait de couvrir la voix de Mathilde de ses remarques enfantines. Un gamin mal élevé, un petit monstre, un intrigant habile qui se servait de sa mauvaise éducation pour divertir la princesse, dont il embrassait les robes quand les femmes de chambre les transportaient devant lui dans le corridor. La princesse n'était pas insensible à ce potache qui était aussi roublard et calculateur qu'un vieux courtisan. Éprouvait-elle des sentiments pour Claudius Popelin ? Sa voix la trahissait. Sa façon de défendre son verbiage, comme son souci de l'approvisionner en cigares et en chocolats révélaient un secret de polichinelle. Ils ne l'avaient jamais vue aussi tendre et caressante. M. de Nieuwerkerke, son amoureux accrédité, ne se montrait plus.

Il était temps de prendre congé.

Ils ne retournèrent pas à Auteuil mais préférèrent aller chez leur cousin de Bar-sur-Seine. Mais là-bas non plus ils ne trouvèrent pas la paix et l'état de Jules ne montra aucune amélioration. Ce qui les dérangeait le plus, c'était le marteau du tonnelier qui réparait ses fûts pour les prochaines vendanges. Revoir le pays où ils avaient passé une partie de leur jeunesse ne leur offrit pas le rétablissement espéré parce que ça les rendait infiniment tristes. Comme le temps passait vite. Ils avaient tant fait sans recevoir le salaire qui leur était dû.

C'était oppressant de longer les bords de la Seine et de se reposer aux endroits où, peu de temps avant, ils s'étaient assis en pleine possession de leurs forces corporelles et spirituelles. La nature, qui leur avait si vivement parlé, restait à présent figée et sans expression comme pour s'adapter à leurs sombres pensées. La nuit, ils étaient assaillis par des bataillons hostiles de moustiques. C'était tout ce que leur offrait l'été.

Jules faisait des cauchemars et criait dans son sommeil, mais le matin il ne se souvenait de rien. Il lui était difficile aussi de se rappeler les petits incidents de la veille, peut-être parce qu'ils étaient insignifiants. Il avait oublié qu'il avait été l'hôte de la princesse. Même la cure de Royat s'était effacée de sa mémoire. Edmond se disait qu'il s'agissait d'un dérangement passager. Il était trop jeune pour être si affaibli.

D'un jour à l'autre le changement de Jules se précisait ne serait-ce que par son écriture plus difficile à déchiffrer. Non seulement les caractères étaient plus grands mais les espacements étaient plus irréguliers et moins justifiés, leur tracé était plus gras et plus anguleux mais aussi plus lisible. Lui-même ne semblait pas s'inquiéter de ce changement. Il ne voyait plus de raison de l'améliorer. Ce qui prouvait que les mots qu'il avait trouvés pour décrire ce qu'il voyait et ce qu'il entendait, il les tenait pour exacts et pérennes.

Le vacarme les poursuivait partout, des bruits de toutes sortes, les hurlements des contremaîtres, des paysans, des domestiques – et toujours il était question d'argent.

« Ils parlent tous d'argent, du temps, du bétail, de lait et d'argent ! »

Ils se mettaient à en appeler au vent, à la pluie, à l'orage. Étaient-ils en train de devenir fous ? Leurs idées dans leurs nuits sans sommeil étaient, en tout cas, noires et désespérées. Le bruit ne pouvait être chassé du monde, alors ils se bouchaient les oreilles. Mais ce n'était pas d'un grand secours.

Quand la princesse revint à Paris en automne, elle mit à leur disposition un pavillon de son château. Mais là non plus ils n'eurent pas de chance et ne trouvèrent pas le repos espéré. Dès le deuxième jour de leur séjour, le curé voulut essayer les nouvelles cloches que la princesse Mathilde venait d'offrir à l'église.

Elles sonnaient donc pendant dix minutes chaque quart d'heure, et cela du matin au soir.

Il ne leur restait plus qu'à retourner à Auteuil.

Les journées étaient vides et mornes, leurs seules distractions étaient de longues promenades dans les allées qui leur paraissaient sans fin, d'Auteuil à Boulogne, où Jules avait recommencé une thérapie par l'eau. Leur vie n'était plus consacrée au travail mais à la marche et aux haltes pour reprendre haleine, au retour et à la répétition des tortures par l'eau et le froid auxquelles Jules, dont l'état ne s'améliorait pas, devait à nouveau se soumettre.

Bientôt ils ne reçurent plus aucune visite et ils n'en faisaient plus, ils ne voyaient plus aucun des amis qui comptaient pour eux, ils ne voyaient personne : solitude et souffrance, des mots simples, nus, qui n'avaient pas besoin d'atours ni de parures, tout ornement en aurait falsifié le sérieux. La simple nudité.

10

Descente aux enfers de Rose

L'enfant était un ange, beaucoup plus belle que sa mère, elle avait la beauté de son père qui n'accepta qu'une fois d'accompagner Rose à la campagne où la petite fille grandissait. Quand le soleil jouait sur son visage, des larmes venaient aux yeux de Rose. Quand elle lui fourrait ses petits doigts dans sa bouche ou dans ses yeux, sa mère riait pour ne pas pleurer. Quel dommage de ne pouvoir partager cette joie qu'avec la nourrice chez qui l'enfant grandissait. Alexandre refusa de faire une seconde visite, et il ne demandait jamais de ses nouvelles.

Avant d'aller voir Louisette, il avait dit en plaisantant que si elle ressemblait à sa mère, il valait mieux la fourrer dans un sac comme un petit chat en surnombre et jeter le sac dans la Seine. Horrifiée, Rose s'était tu.

Quand la petite fille dormait, Rose veillait sur son sommeil et ses rêves qui devaient être aussi ténus qu'une toile d'araignée, car elle n'avait rien vécu et pouvait à peine voir et comprendre ce qui l'entourait. Rose se demandait si elle savait qu'elle était sa mère ou bien si elle la prenait pour une inconnue qui apparaissait de temps en temps. Elle nommait à l'enfant ce qu'elle lui montrait : des pommiers sur les feuilles desquels de petits escargots avaient laissé des traces brillantes, des tiges où grimpaient des haricots, un carré de choux, des gueules-de-loup, des zinnias et des giroflées, le bord de la rivière avec des euphorbes entourées d'herbe et d'orties, des objets que le courant avait déposés sur la rive, une chaussure, un chapeau de paille déchiré… à qui avaient pu appartenir ces objets, manquaient-ils à quelqu'un ?

Tout la rappelait à sa propre enfance et elle était heureuse à l'idée que sa fille, devenue adulte, aurait les mêmes souvenirs qu'elle, même si elle avait perdu sa mère des yeux et l'avait oubliée, ou peut-être serait morte. À Paris, en faisant le ménage ou la cuisine, elle murmurait parfois son nom comme une litanie, dix fois, vingt fois et elle l'imaginait lui tétant les seins comme elle tétait ceux de sa nourrice : Louise-Louisette-Louison-Louise-Louisette-Louison.

Cet unique dimanche où Alexandre l'avait accompagnée à la campagne – il avait pêché dans la rivière avec des asticots qu'il avait auparavant élevés dans du foie pourri –, elle avait cru entendre le premier balbutiement sortir de la bouche de l'enfant. Son regard tomba sur le lavoir qui était en semaine plein d'animation. Aujourd'hui, il était vide.

Un jour, la nourrice écrivit que Louisette avait été piquée par une guêpe. Elle avait appelé le médecin qui l'avait examinée et n'avait trouvé ni enflure ni bouton. « Elle est si mignonne quand elle est couchée et regarde le plafond », écrivait la nourrice et cela effraya tellement Rose qu'elle ne sut qu'en penser. Mais elle sentit une menace.

Rose laissa tout en plan et se précipita vers la gare, ce n'est que sur le quai qu'elle s'aperçut qu'elle était partie sans manteau et en pantoufles. Troublée, elle revint à la maison et prépara le petit-déjeuner de ses maîtres. Elle n'ouvrit pas la bouche de toute la journée, elle pensait à son enfant.

« Elle est dans un de ses mauvais jours », dit Edmond.

Elle mit des haricots en conserve toute la journée. La vapeur remplissait la cuisine et ses poumons. Elle pensait continuellement à l'enfant qui regardait le plafond.

Les jours suivants, il n'y eut aucune lettre de la nourrice, ce qui la rassura. Si l'état de l'enfant avait empiré, elle lui aurait écrit. Les enfants se rétablissent aussi facilement qu'ils tombent malades. Dimanche elle verrait Louisette.

Elle en était sûre car les signes du ciel ne trompaient pas : la première personne qu'elle rencontra le samedi matin était un homme ; elle avait vu un cheval roux et un chien bigarré ; elle avait rencontré une petite fille coiffée d'un bonnet rouge ; elle avait deviné qu'elle tournerait à gauche ; le nombre de marches de l'appartement qu'elle avait compté en montant était impair. Autant de signes favorables qui lui avaient fait pousser un soupir de soulagement.

Elle prépara la visite du lendemain à sa petite fille en lui faisant une robe blanche, elle voulait la parer comme une ressuscitée. Une lettre arriva chez la concierge, tard dans la matinée.

Ce n'est qu'à sept heures qu'elle la lui remit. Elle ne s'excusa pas de son retard à l'apporter. Rose, qui allait servir le deuxième plat, ouvrit la porte et prit la lettre ; elle vit que les deux frères l'observaient par la porte ouverte de la salle à manger, ils étaient pressés car ils devaient aller au théâtre. Ils virent Rose s'asseoir et ouvrir la lettre puis ils la virent sursauter, pousser un cri et tomber de sa chaise, évanouie. Elle serrait la lettre dans sa main. Le tapis adoucit sa chute. Ils accoururent pour l'aider. Ils la soulevèrent à eux deux, l'allongèrent sur le sofa et dégrafèrent son corset pour qu'elle respire mieux. Mais avant qu'ils aient eu le temps de l'asperger d'eau, Rose reprit conscience. Elle tremblait de tous ses membres. Et elle ne cessa pas de trembler durant les heures suivantes.

Quand Edmond lui demanda ce qui s'était passé, elle fondit en larmes et elle lui dit de façon précipitée et d'une voix chavirée que sa petite-nièce, la fille de sa sœur, était morte. Edmond tenta de la consoler.

L'enfant était déjà en terre. C'était dit dans la lettre qu'elle serrait toujours convulsivement. Elle la cacha sous son matelas. Elle ne verrait plus Louisette, ni morte ni vivante. La nourrice lui demanda bientôt de lui envoyer la somme qu'elle avait avancée pour elle au médecin et pour les médicaments.

Chaque soir, Rose pleurait sur la petite robe blanche avec laquelle elle voulait fêter la guérison de Louise et qui maintenant symbolisait sa mort.

Elle sentait l'enfant en elle. Il bougeait comme s'il voulait naître une deuxième fois pour mourir à nouveau, il haletait et respirait faiblement, il râlait, il mourait, fiévreux, froid et blanc. Six mois plus tard, il cognait encore dans son ventre. Elle pressait sa main dessus comme si elle pouvait le contenir.

Louisette était-elle morte avant d'avoir su dire maman, parce que Rose aimait plus le père que l'enfant ? Était-ce une punition de Dieu pour n'avoir pas rejeté Alexandre ? Cette punition était-elle destinée à lui apprendre la croyance en Sa toute-puissance ? Si Dieu avait ce dessein, alors c'est qu'Il avait partie liée avec le diable. Elle se jura de ne plus mettre les pieds dans une église, même pas à Noël, même pas à Pâques.

Mme Colmant, pour qui le travail le plus simple était devenu trop lourd, avait embauché une nièce, une petite campagnarde de quinze ans, car l'aide de Rose était devenue insuffisante et pas assez efficace. Dès les premiers jours, elle se mit à chanter les louanges de cette enfant candide qui aimait tellement Alexandre, lequel ne cachait pas qu'il la trouvait charmante. Ce qui n'échappa pas à Rose.

Alexandre ne pouvait pas résister à ces coquetteries paysannes et à cette naïveté effrontée. Qui l'aurait pu ? La fille, à peine sortie de l'enfance, était aussi vive qu'une truite.

Rose cachait sa suspicion jalouse à Mme Colmant pour ne pas être soupçonnée d'avoir des vues sur son fils. Mais elle ne se gênait pas pour reprocher à Alexandre la moindre parole qu'il adressait à sa cousine. Cela menait à des explications orageuses qui, pour Alexandre, ne la rendaient ni aimable ni désirable. Rose avait conscience de donner l'image détestable de l'épouse braillarde qui ne supporte pas que son époux regarde une jeunesse.

Pendant sa grossesse et après la naissance de Louisette, elle n'avait pas bu une goutte d'alcool. Mais à la première occasion, comme on lui offrait de la liqueur et de l'absinthe dans une arrière-salle où se rencontraient les domestiques, elle se garda de refuser. Et ce soir-là, Rose but tellement, alors qu'elle n'était plus habituée à l'alcool, que seul l'instinct l'aida à retrouver le chemin de la maison. Lorsque le lendemain matin elle fut réveillée par les appels et les coups frappés à la porte par Adèle, que les Goncourt avaient envoyée chez elle, elle ne se souvenait plus ni comment ni à quelle heure elle était rentrée la nuit précédente. Même le souvenir de la soirée s'était plus ou moins dissipé.

Le jour où Rose, dans un moment de jalousie aveugle qui la fit se ruer dans la cuisine de Mme Colmant, présenta à la mère d'Alexandre le montant de ses aides financières et des sacrifices qui avaient permis à son fils de se tirer d'affaires et que, pour couronner le tout, elle lui apprit qu'il était le père de son enfant mort, une dispute homérique, jusqu'à en venir aux mains, éclata entre Rose, Alexandre et sa mère outragée qui manqua s'étouffer d'indignation. Folle de douleur et de colère, Rose se précipita hors de la maison en sanglotant.

Pendant des semaines, ils furent à couteaux tirés. Rose faisait un grand détour pour éviter la crémerie de Mme Colmant.

Mais la nuit elle pensait à Alexandre, à son corps qu'elle désirait encore et qui se différenciait du sien comme le froid du chaud ; le matin, elle se réveillait trempée de sueur et tremblant de tous ses membres. Ses pensées revenaient sans cesse à Alexandre.

Aussi, quand elle le revit, pas n'importe où, pas non plus par hasard sur le seuil de la boutique, mais devant sa maison à elle, rue Saint-Georges, où il l'attendait, sa joie fut-elle immense. Les mains dans les poches de son pantalon, ses manches de chemise roulées au-dessus du coude, ses beaux bras bien visibles, il la regardait plein d'espoir.

« Bonsoir, Rose. »

Elle ne répondit pas et attendit, observant le frémissement de ses paupières.

« Tu as besoin d'argent ? dit-elle. J'ai à faire.

– Il faut que je parte, dit-il d'un air grave.

– Eh bien, pars.

– Il faut que je parte et peut-être je ne reviendrai jamais.

– De quoi tu parles ?

– Je voulais te dire adieu. Beaucoup sont restés sur le champ de bataille. »

Rose le regarda fixement.

« De quoi tu parles ?

– J'ai été recruté. Je suis tombé sur un mauvais numéro. »

Il avait à peine fini de parler, Rose avait à peine eu le temps de le voir blessé, allongé dans un hôpital de campagne ou revenant mort ou invalide, qu'elle avait déjà compris pourquoi il était venu. Il avait besoin d'argent pour racheter sa liberté.

« Combien ? »

Il joua l'ignorance.

« Tu as besoin de combien pour te racheter. Ou bien c'est un mensonge de plus ?

– Je ne suis pas venu pour ça.

– Bien sûr que tu es venu pour ça. Tu viens seulement quand tu as besoin d'argent.

– Je suis venu pour te réconcilier avec ma mère.

– Tu mens comme tu boxes, tous les moyens sont bons pour gagner. Dis-moi combien...

– Je t'écrirai du régiment. Marchons un peu et parlons. »

Ils se mirent en chemin. Ils marchèrent et parlèrent comme Alexandre l'avait souhaité. La rue pavée ne paraissait mener nulle part. Entre les becs de gaz se dressaient des arbres rabougris où il n'y avait aucun oiseau. Il était fier de servir la patrie au besoin au mépris de sa vie, affirmait-il d'un air sombre. Ils continuaient à marcher. Elle le suivait aveuglément comme s'il était un guide fiable. Il posa son bras autour des épaules étroites de Rose et elle soupira. Soudain ça sentit le sucre, le suif et la charogne. Ils passaient devant une charrette qui transportait de la viande. Des milliers de mouches s'y étaient posées et à chaque tour de roue l'essaim chatoyant s'envolait pour se reposer aussitôt sur le cadavre. Le sucre, le suif, la mort et la charogne, Rose pensa à la cuisine où elle faisait griller chaque jour de la viande pour Jules et Edmond. Elle était dégoûtée par la viande et attirée par Alexandre. Ses sentiments n'avaient pas changé. C'était une bonne chose, même si c'était mauvais pour elle.

« Tu dois te réconcilier avec ma mère, c'est mon vœu le plus cher », dit-il, et, une seconde, elle crut vraiment que c'était l'amour pour sa mère qui l'avait poussé à l'attendre.

La réconciliation eut lieu dans la maison des Colmant, et elle fut pour Rose d'autant plus facile qu'Alexandre lui avait dit que sa cousine, dont la conduite laissait à désirer, avait été renvoyée chez elle.

Mme Colmant se jeta dans ses bras en pleurant. Elle lui pardonna son enfant et en déplora même la mort avec des yeux pleins de larmes. Elle plaignait Rose pour ce qu'elle avait traversé. Elle joua si bien la comédie que Rose eut presque envie de la féliciter. Mais elle se contenta d'accepter ses excuses avec quelques mots de remerciement. Elle devait lui pardonner de l'avoir traitée ainsi, dit Mme Colmant.

La somme dont Alexandre avait besoin pour se racheter montait à deux mille trois cents francs. Rose, qui n'avait plus un sou depuis qu'elle lui avait loué son atelier, dut quémander l'argent à droite et à gauche.

Pendant huit jours, elle ne reparut pas chez les Colmant qui commençaient à croire qu'ils ne la reverraient plus. Mais un soir, vers onze heures, Rose entra, les salua brièvement, alla à la table où la mère et le fils somnolaient, sortit un sac de toile de son tablier et le posa devant Alexandre.

« Voilà l'argent », dit-elle sèchement.

Quand elle défit le nœud et laissa tomber le contenu du sac sur la table, Alexandre et sa mère pâlirent. Devant eux se répandirent des billets crasseux, qui avaient séjourné dans de minables tirelires, des louis d'or noircis passés entre des mains sales, des pièces de cinq ou dix francs et même de cinquante centimes tirées de boîtes et de coffrets miteux. En voyant les yeux écarquillés d'Alexandre et de Mme Colmant, Rose était persuadée qu'ils se demandaient avec dégoût comment ce tas de ferraille pourrait bien correspondre au montant que l'armée exigeait pour le rachat d'un soldat. Rose savait que oui, avec exactitude. Elle, qui n'avait pas cinq francs en poche, avait réussi à rassembler la somme exigée sou par sou, en demandant, priant, mendiant, l'avait comptée et recomptée.

Et il y avait bien, au sou près, deux mille trois cents francs. Elle était arrivée à soutirer à des gens qui n'étaient ni des parents ni des amis, des gens qu'elle connaissait à peine, une somme d'argent qu'elle-même ne possédait pas et ne posséderait jamais car, aussi longtemps qu'elle vivrait, tout l'argent qu'elle allait gagner atterrirait dans les poches d'Alexandre, son seul amour, vers qui elle reviendrait toujours comme un chien ; caressée ou battue, son destin était d'être lâchée pour rapporter les meilleurs morceaux.

Les trois cents francs qu'elle gagnait chez les Goncourt ne suffisaient même pas à payer les intérêts de ses dettes qui devinrent bientôt abyssales.

Restrictions et privations en découlèrent et, pour rembourser les intérêts, elle se mit à tromper et à voler ses maîtres trop confiants, deux messieurs établis et honorables. Leur désintérêt pour tout ce qui touchait à l'argent lui facilita la tâche, c'étaient des intellectuels qui ne descendaient dans les profondeurs de la pauvreté que pour la décrire. Leur bonne foi était donc une banque sur laquelle elle pouvait compter.

Les occasions ne manqueraient pas pour détourner de l'argent en secret. C'est elle qui administrait les dépenses du ménage. Personne ne la contrôlait.

Alexandre apprécierait-il ses sacrifices, elle l'ignorait. Jusqu'où elle devrait aller pour cela resta son secret.

Il était soulagé à l'idée de ne pas être incorporé et il lui en fut sans doute reconnaissant. Mais pour lui, être à l'abri du mal lui revenait de droit ; il trouvait que son sacrifice allait de soi. Les sanglots de la mère agaçaient tellement Rose qu'elle avait envie de lui griffer le visage.

Rose avait à présent des dettes chez le concierge, chez l'épicier, chez la marchande de fruits, chez le volailler, chez la blanchisseuse, et chez tous les fournisseurs. Elle avait tapé à toutes les portes, avait pris la honte sur elle en racontant des mensonges, en s'accusant d'un faux pas inventé qu'elle voulait réparer avec l'argent emprunté ; tous ne l'avaient pas crue mais ils lui avaient pourtant donné un petit quelque chose car on l'estimait, on se disait qu'on pouvait compter sur elle pour revoir son argent. Ils étaient peu nombreux à l'avoir envoyée promener mais elle s'y attendait. Pouvait-elle demander aux autres d'être meilleurs qu'elle, qui était plus mauvaise qu'eux tous réunis ? Ceux qui avaient cru qu'elle avait des économies pouvaient à présent se payer le luxe de la plaindre en ricanant. Elle avait supporté refus et aumônes, avait supplié des dizaines de gens de lui prêter quelque chose – elle en tenait la liste avec leur nom et la somme prêtée – jusqu'à ce qu'elle ait rassemblé les deux mille trois cents francs qui avaient filé, à titre de rançon, dans les caisses de l'État. Elle n'avait que ce qu'elle méritait pour son esclavage.

Si seulement elle avait pu troquer sa jalousie contre de l'argent et devenir invulnérable !

Elle était aux aguets comme avant, délaissant son travail pour suivre et surveiller Alexandre en secret.

Le douteux succès de son espionnage ne se fit pas attendre. Un samedi, après l'avoir suivi un quart d'heure en se dissimulant, chaque fois qu'il s'arrêtait, contre une façade ou dans l'entrée d'une maison, elle vit dans le passage des Deux-Sœurs, comme surgie de nulle part, une dame élégante en robe de soie verte, qu'elle n'avait jamais vue – pas une putain –, courir vers Alexandre et se jeter dans ses bras. Ils avaient dû se donner rendez-vous. Ils s'embrassèrent.

Elle se déroba à son baiser juste pour la forme, en réalité vaincue par le désir ; leur impudeur, qui ne tenait pas compte des passants moins immoraux qu'eux, fit rougir Rose d'indignation. Elle aurait dû se retourner et s'enfuir mais elle resta là, à les regarder.

Ils disparurent dans un petit hôtel. Rose sentit physiquement la main d'Alexandre se refermer sur son cœur et l'arrêter. Elle ne put contenir sa rage. Elle fouilla dans sa poche et saisit le flacon dont le contenu mettrait fin à la trahison.

Elle entra dans l'hôtel, fit sursauter le portier et monta l'escalier en courant jusqu'au deuxième étage, elle savait où se trouvait la chambre dans laquelle ils étaient. Elle ne frappa pas, se jeta sur la porte fendillée, ses forces étaient décuplées, elle était la vengeance, le vitriol était l'arme, une arme plus redoutable que l'épée ou le pistolet.

La porte s'ouvrit brusquement, ils étaient nus. Il était sur elle. La femme regarda bouche bée cette inconnue se précipiter dans leur chambre. Tout alla très vite, juste quelques secondes. Rose, qui avait débouché le flacon à l'avance, jeta le vitriol au visage de la maîtresse d'Alexandre. Elle visa bien. Le cri de sa victime retentit dans toute la maison. Effroi, terreur, douleur. Ça devait brûler affreusement. Qu'était devenue sa beauté ? Alexandre la regarda d'un air stupéfait. La peau de sa maîtresse grésilla, se déchira et en l'espace de quelques instants devint écarlate.

Alexandre s'était levé d'un bond et se tenait debout près du lit. Il cherchait ses mots et ne les trouvait pas. Il était intact, le flacon était vide, il n'avait rien à craindre, Rose ne l'avait pas visé. La femme dans le lit gémissait, un cri aigu, continu. L'acide lui avait brûlé les yeux. Aveugle et défigurée pour toujours, elle était mille fois plus répugnante que la petite, insignifiante et laide Rose. Tout l'hôtel avait accouru. Seule Rose gardait son calme avec un sourire de triomphe. Elle tenait encore le flacon dans la main et le laissa tomber. Il se brisa. Alexandre, qui voulait la suivre, ne put éviter de courir avec ses pieds nus sur les éclats de verre.

Les dévastations sur le visage de sa victime la défigureraient pour toujours, la peau s'était soulevée et rétractée comme du papier carbonisé, elle s'était fissurée et trouée et pendait en lambeaux, les traits réguliers de son visage avaient comme fondu. Rose sourit, soulagée. C'en était fini, fini pour elle !

Rose avait rêvé. Son rêve était la vengeance niaise d'une femme désemparée qui n'oserait même pas acheter un flacon de vitriol chez le pharmacien.

Une passante la tira de ses élucubrations :

« Pourquoi ce rire idiot, tu es folle ou quoi ? »

Pendant ce temps, les deux amants s'unissaient heureux dans la chambre d'hôtel, la porte n'avait pas bougé depuis qu'ils avaient disparu derrière. Elle était bien sûr fermée à clé.

Mais de là où elle se tenait, sans aller plus loin, ce qu'elle imaginait était bien la réalité, elle avait suivi Alexandre en secret, elle avait vu comment l'étrangère l'embrassait et elle les avait vus disparaître tous les deux dans l'hôtel. C'était tout, et c'était suffisant pour désespérer Rose les jours suivants.

Ils étaient à présent couchés là-haut, la jolie femme avait quitté sa robe, sa combinaison et ses sous-vêtements, et elle obtenait d'Alexandre ce qu'il avait refusé à Rose. Elle profitait de lui sans en avoir payé le prix. Une apparence ravissante, de la soie verte, une exquise façon de parler, cela suffisait. C'était peu de chose mais c'était ce peu qui manquait à Rose.

Rose aurait préféré le voir mort sur le champ de bataille, de l'herbe et de la terre entre les dents et des vers et de la vermine sur lui jusqu'à ce qu'il soit réduit en poussière. Rose ne retrouverait la liberté que s'il disparaissait.

Elle prit lentement le chemin du retour, remonta dans sa mansarde. Elle se demanda si on était au printemps ou en hiver mais quelle importance. La vie continuait, indépendamment des saisons.

La liqueur et l'absinthe lui faisaient du bien. Quand elle avait assez bu, elle dormait profondément. L'ivresse chassait les idées de suicide qui la hantaient souvent dans la journée lorsqu'elle pensait à Louisette et à son père si déloyal, puis elle s'abîmait dans une méditation maléfique durant laquelle elle regardait dans son âme comme dans un puits profond, avant d'y tomber et de s'y noyer. Mais quand elle portait à ses lèvres le verre ou la bouteille, elle glissait doucement du jour dans la nuit et, quand elle se couchait à temps, elle arrivait même à dormir. Souvent elle se réveillait le matin dans un coin de sa chambre, couchée par terre.

Au réveil, le vide était toujours là. Les jours passaient comme sur une vaste étendue d'eau, déserte.

Souvent elle s'endormait à la table de la cuisine. Ici, elle se sentait à l'abri, elle était sur son territoire, ici personne ne la dérangeait, ici elle trouvait le bonheur du sommeil plus rapidement que dans son lit, il y faisait plus chaud que sous le toit et, en été, il y faisait plus frais, elle ouvrait la fenêtre et écoutait les bruits de la rue, et aussi ceux qui montaient d'autres cuisines, d'autres chambres, des jardins, des cours, de l'atelier Sax aussi d'où parvenaient les derniers coups de trombones ou de trompettes.

Jules et Edmond avaient à peine quitté l'appartement qu'elle sortait les bouteilles de leur cachette, mélangeait l'absinthe avec de la liqueur ou du vin et buvait le verre en gorgées régulières sans le reposer, jusqu'à ce qu'il soit vide, puis elle contemplait les dernières gouttes qui s'écoulaient du verre en traînées visqueuses, parfois elle les comptait, et quand elle pouvait compter jusqu'à dix avant que le liquide ait atteint le sol, elle se disait que son souhait se réaliserait.

Mais quand le prochain verre était devant elle, elle avait déjà oublié son vœu.

De plus en plus souvent, elle buvait de l'eau-de-vie pure ; de plus en plus souvent, elle buvait dès le matin. De plus en plus souvent, elle finissait la bouteille dans la journée. L'état où ça la mettait rendait le travail plus facile, l'esprit étant hébété, les jambes et les bras agissaient tout seuls, elle accomplissait ce qu'elle faisait depuis des années comme un automate, se déplaçant dans l'appartement en somnambule, puis elle empruntait l'escalier, traversait la cour, descendait la rue, passait devant la crémerie de Mme Colmant, arrivait au marché, répondait en levant à peine les yeux sur les gens qui la saluaient, les bousculait presque, mais réussissait toujours à les esquiver. Tout ce qu'elle faisait, elle le faisait avec des gestes pâteux de dormeuse, entre rêve et éveil, la pensée ailleurs et parfois tournée vers nulle part.

L'odorat des célibataires était apparemment peu développé ou bien il n'incluait pas Rose. Tout en s'abstenant de faire les plaisanteries habituelles sur ses ridicules, Edmond et Jules s'étaient pourtant rendu compte qu'elle était souvent ivre quand elle leur servait le petit-déjeuner.

Rose aimait Alexandre. Puis elle le haïssait pour l'en aimer plus fort ensuite comme si elle devait s'excuser pour ses mauvaises pensées. La haine était toujours là, et l'amour aussi, les deux s'affrontant avec des armes différentes et aucun n'était assez fort pour venir définitivement à bout de l'autre.

Elle avait le cœur trop tendre, elle était trop jalouse et elle était trop en manque d'affection. Quand elle avait trop usé de sa médecine, l'alcool, son amour pour Alexandre était payé de retour comme par miracle, alors elle murmurait des remerciements, excusant tous ses travers et toutes ses fautes, sans même se rendre compte qu'elle parlait.

Edmond : Tu as dit quelque chose ? Tu m'entends, Rose ?
Rose : Oh, Monsieur, j'étais dans mes pensées.
Edmond : Tout va bien ?
Rose : Oui, Monsieur. Encore un peu de fromage ?
Edmond : Volontiers.

Jules : Rose, tu as mangé de l'ail cru ?

Rose acquiesçait, c'était pour cacher l'odeur d'alcool.

Jules : Tu as peur des vampires ?

Rose : C'est quoi un vampire ?

Jules : Quelque chose dont on se protège avec de l'ail.

Rose cherchait ses mots.

Jules : Des êtres qui dans la nuit traquent les âmes sans défense pour leur sucer le sang. Faute de sang, ils ne peuvent pas survivre. Ils sont moitié chauves-souris, moitié hommes avec de longues dents pointues. Ils séduisent les gens par leur taille svelte et leur belle apparence, par leur regard brillant qui s'éteint quand ils mordent. Leur forme humaine leur sert à dissimuler leurs mauvais desseins.

Rose : Vous me faites peur.

Jules : N'aie pas peur. Tant que tu sentiras l'ail à dix mètres, ils ne te tomberont pas dessus et, comme tu portes une croix au cou, tu es doublement protégée.

Une fois, Alexandre le lui avait jeté en pleine figure, alors qu'elle était enceinte : « Tu es laide et personne n'aime une femme laide sauf peut-être un chien ou un chat. » Puis, après une courte pause, il avait ajouté, et ça l'avait fait rire aux éclats : « Et peut-être un aveugle. »

Le miracle, c'était que rien n'éclata au grand jour, de cette vie ratée qui avait sombré dans l'infamie. Rien ne filtrait à l'extérieur, rien ne sortait de ses lèvres, rien ne se lisait sur son visage, tout restait caché en elle ; son comportement était effacé et retenu, son expression franche et déroutante. Le véritable arrière-plan de son existence restait caché à Edmond et à Jules comme si celle-ci était un caillou sous des cailloux, sur lequel les vagues roulent dans le flux et le reflux de la marée sans jamais le déplacer, lui reste immobile. Elle aurait pu devenir une sainte, elle le savait. Elle se conduisait avec tant de calme et se cramponnait si bien au simulacre que personne ne pouvait voir ce qui ne devait pas être vu.

Alexandre l'avait-il ensorcelée ? Quand il s'approchait d'elle, elle tremblait comme un chien à la vue de son maître. Quoi qu'il lui ait fait subir, elle le supportait en silence, il pouvait en faire ce qu'il voulait, selon son bon plaisir. La battre, l'abaisser, l'ignorer, se soulager sur elle. Même écrasée sous sa botte, elle était un caillou immobile, qui ne crie pas, car les pierres sont muettes.

Il avait de nouveau besoin d'argent, cette fois de vingt francs. Elle n'avait pas un sou. Elle demanda au concierge qui refusa tout net, à un commerçant qui refusa tout net, à la femme du marchand de légumes qui fit un bond en arrière comme si elle avait vu le diable. Elle avançait en regardant le pavé, épuisée. À moitié aveuglés par la fatigue, ses yeux cherchaient dans les fentes entre les pierres. D'autres avaient trouvé de l'argent dans la rue par hasard, pourquoi pas elle ? Non, il n'y avait rien.

Faire danser l'anse du panier lui semblait excusable, comment aurait-elle pu sinon rembourser les intérêts et ses dettes. Pour autant, elle n'avait jamais volé de sang-froid depuis toutes ses années qu'elle servait chez les Goncourt, jamais. À présent il en allait autrement.

Qui savait mieux qu'elle où les deux frères gardaient leur argent. La clef de la cassette était dans le tiroir du bureau d'Edmond et de Jules, qui y travaillaient côte à côte et qu'ils avaient fait réaliser par un menuisier d'après leurs plans. Les Goncourt étaient inattentifs et indifférents à ce qui ne représentait pour eux qu'une somme insignifiante. Si Rose prenait quelques francs dans leur cassette, ils ne le remarqueraient pas.

Après vingt ans, le moment était venu de voler ceux qui la nourrissaient. Elle se dit que d'autres bonnes étaient mieux payées, ce qui, en lui prêtant une apparence de justification et de légitimité, lui rendit la chose plus facile. Et puis il ne s'agissait pas d'économies dont les frères auraient eu besoin pour la vie quotidienne mais d'une fortune bloquée dont personne n'avait besoin, personne sauf Rose, mais pas pour elle. Elle ne pouvait vivre que s'il vivait, qu'il l'aime ou pas. Elle enfonça la clé dans la serrure de la cassette, la tourna deux fois, prit vingt francs et, en plus, dix francs qu'elle fourra sous son matelas car elle savait qu'Alexandre aurait de nouveau besoin d'argent, ça ne cesserait jamais, elle l'avait su dès la première fois.

Elle vit le reflet mat de son visage dans le miroir de la paroi intérieure de la cassette et n'y découvrit rien d'anormal. Son expression n'avait pas été affectée par ce qu'elle faisait.

L'unique changement que Jules et Edmond remarquèrent, c'est que Rose devenait de plus en plus obtuse. Et que ce qu'elle cuisinait devenait chaque jour plus immangeable. C'est du moins ce qui leur semblait.

Edmond : Et comment pousse ton herbe ?
Rose : Quoi ?
Edmond : Ton herbe !
Rose : Je ne sais pas de quoi vous parlez.

Ce n'est que lorsqu'il lui rappela la boîte de cigarettes posée dans la gouttière qu'elle se souvint de la caissette que, au début de son amour, elle avait remplie de terre pour y semer de l'herbe. Elle avait enfoncé les graines dans la terre et posé la caissette dans la gouttière devant la fenêtre de la cuisine, puis elle avait attendu avec impatience que les graines poussent et que les premiers germes sortent. Ce n'est que lorsqu'elle put compter les minuscules tiges qui émergeaient de terre vers le soleil de plus en plus nombreuses et qu'elles verdirent et formèrent un petit tapis qu'elle abandonna, ravie par cette surface verte qui avait à peu près la taille du pied d'Alexandre.

Elle était emportée par un courant irrésistible, il n'y avait pas de rive, pas de branche, pas de planche de salut à laquelle s'accrocher. Elle était au milieu de l'eau, emportée toujours plus rapidement vers la mer dont l'estuaire recevrait bientôt son cadavre. Ni Alexandre ni Dieu ne lui voulaient du bien.

Un dimanche, une femme de chambre de la maison d'à côté lui proposa d'aller faire une balade dans la nature. Rose se fit donc belle, acheta un demi-homard et gagna en compagnie de son amie le boulevard de la Chopinette où un petit groupe les attendait déjà à la terrasse d'un café. Les hommes, qui buvaient une tournée de crèmes de cassis, assis autour d'une petite table, n'étaient pas tout jeunes. Puis le groupe se fit conduire par deux fiacres à l'imposante forteresse de Vincennes. Un des plus âgés se mit à jeter des pierres dans les meurtrières en atteignant chaque fois son but. De la forteresse, ils gagnèrent à pied la forêt qui s'avéra très mal entretenue.

Les sentiers, pleins d'ornières et de détritus, étaient bordés d'une herbe jaunie et morte par plaques, partout poussaient de hautes orties couvertes de poussière qu'il fallait éviter à tout prix. Pas question d'une paisible balade à pied, la moitié de Paris – ou de ses faubourgs – avait eu la même idée que la vaillante petite troupe à laquelle Rose s'était jointe ; on se laissa porter par la cohue sans cependant perdre son calme.

Tout paraissait à Rose à l'abandon et malade, les arbres gris, les feuillages roussis, les coins de prairies desséchés, car dimanche après dimanche, on y avait mangé, bu, fait la fête comme le montraient assez les détritus, les bouchons et l'herbe piétinée. Aux branches pendaient des chapeaux de paille, des casquettes et des shakos, des buissons sortaient des marchands de gaufres qui offraient leur marchandise trop sucrée, des gamins chassaient des papillons épuisés qu'ils embrochaient en lieu et place, toutes sortes de patois difficiles à comprendre se croisaient au-dessus de cette campagne livrée sans protection au soleil, au bruit, aux humains. Ce qui s'offrait au regard de Rose, c'était l'affront fait à une forêt transformée en un lieu couvert d'immondices où chaque matin un suicidé pendait à la branche d'un arbre, comme l'affirma l'un des hommes.

Rose garda longtemps le silence après que les promeneurs se furent laissés tomber à l'ombre d'un grand chêne dont les feuilles mortes formaient sous eux un bruissant tapis. Le groupe était devenu de plus en plus bruyant et se laissait de plus en plus aller, pourtant, même si elle restait dans son coin et si personne ne lui adressait la parole, elle ne se sentait pas déplacée mais tout à fait à sa place, on la laissait tranquille comme un nourrisson dont personne n'attend rien sinon qu'il pousse de temps en temps quelques vagissements. Un doux vent du sud lui caressait les bras, sa peau frissonnait sous son souffle chaud. Elle oubliait le temps, et le lieu, et un peu elle-même, elle oubliait ses tourments et sa peine. En ce moment rien n'avait de sens, tout était sans début ni fin, comme si Rose avait à présent accepté son destin d'être transparente pour les autres.

Elle se réveilla quand un brin d'herbe lui chatouilla le nez, elle voulut le chasser et sa main rencontra la barbe de l'homme qui avait bombardé les meurtrières et les avait atteintes chaque fois. Il était peintre, il dit, et il aimait boire. Pas un artiste mais un peintre professionnel, et pas un ivrogne mais un mordu des vapeurs et du plaisir où le jetait le vin. Et elle s'éprit pour la première fois d'un autre homme qu'Alexandre quand il lui offrit, à la place d'une chaise, une pierre, où elle s'assit pour déballer son homard et le partager avec l'inconnu qui, de son côté, lui offrit ses victuailles et sa boisson. Ainsi le monde serait bon, dit le peintre qui était connu pour ses enseignes raffinées.

Elle ne tomba pas sous son emprise comme avec Alexandre mais elle veilla sur lui avec le même soin jaloux.

Cet ami de la bouteille s'appelait Gautruche ; il était selon ses propres dires aussi attachant que le lierre et Rose ne tarda pas à s'en apercevoir, aussi peu fiable que le beau temps. Il n'était ni beau ni jeune, avec des cheveux clairsemés et une vilaine barbe mais, même quand il avait bu – et c'était presque toujours le cas –, il ne devenait pas méchant et gardait sa bonne humeur. Il ne la battait jamais et préférait fuir devant une dispute.

Il n'avait pas de logement, il vivait dans un hôtel proche des boulevards extérieurs qu'il regagnait juste pour dormir. L'argent qu'il gagnait – souvent jusqu'à vingt francs par jour –, il préférait le dépenser en beuveries plutôt que d'avoir un chez-soi. Dans sa partie, il était reconnu et apprécié. Ses caractères colossaux et ornementés jetaient des ombres efficaces comme personne d'autre, ils paraissaient gravés dans la pierre. C'était un maître.

La rue était sa maison, elle l'avait élevé et nourri. Pour rien au monde il ne se serait privé des gens et de leurs histoires qu'elle lui offrait chaque jour. Rose, dont il entrevoyait le secret sans le déchiffrer, y appartenait elle aussi. Comme une plante d'appartement flétrie et jetée, qu'on aurait arrosée et abreuvée d'engrais, Rose s'épanouit brièvement et ne s'habilla plus exclusivement de gris ou de noir.

Avec l'arrivée de l'automne, comme Gautruche avait toujours refusé de lui donner la clé de sa chambre, elle retomba peu à peu dans ses vieilles habitudes. S'étant mis dans la tête qu'une ancienne maîtresse le poursuivait – une femme plus vieille de quelques années que Rose mais qui avait des cheveux d'or, comme il disait –, elle l'attendit un soir pour le prendre sur le fait. Elle attendit pendant des heures, d'abord devant l'entrée de son hôtel, *À la main bleue*, ensuite devant la porte de sa chambre au cinquième étage, puis de nouveau dans la rue qu'elle se mit à arpenter comme une putain, c'est certainement ainsi que les passants la voyaient. Elle faisait cent pas dans une direction puis cent pas dans l'autre et chaque fois allongeait le trajet en faisant vingt pas de plus. Elle pensait qu'elle aurait atteint son but après un certain nombre de pas, qu'alors Gautruche surgirait et lui ferait des excuses. Elle marchait depuis si longtemps et si rapidement qu'elle tenait à peine sur ses jambes. Quand elle fut sur un pont, elle se crut soudain entourée par l'eau qui avait dépassé les piles, la lumière des réverbères baignait ses pieds qui étaient dans l'eau, elle cria si fort qu'un cercle se forma autour d'elle, elle prit peur, elle voulut sauter et se précipita en avant. Tout était sous l'eau. Elle montait jusqu'à l'infini. Elle devait fuir. Elle comprenait que cette inondation était une hallucination pour laquelle elle n'avait pas de mot.

Quand, vers minuit, Gautruche arriva enfin, elle dormait devant sa porte. Dans son profond sommeil elle ne s'était pas aperçue qu'on l'enjambait dans l'étroite cage d'escalier qui sentait le linge humide et les ordures ménagères. Elle n'avait remarqué ni les regards soupçonneux ni l'odeur des réchauds à alcool sur lesquels les locataires cuisinaient et rôtissaient en laissant leur porte ouverte, ni la puanteur qui montait du point d'eau où les locataires vidaient leurs eaux sales et le contenu des pots de chambre.

Gautruche était aussi gai et insouciant que d'habitude. Il avait bu et n'avait pas conscience d'être coupable. Au contraire, quand ils furent à la table devant la fenêtre et vidèrent ensemble une dernière bouteille de vin rouge, il lui proposa d'habiter ensemble dans un appartement plus grand où elle tiendrait son ménage comme une bonne épouse. À part sa présence occasionnelle, aucune récompense n'était prévue, ni mariage, ni engagement. Après toutes ces années au service de ces deux oiseaux bizarres, elle avait dû épargner assez d'argent pour pouvoir s'offrir un bel appartement clair qu'ils partageraient. Il débordait d'idées.

« Il est temps de devenir adulte », dit-il, comme s'il avait enfin trouvé la bonne poire, assez bête pour adoucir sa vieillesse et soulager les infirmités qui l'attendaient.

La médecine qui devait la guérir de sa passion pour Alexandre commença à lui paraître amère. Amère, mais assez forte pour lui ouvrir les yeux. Après une courte mais bruyante dispute, elle claqua la porte et quitta l'hôtel où Gautruche pouvait bien pourrir. Sa vie, se disait-elle alors, n'était pas encore finie.

Le samedi, à la nuit tombée, pendant qu'Edmond et Jules étaient chez des amis ou au théâtre, elle prit l'habitude d'errer dans la ville. Elle se sentait une nouvelle personne. À cette heure de la nuit, la rue était la chasse gardée des hommes qui venaient y chercher une brève aventure. Aucune femme ne s'y risquait – à l'exception des prostituées. On y voyait des hommes maquillés, des hommes qui avaient l'air d'être des femmes, jeunes et vieux. Et aussi des hommes qui, pour vos services, vous donnaient quelques pièces.

Dès le premier soir, elle s'abandonna à une liberté récemment découverte. Ces nuits-là, plus elle regardait sans vergogne les inconnus dans les yeux, plus elle avait de chances qu'ils se retournent, la suivent, l'abordent, l'embrassent, l'invitent. On paraissait voir de loin qu'elle ne coûtait rien.

Ceux qui cherchaient le regard noir, fulgurant, reconnaissaient facilement le désir assumé qu'il recélait.

Ceux qui se sentaient attirés par elle aimaient la suivre.

Aucun de ces hommes ne pouvait se comparer à Alexandre, mais elle appréciait d'être désirée. Ses admirateurs étaient vieux, laids, peu soignés, ils sentaient la sueur et avaient des puces mais Rose ignorait cela et se contentait du plaisir qu'ils lui donnaient. Elle n'avait pas à faire grand-chose lorsque, dans une ruelle sombre ou derrière une porte, elle soulevait sa jupe, tout au plus, le bref coup de main nécessaire, dont elle essuyait le résultat sur le crépi du mur ou avec son mouchoir.

C'était écrit sur son visage qu'on pouvait l'avoir gratuitement. Cette franchise suffisait à exciter les hommes qui ne se différenciaient que par la fébrilité de leurs mouvements ou par le temps qu'il leur fallait pour arriver à leur fin.

Parfois elle aurait voulu qu'Alexandre l'apprenne mais, naturellement, il se moquait bien de la vie qu'elle menait. Il ne lui serait jamais venu à l'idée de la suivre en secret. Si elle lui avait raconté ses escapades nocturnes, il n'aurait fait qu'en rire.

Être prise sur le fait par lui restait donc un souhait aussi irréalisable que pouvoir le chasser de ses pensées ; même quand elle ne l'avait pas vu depuis des semaines, il était toujours présent dans son esprit. Elle entendait parler de ses victoires et de ses défaites dans des combats de boxe où elle n'allait jamais.

Elle rêvait souvent de son père, qui n'avait pas fait de vieux os ; un jour, on l'avait trouvé mort dans le bois, pas loin d'un arbre abattu ; pourtant il n'avait pas de blessures apparentes. Les souvenirs de Rose se limitaient aux coups qu'il distribuait généreusement à chaque membre de la famille. Elle et ses sœurs étaient battues tous les jours à tour de rôle. Une fois, Rose l'avait mordu au bras si fort que ses petites dents s'étaient prises dans ses poils. Il s'était mis à hurler et lui avait donné un coup de poing en pleine figure. Son nez avait fait un bruit bizarre avant de s'ensanglanter.

Parfois elle rêvait que toute une file de bras semblables s'alignaient dans sa chambre comme les modèles en bois dans l'atelier d'Alexandre. Immobiles, ils la menaçaient comme s'ils attendaient qu'elle bouge.

Quand le père était mort, ses bras maigres et étrangers – comme des pattes d'araignée – reposaient sur le drap blanc qu'on avait étendu sur son cadavre. C'était le plus beau drap de la maison, avait dit sa mère en larmes, orné d'un monogramme dont Rose n'arrivait pas à lire les lettres qui y étaient brodées. Elle avait touché le mort avec réticence mais sa tante, la sœur de son père, l'avait forcée à poser sa main sur cette main qui l'avait si souvent battue. Elle aurait pu facilement en briser chaque doigt.

En se disant que sa mère pleurait moins sur le père que sur le drap qu'elle avait posé sur lui, elle avait eu de la peine à ne pas éclater de rire.

Les sautes d'humeur de Rose n'avaient pas échappé à Edmond et à Jules, qui d'habitude ne se préoccupaient pas beaucoup d'elle. Mais ils ne cherchèrent pas plus loin la raison de son irritabilité, ils y firent juste allusion durant une promenade.

Quand elle en eut assez des inconnus, Rose se tourna de nouveau vers Alexandre qui, entre-temps, avait déménagé sans lui donner sa nouvelle adresse. Elle se mit en embuscade devant son atelier et l'interpella. Elle exigea qu'il lui rende l'argent qu'elle lui avait prêté, juste pour avoir un prétexte pour l'aborder car elle savait pertinemment qu'il ne lui rendrait jamais un centime. Comme elle s'y était attendue, il se mit à rire.

Elle le suivit à l'heure de la fermeture, quand, après avoir fermé le magasin, il regagna son nouvel appartement. Elle s'était depuis longtemps exercée à suivre les gens. Elle se persuadait que ça la rendait heureuse de mettre ses pas dans les leurs. Ils marchèrent une demi-heure jusqu'aux Batignolles et il ne se retourna pas une seule fois, comme s'il ne se sentait pas observé mais libre. Elle était l'ombre de cet homme et c'est comme une ombre qu'elle se glissa derrière lui.

Elle prit l'habitude de rester devant sa maison, parfois pendant des heures, et le suivait lorsqu'il en sortait. Elle marchait derrière lui comme une bête qui suit une trace, et avait l'air de se rétrécir. Elle marchait jusqu'à ce qu'elle le perde de vue, trop épuisée.

Quand il ne quittait pas la maison, elle observait toutes les femmes qui entraient et sortaient et les suivait, elle se méfiait de toutes.

Amour maudit qui l'attachait, comme avec une chaîne invisible, à un homme pour qui elle n'existait pas. Ni Gautruche ni ses conquêtes nocturnes ne l'avaient guérie de la jalousie ou du ressentiment. Elle lui appartenait et il lui appartenait. Ses humiliations se faisaient chaque jour plus nombreuses.

Quelle satisfaction quand elle le surprenait avec une inconnue à son bras. Le rire de la femme passait devant elle, dans un innocent petit nuage de lavande. Toutes les femmes étaient jeunes et, quand elles ne l'étaient pas, elles étaient plus jolies qu'elle.

Le 21 novembre 1861, elle l'attendit pendant des heures devant la porte d'un cabaret où il buvait et s'amusait avec des copains et des filles et, comme le premier soir où elle avait suivi Adèle, elle colla son oreille contre les volets du cabaret et surprit des bribes de paroles qu'on disait à l'intérieur. Elle ne remarqua pas que la pluie, qui s'était infiltrée dans ses vêtements de plus en plus alourdis, tombait toujours plus dru.

Elle l'attendait, pareille à un joueur incapable de quitter la table de jeu tant qu'il n'a pas perdu tout son argent.

Quelqu'un se mit à chanter et fut interrompu.

Combien de temps l'attendit-elle, trempée jusqu'aux os ? Chaque fois qu'un client sortait du cabaret, elle cachait son visage en se retournant, quelqu'un qui aurait vu cette sombre silhouette l'aurait prise pour une sans-logis, trop fatiguée pour mendier.

Comme elle suivait des yeux un jeune couple qui s'éloignait d'un bon pas sous un parapluie rapidement ouvert, elle sentit quelque chose de chaud sur sa main, comme si quelqu'un y soufflait quelque chose d'humide. C'était le chien qu'elle avait pris sur les genoux chez les Colmant quand il était encore un chiot. À présent il avait grandi et pourtant il l'avait reconnue.

Peu après, Alexandre apparut sur le seuil de la porte, elle ne l'avait pas remarqué, et il appela le chien qui hésita le temps d'un soupir, leva les yeux sur Rose et suivit son maître. C'est alors qu'elle remarqua qu'elle était trempée et rentra enfin chez elle.

Deux jours plus tard, incapable de s'empêcher de trembler et de claquer des dents, elle était si mortellement pâle, si brûlante de fièvre que même Edmond et Jules s'en aperçurent et, plus tard, ils se dirent que c'était le jour où la fin de Rose avait commencé. Mais, ce matin-là, personne ne pensa que l'issue serait fatale.

Edmond fit appeler un médecin malgré l'opposition de Rose. Même après sa visite, elle refusa de se coucher. Ce serait comme être couché sur son lit de mort, se dit-elle, et son rire se transforma en une toux rauque qui ne voulait pas cesser. Le Dr Simon, après l'avoir auscultée, lui avait prescrit de l'huile de croton comme laxatif, à quelle fin, lui seul le savait ; il avait été incapable de diagnostiquer avec certitude la cause des douleurs dans la poitrine de Rose, un mal qui martelait sans arrêt à l'intérieur de ses côtes. Trois jours plus tard, il l'écouta de nouveau et dit que c'était un miracle qu'elle ait survécu à cette pleurésie – car c'était bien ce qu'il avait craint.

« Une force de la nature », votre bonne, dit-il, admiratif, aux célibataires comme si c'étaient à eux qu'en revenait le mérite.

Pendant une semaine, il y eut un mieux, la toux s'était un peu calmée et la fièvre avait baissé, mais après une semaine puis une autre, quand le médecin l'ausculta une dernière fois, son état s'était stabilisé au niveau que la maladie avait atteint. Et cet état ne varia plus.

Elle travaillait comme d'habitude mais, dès la préparation du petit-déjeuner, elle était aussi épuisée qu'elle l'était avant à la fin de la journée. Elle s'endormait sur sa chaise près du fourneau en plein jour, et si profondément qu'elle ne remarquait même pas Jules et Edmond lorsqu'ils se fourvoyaient dans la cuisine. Ses mains pendaient comme des cordes au bout de ses bras. Puis une quinte de toux la tirait du sommeil.

Une nuit, les quintes de toux s'aggravèrent, elle crut qu'elle allait s'étouffer. Ces nouveaux accès ne parurent pas inquiéter le médecin, ils avaient, comme il l'expliqua à sa dernière visite, un pouvoir de guérison. Le poumon se guérissait de lui-même par la toux, affirma-t-il. Le poumon était, en particulier chez la femme, un organe robuste.

« La phtisie ? Absolument pas. »

Il ne s'adressait pas à Rose mais à ses employeurs, d'ailleurs elle semblait s'en désintéresser.

« Les rechutes ne sont pas une raison de s'inquiéter. Au contraire. »

Elle lui toussa au visage, trop faible pour se détourner.

« Pas de sang, vous voyez ! Encore une bonne nouvelle. Ça va aller, aucune raison de s'inquiéter », conclut le Dr Simon.

Aucun organe vital n'était sérieusement touché ni menacé. Mais le corps était usé avant son temps. Ce n'était pas rare chez les domestiques.

La cuisine n'était pas un endroit où recouvrer rapidement la santé. La fumée âcre du charbon qui brûlait dans le fourneau aggravait ses maux de tête et ses nausées. Le carbone qu'elle respirait n'était pas entièrement étranger à ses quintes de toux. Ne pas respirer à fond ne servait à rien, elle croyait s'étouffer et se mettait à tousser presque à en vomir. La fumée refluait et remplissait la cuisine. À moitié étourdie comme les pauvres repasseuses qui sont toute la journée dans un brouillard de vapeur, elle ouvrait la fenêtre, se penchait au-dehors et respirait l'air glacé qui lui frappait la trachée comme une lame de couteau.

Mais elle tenait toujours sur ses jambes, sans laisser paraître aucune faiblesse, et ne s'allongeait sur son lit que lorsque le travail de la maison était fini.

Elle se montrait dans le quartier pour que ses créanciers ne pensent pas qu'elle avait disparu, l'idée aurait pu leur venir d'aller voir les Goncourt pour demander de ses nouvelles, ce qui aurait pu éveiller la méfiance de ces derniers. Rose réfléchissait à tout ça. Elle faisait tout pour éviter les difficultés. Mais la fièvre et la toux ne se laissaient pas impressionner.

L'hiver se traînait, tenace. Dès que Rose marchait sur le pavé mouillé des rues, elle avait les pieds gelés. Mais elle faisait ce qu'il y avait à faire, les commissions, les achats, le train-train, elle restait la bonne obéissante. La vie qu'elle menait tous les jours justifiait sa place dans le monde.

La nuit, elle restait éveillée dans son lit, comptant de un à cinquante puis de cinquante à un, comme si elle ramait d'une rive d'un fleuve à l'autre, de la vie à la mort et de la mort à la vie, pour ne pas penser à ce qui ne se laissait pas chasser. À peine avait-elle atteint une rive qu'elle était ramenée en arrière par le courant, alors le va-et-vient, l'absurde comptage, recommençait sans qu'elle trouve le sommeil auquel elle aspirait désespérément et, de l'obscurité, ses yeux faisaient naître des choses qui en réalité n'existaient pas. Parfois Louisette se tenait sur l'autre rive, impossible à atteindre, une bougie à la main, qui s'éteignait dès que Rose reconnaissait son visage, elle était à présent une fillette. Mais le vent était trop fort et la flamme trop faible, et l'enfant n'en finissait pas de disparaître.

Quand le jour se levait, elle était malade d'épuisement. L'idée de se lever et de se remettre à sa tâche la tuait presque. Mais elle se levait et personne ne remarquait en elle le moindre changement. Rien ne l'achèverait, sauf la Faucheuse.

Même s'il faisait très froid dans le grenier, de plus en plus souvent elle s'asseyait sur le bord du lit et, à la lueur de la bougie, elle contemplait son corps maigre dans l'étroit miroir appuyé au mur, héritage de celle qui l'avait précédée et où tant de bonnes s'étaient déjà reflétées. La vitre de la lucarne, noircie par la suie crachée par les cheminées des maisons voisines, ne laissait pas passer la lumière du jour, on n'y distinguait même pas la fente qui traversait le verre.

Quand elle se contemplait ainsi, elle sentait Alexandre derrière elle. Il était là quand elle fermait les yeux. Son souffle chaud touchait sa nuque froide et ankylosée, son regard se posait sur ses cheveux raides qui se laissaient aussi difficilement friser que la paille, il tendait les mains vers son corps voûté et le tordait lentement jusqu'à ce que ses os se rompent, et plus elle restait là, assise, ressentant sa présence sur son corps flétri, plus intime devenait sa relation avec lui. Ses articulations craquaient et elle se remettait à tousser.

Parfois elle s'endormait, dans cette position. Elle se réveillait courbatue, raidie par le froid, semblable à une statue inachevée car le sculpteur avait perdu tout intérêt pour elle pendant son exécution.

Elle se levait, cassait la glace dans la cuvette avec ses doigts osseux à la peau gercée et se lavait à la hâte, se séchait, toute tremblante, et s'habillait prestement dans le demi-jour d'une bougie à la flamme vacillante, l'unique luxe qu'elle se permettait, le dernier qu'elle pouvait se permettre, outre l'illusion qu'Alexandre n'avait pas disparu de sa vie pour toujours. Son ombre était encore là, épinglée au mur comme une esquisse de Gavarni, l'ami des Goncourt qui venait souvent les voir, et qui avait toujours un air grincheux quand elle lui tendait son manteau et son chapeau. Pourtant il n'était pas désagréable. Un jour, il lui avait demandé de tendre la main et de la tenir ouverte sans bouger. Il avait peint un visage sur sa paume, comme un minuscule miroir, car c'était son visage à elle qui y était dessiné. Toute la journée elle avait ménagé sa main jusqu'à ce que l'encre pâlisse puis s'efface.

Le souffle chaud d'Alexandre était balayé par le froid quand elle quittait la chambre sous les toits. C'était le sort de beaucoup de bonnes comme elle, se disait-elle, d'être amoureuses d'un homme inaccessible. Et elles étaient peu nombreuses à avoir connu un court bonheur comme elle. Son amour était tout-puissant, indestructible, il la possédait tout entière. Si elle le lui demandait, si elle le souhaitait au plus profond d'elle, il viendrait la voir dans sa chambre et entrerait en elle comme dans un étui chaud et il la trouverait belle et attirante et il sourirait quand ce serait fini.

L'heure était venue de préparer le petit-déjeuner des deux frères.

Ils l'entendirent descendre l'escalier en courant et se retournèrent dans leur lit. La toux montrait à l'évidence qu'elle était là.

Les premières journées chaudes de printemps apportèrent une amélioration, Sophie la froide* une rechute, Rose était une proie facile pour les forces de la nature.

* En Allemagne, c'est la dernière sainte des saints de glace, le 15 mai.

11

Une mort ordinaire, été 1862

La nature était l'ennemie déclarée de Jules, il y voyait, à l'instar d'Edmond, un cimetière, une terre jamais au repos, un champ, un bois, et qui, soumise au cycle des saisons, était supérieure à l'homme à tout point de vue, car elle était toujours là ; même lorsque l'homme y mettait la main et la transformait, la cultivait, la plantait, la nature restait la plus forte, certes inférieure à l'homme car soumise à ses vues mais jamais entièrement vaincue, jamais esclave, au contraire toujours son maître ; même en hiver elle ne dormait pas mais rassemblait de nouvelles forces pour sa résurrection.

Cette étendue verte était comme un vaste et indiscernable cimetière sans fin, sans fin jusqu'à la mer, où la terre continuait, invisible, dans les profondeurs inatteignables. Elle ouvrait ses bras à l'homme et le dévorait dès qu'une occasion se présentait ; une mangeuse d'homme, qui le mâchait patiemment et le ruminait. Elle avait le temps. Elle se repaissait de lui, l'avalait et le recrachait morceau par morceau dans une forme nouvelle. Les arbres, les plantes, les graminées, l'herbe et les mauvaises herbes se nourrissaient de ce qui était charogne, de tout ce qui était mort, du bétail, des humains mis en terre et aussi de ceux à qui était refusé le froid tombeau comme les malheureux soldats qu'on abandonnait sur le champ de bataille ; la nature récupérait tout, oiseau, ver, ours, renard errant et tout ce qui volait et rampait et l'envahissait. Elle décomposait le cadavre, l'achevait et créait du nouveau de ce qui avait été. L'eau douce lavait ses os, le soleil desséchait sa chair jusqu'à ce qu'elle s'envole en poussière aux quatre points cardinaux. La nature était une concession où un jardinier généreux, imperméable à ce qui se passait autour de lui, faisait éclore chaque printemps les bourgeons et, tous les automnes, laissait tout se faner avant de s'en remettre au repos de l'hiver.

Pour Jules, seul était vivant ce que son âme ne pouvait pas toucher, le vêtement d'une femme, le pas d'une jeune fille, un portrait peint au temps passé, un souvenir, un mot original dans la bouche d'un homme, le soupir inconsolé d'un enfant.

En revanche, la nature était abominable.

Les deux frères, espérant que l'état de Rose serait amélioré par un séjour à la campagne, lui proposèrent de les accompagner à Bar-sur-Seine où ils devaient passer quelques semaines chez leur cousine Augusta. Augusta était la fille de leur oncle du côté paternel, et son mari, Leonidas Labille, était un gros propriétaire terrien.

Leur proposition équivalait à un ordre qui ne souffrait pas de contradiction et Rose accepta sans hésiter. Rester seule à Paris sans occupation à attendre que Jules et Edmond reviennent lui paraissait aussi peu tentant qu'un séjour dans sa propre famille avec qui elle avait depuis longtemps rompu tout contact : elle évitait même sa sœur qui vivait à Paris et ne prenait jamais de ses nouvelles. Il n'y avait personne qu'elle eût envie de voir.

Edmond remarqua que les yeux de Rose brillaient d'un éclat humide quand elle les remercia de l'invitation. Comme les effusions de sentiment n'étaient pas son genre, c'est qu'elle avait de nouveau de la fièvre.

« Nous avons à cœur que tu recouvres la santé. Ta toux est inquiétante et elle dure depuis trop longtemps. »

Elle ouvrit la bouche mais les mots lui manquèrent.

« Tu dois te préserver pour nous. La campagne te fera du bien. »

Les Labille avaient assez de personnel pour s'occuper des deux frères, l'unique tâche de Rose serait donc de guérir. Elle devait leur jurer de se reposer.

Parfois ils ne la voyaient pas pendant des heures mais ils l'entendaient tousser. À Paris ils remarquaient à peine sa toux déchirante, mais chez les Labille, elle logeait à l'étage, au-dessus d'eux, et il leur était impossible de l'ignorer, la maison était affreusement sonore.

Quand les quintes de toux de Rose se manifestaient au petit matin à des intervalles toujours plus rapprochés, il n'était plus question de se rendormir. Jules, dont la chambre était directement sous la sienne, était trop poli pour demander à sa cousine de lui donner une autre chambre dans l'autre aile de la maison.

Les quintes de toux étaient si violentes qu'on avait l'impression qu'elle allait s'étouffer. Elle essayait de les éviter mais elle n'y parvenait pas ; la toux était plus puissante que ses vaines tentatives pour la réprimer par égard pour les autres habitants de la maison. La toux n'était pas une intruse, elle était depuis longtemps sa fidèle compagne, et il n'y avait aucun espoir qu'elle disparaisse.

Chaque fois que Rose toussait, Jules bondissait de son lit. Pire que la toux était l'attente entre les courtes pauses pendant lesquelles Rose récupérait. Avec impatience, il anticipait les bruits qui l'attendaient. La toux commençait, s'arrêtait, recommençait.

Pour les deux frères, il devenait chaque jour plus évident qu'elle mourrait de cette toux. La terre l'attendait, la tombe était déjà ouverte. Ce n'était plus qu'une question de temps avant que l'enveloppe le drap de la nature.

La maladie faisait lentement son chemin. Chez d'autres, elle aimait avancer masquée, sans se faire remarquer, pour frapper quand on s'y attendait le moins, ici elle agissait sans voile.

« J'ai envie de l'étrangler, je ne supporte plus cette toux », dit un matin Jules, hors de lui, à Edmond.

Rose ne se déplaçait plus comme avant, son regard était différent, sa physionomie avait changé. Quand Jules et Edmond l'observaient de loin, en train de regarder les paysans travailler, les enfants jouer, les chiens veiller ou les vaches ruminer, elle semblait perdue, oubliée du reste du monde, et ça ne les étonnait pas qu'elle soit aussi transparente que l'air pour les autres. Les paysans ne lui adressaient pas la parole, et les enfants ne couraient pas vers elle. Les chiens ne sautaient pas autour d'elle. Ils l'évitaient.

C'était comme si elle se dépouillait peu à peu et que déjà commençait à se dissoudre ce qui enveloppe un être humain et lui donne sa personnalité. Celle-ci tombait d'elle comme les feuilles d'un arbre en automne. La maladie élaguait et abattait ce qui autrefois faisait sa force. La silhouette qui leur avait été si familière, qui leur avait offert protection et consolation, commençait à se rabougrir et à s'étioler.

À Chaumont, un soir, Edmond avait juste quarante ans et Jules trente et un, les deux frères assis sur un vieux mur contemplaient une campagne pâlissante, transparente, où le crépuscule chassait le jour mourant. La lumière, en disparaissant, semblait avoir laissé son âme derrière elle. Un enfant, à leur côté, regardait comme eux le ciel s'éteindre. Ils savaient aussi peu ce qu'il pensait qu'ils ne le savaient eux-mêmes, car voir était plus fort que la pensée de ce qu'ils voyaient. L'enfant, un gamin, se tourna vers eux et les regarda. Ils s'aperçurent alors que ses prunelles étaient laiteuses.

Au lieu de demander au garçon s'il était aveugle ou s'il était voyant, ils restèrent muets l'un comme l'autre. Sans en reparler non plus, ils notèrent cette rencontre comme ils notaient presque tout, mais les yeux morts ne furent pas mentionnés.

Le matin du 31 juillet 1862, quand ils rentrèrent à Paris, ils appelèrent le Dr Simon pour qu'il leur dise, après avoir ausculté Rose, si elle allait vivre ou mourir.

Ils étaient au salon, pendant que Rose, qui refusait de se déshabiller dans la cuisine, était examinée dans sa soupente.

Ils attendaient comme on attend le grelot qui annonce le retour des jurés dans la salle du tribunal chargés d'annoncer la sentence. Quand le Dr Simon entra dans la pièce, ils se levèrent.

Le médecin hésita, et son regard lent et impassible alla de l'un à l'autre.

« Ce n'est qu'une question de temps. Quelques semaines, quelques mois. »

Il respira profondément avant de dire.

« La maladie a beaucoup plus progressé et plus vite que je ne le pensais. Un des poumons ne fonctionne plus et ce sera bientôt le tour de l'autre. Tout est perdu. Il n'y a plus rien à faire. Je suis navré, mais je ne peux pas vous donner un avis plus favorable. Priez pour que le mal n'empire pas mais je ne peux vous donner aucun espoir. Et commencez à chercher une nouvelle bonne car Rose ne pourra plus faire son travail sans une aide extérieure. Épargnez-lui l'humiliation de s'écrouler devant vos yeux. »

Quand Rose revint dans l'appartement, ils ne laissèrent rien paraître. Ils ignoraient si le Dr Simon lui avait expliqué son état. Ils ne le pensaient pas.

« Au travail, au travail », murmura-t-elle en nouant les cordons de son tablier, car il était déjà onze heures.

Trop tard, ils s'en étaient doutés. Aucun espoir, juste une question de temps. L'idée de perdre Rose commençait peu à peu à se concrétiser dans leur esprit.

Ils auraient préféré quitter l'appartement pour laisser la place à la malade et à sa maladie mais ils restèrent car, en effet, qu'ils fuient ou qu'ils restent ne changerait rien au diagnostic du médecin.

Après le déjeuner, dont la consistance sans couleur et sans saveur correspondait parfaitement à leur état d'esprit, ils allèrent faire un tour en ville pendant une heure, ce qui n'était pas dans leurs habitudes. Ils passèrent devant le magasin de Mme Colmant sans avoir la moindre idée du rôle que le fils de la commerçante avait pu jouer dans ce drame.

Épuisés et transpirants, ils finirent par s'asseoir à la terrasse d'un café et commandèrent un moka et un café granité en espérant qu'ils soient forts et froids. Quand ils ouvrirent, selon une vieille habitude, un journal déjà lu, leurs regards tombèrent sur la solution du rébus de la veille : « Contre la mort il n'y a pas d'appel. »

Surmontant leur dégoût devant le corps amaigri de Rose, ils acceptèrent de lui poser des ventouses dans le dos, sur le conseil du médecin. Sa peau ressemblait à une enveloppe de papier qui ne cachait que sommairement ses os. Rose ne s'y opposa pas, comme ils l'avaient espéré en secret.

Aussi, tous les trois jours, ils chauffaient les ampoules avec des petits morceaux de papier enflammé et Edmond posait les ventouses sur ce pauvre corps dont la vue les effrayait tous les deux. La colonne vertébrale leur faisait penser à une rangée de noix qui se détachaient en dessous d'un vieux sac. La peau collait sur le squelette comme du papier de soie.

Pour Jules, c'était un supplice. Le cœur d'Edmond battait, ses mains tremblaient. Horrifiés, ils voyaient la fine peau se gonfler, sous la boule de verre, en cloques de la taille d'un œuf de poule. Mais ce qu'ils redoutaient le plus, que la peau éclate, n'arriva jamais.

« Après ça, j'irai mieux. Quand ce sera fini, j'irai mieux, gémissait Rose sans arrêter de les remercier. Je profiterai de la vie. Merci. »

Elle disait des choses qui, avant, ne lui seraient jamais venues sur les lèvres.

Elle gisait comme une louve du Capitole épuisée qui offre ses mamelles en verre à Romulus et Rémus à demi morts de faim.

Ils ne trouvaient aucun mot pour dire ce qu'ils ressentaient durant ces jours. Mais ils en savaient la raison. Personne n'avait été aussi proche d'eux que Rose. Même pas leur mère, même pas leur amie Maria qui venait toujours chez eux, encore plus souvent à présent, pour voir Rose.

À la mélancolie paralysante se mêlait le dégoût du quotidien. Ils s'attendaient en permanence à une aggravation de l'état de Rose car ils n'avaient plus d'espoir ; quand elle leur servait le petit-déjeuner, ils étaient aussi abattus que si elle ne s'était pas montrée. Une quinte de toux menaçait, et elle se précipitait hors de la pièce.

Comme un peintre avait recouvert un tableau en couleurs de grisaille, le monde s'était décoloré devant leurs yeux. Dans la rue, ils ne percevaient plus que les pas des passants et le bruit des pavés quand les voitures roulaient dessus. Les trompettes de l'atelier Sax sonnaient pour eux comme s'ils étaient enterrés sous les ruines de Jéricho. Ils n'écrivaient plus que le strict nécessaire dans leur *Journal*. L'image des ruines de Jéricho, ils ne la noteraient pas.

Ils frissonnaient malgré la canicule. Tout ce qu'ils voyaient leur paraissait vain et mort et ils ne supportaient pas que d'autres le voient autrement. S'ils allaient se promener dans les grands parcs, ceux-ci leur paraissaient des jardins de clinique ; dans les enfants qui jouaient ils ne voyaient que des automates courant sans but.

Ils étaient heureux quand Maria restait parfois à dîner. C'est elle à présent qui posait les ventouses à Rose, même si elle n'en attendait plus aucune amélioration, comme elle l'avoua à Edmond et à Jules.

« Ce sera bientôt la fin, comme l'a dit le docteur », estima-t-elle en suivant du regard la maigre silhouette qui desservait. Et elle dit à propos des ventouses :

« On le fait pour soi, pour se rassurer soi-même, jusqu'à ce qu'on s'aperçoive qu'on lui inflige une douleur inutile.

– C'est complètement idiot », répliqua Edmond en essayant de repousser l'idée de la peau martyrisée de Rose.

Maria lui posa la main sur le bras pour le calmer. Mais en vain.

« Je suis nerveux, horriblement nerveux. »

Elle remarqua la pâleur de Jules et son mutisme. Le déclin de Rose le déprimait. Elle tenta de consoler ses anciens amants.

« Par bonheur, elle ne sait pas ce qui l'attend. Elle est comme un animal épuisé qui ignore que sa dernière heure approche. Quand il meurt, il va se cacher. Il fuit tout contact. Il ne veut même pas être caressé. »

Elle insista pour qu'ils se mettent en quête d'une nouvelle bonne. Elle les aiderait à en trouver une.

Comme prévu, en plus de la maladie pulmonaire chronique, une péritonite se déclara. Rose ne quitta plus la chambre, ne se levant que pour faire ses besoins. Les douleurs au ventre étaient insupportables, elle ne pouvait pas faire un mouvement et ne supportait ni d'être couchée sur le dos ni d'être couchée sur le côté.

« Comme si la mort ne suffisait pas, la pauvre, en plus, doit souffrir ! Ses douleurs sont à peine supportables. Pourquoi ? Pourquoi ? » dit Edmond.

Il semblait en effet que tous les maux dont ses organes étaient atteints s'unissaient dans un finale dantesque.

« Sade nous explique Dieu, dit Edmond.

– Tu insultes Dieu ! protesta Maria.

– Dieu insulte Rose. Dieu est devenu Sade. C'est insupportable. »

Il se leva, jeta sa serviette à côté de son assiette – il avait mangé sans appétit – et quitta la table. Jules le suivit après que Maria lui eut jeté un regard éloquent. Comme si, sans cette invitation silencieuse, il ne serait pas allé au secours de son frère.

Ils avaient plutôt compté que Rose les accompagnerait dans leur ultime demeure, pas d'être les témoins de ses dernières heures.

L'avant-dernier acte du drame avait lieu dans une de ces chambres de domestique où, en cette saison, il n'y avait pas le moindre souffle d'air.

En outre, la tabatière crasseuse était la seule ouverture. Le toit de zinc ne diffusait pas la chaleur seulement dans la journée, il restait brûlant toute la nuit. Mais impossible de faire dire au médecin – qui, à son grand dam, n'avait pas trouvé une autre place pour son chapeau que le lit de la malade – si Rose avait de la fièvre ou si elle subissait seulement la fournaise du toit chauffé à blanc.

Le Dr Simon essaya de convaincre les deux frères que Rose serait mieux à l'hôpital. Mais elle refusa d'être transférée dans la maison de santé du Dr Antoine Dubois, rue du Faubourg-Saint-Denis, quand on le lui proposa.

« Non ! Je ne veux pas, là-bas la mort m'attend. »

Des années avant, elle était allée voir dans cette maison de santé la nourrice d'Edmond. Qui y était morte. Elle, elle ne voulait pas mourir. Elle accepta en revanche d'aller à l'hôpital.

Le jour suivant, le 11 août 1862, Edmond et Jules attendaient impatiemment le Dr Simon qui devait leur remettre la fiche d'admission à l'hôpital Lariboisière. Rose avait été comme ressuscitée quand ils lui avaient assuré le soir d'avant qu'elle y serait admise ; elle pensait visiblement que ce serait un pas décisif vers la convalescence. Elle leur dit le lendemain qu'il y avait longtemps qu'elle n'avait pas passé une si bonne nuit. Elle était pleine d'espoir et les deux frères firent tout pour renchérir sur cet optimisme.

Le médecin arriva enfin vers deux heures de l'après-midi avec le document requis. Edmond monta annoncer la bonne nouvelle à Rose. Elle refusa le brancard sur lequel on devait la descendre, elle aurait eu l'impression d'être morte.

La nouvelle domestique – Claudine ou Clothilde – l'aida à s'habiller mais elle tenait à peine sur ses jambes et elle devint toute pâle. Edmond craignait qu'elle ne s'effondre mais elle resta vaillamment sur ses jambes. Elle chancelait mais elle ne tombait pas. Son visage avait pris la couleur de la cendre.

Edmond et la nouvelle bonne la soutinrent pour descendre. Dans la salle à manger, elle enfila ses bas avec beaucoup de peine. Jules et Edmond regardèrent avec effroi ses mollets qui étaient plus minces que les pieds de la chaise sur laquelle elle était assise. Elle chancela comme si elle perdait le contrôle de ses mouvements, marqua un temps d'arrêt, et parut se demander d'un air tendu comment faire pour continuer, pendant que chacun faisait semblant de ne pas s'en apercevoir.

Dans l'appartement régnait un silence de tombeau sauf que la morte était encore en vie. Jules balança sa canne sur son genou, jusqu'à ce qu'elle glisse et tombe par terre.

Jules, dont la pensée sautait du présent au passé, d'aujourd'hui à demain, de l'objet à l'image, la voyait comme un spectre qui, sortant de son corps perclus comme d'une peau de serpent, se mettait à flotter, jaunâtre, d'une pièce à l'autre. Elle touchait la table de la salle à manger, tâtait le fourneau, lissait les couvertures et les oreillers de leurs lits, passait la main dans sa chevelure argentée qui se dénouait sans cesse, puis sur l'ovale blanc de son visage qui n'était plus qu'une surface qui s'effaçait peu à peu. Jules aurait voulu se lever et suivre l'apparition mais il n'en avait pas la force.

La nouvelle bonne avait déjà empaqueté quelques linges de corps, une assiette d'étain, un verre et une tasse, des choses dont Rose aurait besoin à l'hôpital.

Rose regardait la salle à manger comme si elle voulait s'en imprégner. Ses yeux étaient ceux d'une mourante. La porte retomba derrière elle – plus doucement que d'habitude – avec un bruit d'adieu.

Arrivée au rez-de-chaussée, elle s'assit sur la dernière marche, hors d'haleine. Elle se mit à tousser, le gros portier fit une plaisanterie qu'à part lui personne ne trouva drôle, en promettant à Rose qu'elle serait de retour dans six semaines.

« En bonne santé et heureuse de rentrer à la maison, dit-il gaiement.

– Six semaines ? » dit Rose entre deux quintes de toux, comme si c'était bien trop long.

Ils montèrent dans le fiacre et se mirent en route. Pour ne pas glisser de la banquette, Rose se retenait d'une main crispée à la poignée et se redressait sans arrêt. Entre ses paupières mi-closes, elle regardait passer les maisons devant elle en silence. Ni Jules ni Edmond, qui l'accompagnaient avec la nouvelle bonne à l'hôpital, n'étaient capables d'imaginer quelles étaient ses pensées en ce moment.

Quand ils furent devant l'hôpital, Rose refusa de nouveau qu'on la porte. Rassemblant ses dernières forces, elle fit les vingt pas qui la séparaient de l'entrée sans être soutenue. La vaste salle d'admission où ils entrèrent était parsemée de bancs de bois, un brancard tout prêt attendait au milieu. Jules et Edmond la conduisirent vers un fauteuil d'osier proche d'un comptoir vitré, derrière lequel était assis un jeune homme qui demanda le nom, le sexe et l'âge de la malade, laquelle attendait son destin comme un oiseau abandonné.

Il fallut bien un quart d'heure à l'employé pour remplir une douzaine de formulaires dont l'entête était orné d'une image religieuse.

Ils prirent congé de Rose après l'avoir embrassée, elle paraissait à présent tout à fait absente.

Edmond suivit Jules jusqu'au fiacre qui les attendait. À cet instant, tout le chagrin de Jules éclata. À la vue du fiacre vide, où Rose avait été assise, il se mit à pleurer.

« Elle est partie ! »

Le cocher fut surpris d'entendre des sanglots dans son dos, mais il ne se retourna pas pour ne pas manquer de tact.

Deux jours plus tard, ils retournèrent à l'hôpital. Rose, paisiblement allongée dans le lit fraîchement fait, parla de sortir dans deux semaines, elle se sentait chaque jour plus forte, d'ici là elle serait guérie. Elle leur raconta d'un air excité la scène d'amour qui s'était passée entre la jeune femme qui occupait le lit d'à côté et son mari, un ouvrier. Dès qu'elle pourrait marcher, ils se promèneraient si longtemps dans le jardin de l'hôpital que les médecins ne pourraient que la laisser sortir, avait assuré le mari. La jeune femme lui avait demandé plusieurs fois si son enfant la réclamait.

« De temps en temps », avait répondu le mari.

Deux jours plus tard, le 15 août, ils eurent envie d'oublier le souci qu'ils se faisaient pour Rose. Ils décidèrent de se mêler à la foule, pendant le grand feu d'artifice qui célébrait la Saint-Napoléon, la joie insouciante des autres leur ferait tout oublier, c'est du moins ce qu'ils espéraient. Au coude à coude avec le peuple, ils flânèrent quelques heures parmi la foule.

Mais le feu d'artifice ne leur apporta qu'une brève distraction et pas le moindre réconfort. L'exubérance générale à laquelle les gens s'abandonnaient ne gagna pas les célibataires. Seuls pouvaient les égayer le singulier, l'exceptionnel, pas la foule, pas les fusées dans le ciel et encore moins le fracas artificiel qui les accompagnait.

Le lendemain, on sonna à leur porte à dix heures du matin. La bonne ouvrit, et sur le seuil se tenait le portier qui avait réconforté Rose en lui disant au revoir. Il leur apportait la nouvelle qu'ils attendaient.

« Une triste nouvelle », dit l'homme.

Apparemment elle précédait la lettre cachetée.

Le timbre ne laissait aucun doute quant à sa provenance.

Rose était morte à sept heures du matin.

« Pauvre fille », dit Edmond, et Jules ajouta : « La pauvre, notre Rose. »

Bien qu'elle eût été, lors de leur dernière visite, animée et confiante, le destin s'était décidé pour une fin encore plus rapide qu'ils ne l'attendaient.

Ils refermèrent la porte sans donner de pourboire au portier et demandèrent à la bonne de préparer un thé fort et sans sucre, aussi noir et aussi amer que leur humeur.

À présent, assis au salon, ils répétaient comme tous les endeuillés : nous ne la reverrons jamais, jamais, jamais – et cela sans rémission, comme une roue incapable de s'arrêter. Une rengaine qui revenait d'elle-même, étrangère à leur volonté, qui tournoyait comme un rondeau, tournoyait autour des quelques pensées dont ils étaient prisonniers et qui toutes tournaient autour de Rose, autour de la table, autour de l'idée – dont ils ne pouvaient pas et ne voulaient pas se déprendre – qu'elle était toujours là, qu'elle allait entrer dans la pièce et bien entendu qu'elle tiendrait à mettre le couvert, qu'elle les obligerait à s'asseoir autour de la table car le repas était prêt et allait refroidir, mais ce ne serait pas elle qui le leur servirait. Alors aussitôt se mettait à tournoyer la pensée qu'elle ne le leur servirait jamais plus et c'était vrai : elle ne le leur servirait jamais plus, et jamais plus ils ne la taquineraient sur ses plats juste assez mangeables pour qu'on ne puisse pas les dire non comestibles. Combien auraient-ils donné pour que Rose les appelle à table encore une fois, cette table qui était la sienne autant que la leur, même si elle n'y avait jamais mangé, et qu'elle tenait à desservir elle-même, après l'avoir mise et avoir servi le repas. Quelle perte, quel vide laissait Rose, elle qui s'occupait d'eux depuis cinquante ans, dont la vie tournait uniquement autour d'eux, dont les pensées du matin au soir étaient consacrées aux hauts et aux bas de leur vie, Rose qui les avait aimés tendrement, qui avait pris soin d'eux comme une mère et leur avait voué un amour désintéressé comme une nourrice, car elle n'avait personne, elle n'avait rien en dehors d'eux – c'est en tout cas ce qu'ils pensaient quelques heures après sa mort.

En réalité, ils ne connaissaient que les côtés présentables de sa vie. Ils étaient loin de se douter des événements qui avaient été les causes de sa maladie et de sa mort.

« Qu'ignorait-elle de nous, elle savait tout de nous », murmura Jules à travers ses larmes.

Ils se souvinrent – l'avaient-ils dit ou juste pensé ? – qu'elle avait appris à Jules à jouer au cerceau, qu'elle lui glissait un chausson aux pommes quand une fringale de douceurs le prenait, et que plus d'une fois elle avait attendu Edmond jusqu'au milieu de la nuit pour le faire entrer au petit matin dans le dos de sa mère, qui ne se doutait de rien, lorsqu'il allait en secret à un bal. Elle avait tenu lieu d'épouse discrète et de sœur de charité. Elle avait la clé de toutes les serrures – excepté celle de la cassette où il gardait leur argent –, ils avaient en elle une confiance aveugle et, bien entendu, c'est elle qui ouvrait le courrier en leur absence, ils avaient toutes les raisons de penser du bien d'elle.

Leurs corps étaient aussi habitués aux mains de Rose qu'à celles d'une amante ou d'une sœur, combien de fois avait-elle posé une main légère sur leur épaule le soir quand ils étaient assis à leur bureau, et avec quel dévouement les avait-elle soignés quand l'un d'eux était malade ! Rose connaissait toutes leurs habitudes et les femmes qui venaient chez eux, y compris Maria, la sage-femme avec qui elle était restée liée jusqu'à la fin. Elle faisait des remarques sur leurs maîtresses, sur leur âge, leur apparence ou leur origine, et les saluait quand elle les rencontrait rue Saint-Georges.

Comme ils auraient apprécié ses plats ratés si elle avait pu vivre plus longtemps. Mais c'était fini.

Ils restèrent assis longtemps, aussi inconsolables que des enfants à qui on aurait volé le meilleur et le plus cher, des frères inséparables, dont la vie, comme chaque vie, était limitée tout comme celle de Rose, et qui, par cette pensée, essayaient d'oublier leur fidèle bonne.

Mais leur vie disparue, rien ne la ramènerait.

Aussi prirent-ils l'invitation amicale de la princesse Mathilde à aller la voir le soir même comme une diversion à leurs sombres pensées. Un heureux hasard.

Dans le train, ils rencontrèrent leur vieil ami Gavarni qui était, lui aussi, invité chez la princesse. Ils descendirent à Enghien où les attendait le petit omnibus tiré par un cheval de la princesse, qui les conduisit à Saint-Gratien.

De l'extérieur, le château n'avait rien d'un palais, et même l'intérieur manquait de charme aristocratique. Son luxe tenait au confort des pièces. Les chambres étaient vastes et les fauteuils, recouverts d'un agréable tissu turquoise, confortables. Aucune œuvre d'art sur les murs. On n'avait donné la préférence à aucun peintre. Le salon s'ouvrait sur un jardin d'hiver dont les parois vitrées offraient une vue sur une belle pelouse et un parc qui paraissait sans fin. C'est là qu'ils attendirent, avec Gavarni et d'autres invités, la princesse qui n'était pas encore descendue. Pendant le trajet en train, ils avaient déjà raconté la mort de Rose à Gavarni, qui l'avait souvent vue chez eux, et celui-ci leur avait présenté ses condoléances.

Le matin du 17 août, ils accomplirent les formalités nécessaires. Ils allèrent une dernière fois à l'hôpital et attendirent dans la salle d'admission. Jules fit remarquer à Edmond que l'ombre étiolée de Rose était toujours là où elle s'était assise, affirma-t-il, mais à présent immobile. Un grand frisson le traversa et il saisit la main de son frère comme s'il avait encore quatre ans et Edmond onze, comme si Edmond pouvait écarter le pire de lui.

L'employé concerné leur demanda s'ils voulaient récupérer le corps et ils acquiescèrent de la tête sans réfléchir, puis ils le suivirent comme des automates le long d'un couloir rectiligne où les portes toutes semblables conduisaient à un enfer qui excédait le pouvoir de leur imagination. Ces portes étaient toutes fermées comme si on gardait les patients prisonniers. Excepté quelques sœurs de charité, chargées d'instruments qui leur inspirèrent une grande méfiance, ils ne virent personne.

Arrivé à l'autre bout de l'hôpital, l'homme qui les accompagnait frappa à la porte de l'amphithéâtre pour les étudiants. Un croisement de gladiateur et de fossoyeur leur ouvrit. À sa vue, ils pensèrent immédiatement à cet esclave romain dont la tâche était d'évacuer les morts du cirque. Ils reculèrent involontairement.

L'homme, dont les muscles menaçaient de jaillir de son tablier, les pria de patienter un court instant et disparut. Ils restèrent debout mais, plus ils attendaient que la porte s'ouvre, plus faiblissait leur courage à l'idée de se retrouver en face d'une inconnue qui prenait de minute en minute une forme de plus en plus évidente, la forme d'un corps mutilé qu'ils ne reconnaîtraient pas, une morte dont le visage serait défiguré, la bouche tordue et qui par dégoût d'elle-même s'était terrée dans un coin sombre. Quand la porte s'ouvrit, ils dirent à l'homme qu'ils enverraient quelqu'un et ils tournèrent le dos à ce lieu qui, redoutaient-ils, allait les poursuivre jusque dans leurs rêves. Ils n'avaient rien à faire ici.

Contre leur habitude, ils montèrent dans le premier fiacre venu et se firent conduire à la mairie pour déclarer le décès comme l'exige la loi.

Le trajet dont ils avaient attendu une certaine détente fut tout autre que paisible, apparemment les ressorts de la voiture étaient fichus. Chaque pavé sur lequel roulait le fiacre opposait en outre une résistance délibérée aux passagers dont les crânes secoués comme des boîtes à chapeaux menaçaient de heurter la capote du fiacre. À mesure qu'ils s'éloignaient de l'hôpital, se renforçait leur impression d'avoir échappé à la mort dans une usine de la mort réglementée où tout était parfaitement organisé. Ici, la mort elle-même obéissait à la bureaucratie.

Pendant qu'ils déclaraient le décès de Rose Malingre à la mairie – depuis son enregistrement dans le registre des naissances, personne n'avait dû l'appeler par son patronyme –, ils se heurtèrent à un homme ivre de joie qui cherchait sur l'almanach le nom du saint du jour pour en baptiser son enfant nouveau-né. En passant, son manteau accrocha le document où avait été enregistrée la mort de Rose, qui fut balayé. Ce fut comme si son dernier souffle expulsait le papier de sa bouche.

Quand les frères furent rentrés, ils montèrent dans la mansarde pour trier les affaires de Rose ; c'était peu de chose et presque rien n'était utilisable. Ils trouvèrent tout un fourbi sans valeur entassé dans la commode et éparpillé sur le sol, du linge et des vêtements, des draps de lit jaunis, destinés à celle qui succéderait à Rose, des boucles sombres dans une minuscule enveloppe qui faisaient penser à des poils pubiens et qu'ils brûleraient – et une somme d'argent conséquente qu'ils ne s'attendaient pas à trouver chez elle.

Ils décidèrent de donner toutes les choses sans valeur au chiffonnier et de faire parvenir l'argent à sa sœur car Rose n'avait pas laissé de testament contraire.

Se retrouver dans cette chambre leur fut douloureux et, quand ils virent des miettes de pain dans le lit, ils tirèrent le drap dessus, qui sembla alors cacher le contour d'une morte invisible. Comment ne pas y voir un linceul.

Mais la lettre dans laquelle la nourrice annonçait la mort de Louisette, ils ne la trouvèrent pas.

Ils avaient vécu depuis des semaines suspendus à la mort de Rose, ils l'avaient prévue et attendue, s'étaient occupés d'elle presque comme des fils et avaient réglé toutes les tristes formalités. À présent arrivait la fin inéluctable : l'enterrement, le trou dans la terre.

Dieu était voisin avec les cadavres autopsiés. La chapelle jouxtait la salle d'anatomie.

L'église trahissait les deux, les morts et Dieu, Rose croyait-elle en Dieu, les deux frères l'ignoraient.

Sans leur demander leur avis, le prêtre avait fait installer quatre autres cercueils avec leurs cadavres pour qu'ils bénéficient gratuitement de la messe des morts. Avant même d'être en terre, il semblait que ces pauvres âmes étaient déjà allongées côte à côte dans la fosse commune. Le procédé était aussi généreux que la façon dont le prêtre distribua dans l'église l'eau bénite gratuite. Jules trouva qu'elle sentait la lavande que le religieux avait dû y ajouter.

Ils suivirent le cercueil de la chapelle jusqu'au fond du cimetière de Montmartre, une marche de trois quarts d'heure à travers la boue et les mauvaises herbes piétinées qui essayaient toujours de se redresser pour être à nouveau foulées aux pieds.

Enfin arrivé à la tombe ouverte, le prêtre se mit à psalmodier des versets dont il avait apparemment oublié la signification depuis ses lointaines études.

Après la bénédiction, les fossoyeurs descendirent le cercueil avec deux cordes. Même pour cet étroit cercueil, Rose était trop petite. On avait l'impression que son corps ballottait à l'intérieur. Cinq minutes après, Rose était sous la terre pour toujours.

Sa mort hanta leurs pensées bien au-delà des funérailles. Quelques jours après, ils retournèrent à l'hôpital afin de pouvoir passer à autre chose, comme disait Edmond.

Car, entre leur visite à Rose le jeudi et sa mort, il y avait une part d'inconnu qui les obsédait. C'était le réfractaire et l'inconcevable de l'agonie et de la mort qui, invisible, s'étaient approchés à pas de loup. Malgré tous les signes avant-coureurs qu'ils n'avaient pu ignorer, ils ne s'y attendaient pas.

Il leur fallait se faufiler dans les dernières heures de Rose, s'ils ne voulaient pas rester dans l'ignorance. Le gros concierge, fort quant à la transpiration mais faible quant au col de chemise, qui les accueillit cette fois, puait la vie comme on pue le vin ou l'ail. Il les précéda à travers une autre aile du bâtiment. Ils eurent l'impression que le couloir, où se traînaient des malades et des convalescents, les menait plus loin qu'à leur dernière visite.

Arrivé au bout du dernier couloir, le concierge leur ouvrit la porte d'une pièce nue, blanchie à la chaux, et se retira. Sur l'un des murs étaient accrochées deux vues du Vésuve, deux pauvres aquarelles qui ne paraissaient pas à leur place ; c'était comme si, dans cet environnement, elles étaient prises dans la glace. Entre deux fenêtres, une madone en plâtre était posée sur un socle. De la pièce voisine venaient des cris, des exclamations et des rires d'enfant.

Un moment après apparut une petite sœur falote en robe blanche et en coiffe noire, une vierge comme sortie d'un livre d'images, qui n'attendait rien de la vie car Dieu avait pourvu à tout ce qu'elle avait souhaité. C'était la surveillante de la salle où Rose avait été hospitalisée.

« Racontez-nous comment Rose est morte. Vous vous en souvenez ?

– Oui, naturellement ! »

La sœur était très amicale et elle rayonna quand elle entendit le nom de Rose.

Ils ne doutèrent pas un instant de la sincérité de son récit.

« Elle souffrait à peine. Ses ballonnements avaient disparu. Ça allait mieux. Elle paraissait soulagée. Un moment trompeur qui aide à mourir. Elle était pleine d'espoir, jusqu'à la soudaine hémorragie, elle est morte en quelques secondes. Elle ne s'est pas vue mourir. Elle est partie comme une porte qu'on ferme brusquement. »

Ils prirent congé, soulagés, libérés de cette idée affreuse qu'elle avait souffert en mourant, heureux d'avoir entendu raconter cette fin.

12

Autopsie, tombeau et apothéose de Rose

Ils n'oublieraient jamais cet instant où ils apprirent la vérité sur Rose. Ils reparlèrent d'innombrables fois de cette énigme qu'elle était devenue en mourant.

Maria, l'unique maîtresse qu'ils avaient partagée, et qui était passée du lit d'Edmond à celui de Jules comme si l'aîné voulait examiner si elle convenait au cadet, Maria, donc, leur fit cette révélation le 20 août, ainsi qu'ils le notent dans leur *Journal.* Ce jour-là, ils apprirent ce que Rose avait confié à la sage-femme, après lui avoir fait jurer de garder le silence.

Le choc fut grand. Le plus incroyable, pour eux qui se croyaient si observateurs, c'était que tout se soit déroulé sous leur nez. Où avaient-ils donc les yeux ? En une seconde, ils se virent confronter à une existence étrangère, inconnue, qui non content de leur inspirer de l'effroi, ébranla la confiance qu'ils avaient dans leur sens de l'observation.

Quatre jours après la mort de Rose, Maria, qui depuis que Rose s'était alitée, s'était révélée d'une aide efficace, prépara un petit dîner. Malgré sa simplicité, les mets proposés changeaient entièrement – et en même temps douloureusement – de la cuisine de Rose. Il y eut, en entrée, de la baudroie, en plat principal fut servie une perdrix, et pour le dessert un baba au rhum. Mais ils n'en furent pas rassérénés pour autant.

Alors qu'ils mangeaient la perdrix, Maria posa soudain sa fourchette et poussa un profond soupir qui, malgré l'ambiance endeuillée, parut exagéré.

« Vous ne savez pas tout. Vous ne pouvez pas tout savoir. Je l'ai longtemps gardé pour moi, mais je ne peux plus.

– Savoir quoi ? »

Edmond et Jules étaient aussi perplexes que curieux.

Maria passa trois fois la main dans ses boucles brunes avant de dire :

« Mes amis, mes amis… », elle poussa un nouveau soupir et s'arrêta. Puis elle regarda prudemment autour d'elle comme si elle craignait une oreille indiscrète.

« De quoi s'agit-il Maria, raconte ! »

Alors elle se lança :

« Je me suis tue parce que je le devais, je ne pouvais pas faire autrement. Je le lui avais juré, mais maintenant je suis déliée de ma promesse. Je me dois de parler, je ne peux plus me taire, vous devez savoir. Je vais vous raconter sur Rose tout ce que je sais, elle ne le prendra pas mal maintenant que les épreuves sont derrière elle. Je vous demande seulement de m'écouter sans m'interrompre, pauvre, pauvre Rose. »

Ils la regardèrent d'un air interdit. De quoi parlait-elle, que devait-elle leur dévoiler ? Comme ça, ils ne connaissaient pas Rose ?

La nourriture refroidissait dans les assiettes et dans les plats posés sur la desserte mais quand la bonne, pendant la confession de Maria, passa la tête en demandant si elle pouvait desservir, ils lui dirent de quitter la pièce et de fermer la porte. Effrayée, elle recula et tira la porte derrière elle.

« Je serai brève », reprit Maria. Elle était assise raide comme la justice entre ses amis, Jules à sa droite, Edmond à sa gauche, et tournait nerveusement une mèche de cheveux.

Ce qu'ils entendirent laissa les deux frères bouche bée. Devant eux était dévoilé le tableau d'une existence répugnante. Sous les apparences était cachée la vérité. Et cette vérité rendait Rose méconnaissable. Lamentable, ignoble.

Ils apprirent que Rose n'avait laissé derrière elle que des dettes et des douzaines de créanciers.

Qu'Alexandre, le fils de la crémière, avait été son amant. Il l'avait trompée et rejetée mais elle lui était restée fidèle comme un chien battu. Elle l'avait payé et acheté, et il s'était servi d'elle tout en la trompant sans scrupule. Il l'avait publiquement humiliée. Elle avait tout accepté. Lui avait loué une boutique avec ses économies. Sans rien méconnaître de ses aventures amoureuses, elle lui avait donné jusqu'à sa dernière chemise. Elle l'espionnait sans arrêt et avait fini elle-même par succomber à la fureur des sens. Tuberculeuse, folle d'amour, elle devint dans son égarement une proie facile pour l'hystérie. Mais auparavant, elle avait eu un enfant de lui, peut-être même deux.

« Un enfant, mais ce n'est pas possible.

– Oui, au moins un enfant de ce misérable, ce coureur de jupon, ce séducteur au profil grec dont toutes les femmes sont folles.

– Mais comment a-t-elle pu être enceinte sans que nous nous en doutions et comment et où a-t-elle pu mettre un enfant au monde ? Nous nous en serions aperçus. Une grossesse n'aurait pas pu nous échapper, dit Edmond.

– Elle vous a dit qu'elle devait aller dans une maison de santé, en inventant un prétexte quelconque. »

Jules et Edmond se regardèrent. Ils se souvenaient d'un séjour dans une maison de santé quelques années avant, mais pas de la maladie qu'elle avait prétextée. Ils creuseraient l'affaire plus tard et sans doute trouveraient-ils des indices.

« Pour autant que je sache, elle serrait tellement son tablier que vous ne pouviez pas vous apercevoir de son état, et pas seulement vous, personne ne s'en est douté, même pas le père de l'enfant. Elle était habile à se donner l'apparence d'une personne innocente et honnête. Elle avait l'air d'être vierge mais elle a accouché d'un enfant et l'a confié à une nourrice à la campagne. Chaque fois que c'était possible, elle allait voir son petit ange, comme elle disait, j'ai malheureusement oublié son prénom, une fille, elle était tout pour elle. J'ai assez souvent vu les yeux des mères quand je pose l'enfant sur leur ventre pour savoir le bonheur qui a dû l'envahir. L'enfant prospérait à la campagne et elle est morte d'une façon complètement inattendue en l'absence de sa mère. Rose est tombée dans une profonde mélancolie, même dans le désespoir. La mort de la petite fille l'a presque tuée. »

Ils n'avaient rien vu de tout cela, rien remarqué, ni sa grossesse, ni son amant, ni son deuil, ni son chagrin. Même pas sa nymphomanie.

« Rose s'accrochait au père de la petite morte comme quelqu'un qui se noie s'accroche à la rame de la barque qui s'éloigne. Mais la rame s'abat sans pitié sur les mains qui s'y cramponnent. Le jeune homme profitait totalement de la situation, il y était passé maître. Quand elle ne lisait pas ce qu'il souhaitait sur ses lèvres, il le lui disait lui-même, et ne tournait pas longtemps autour du pot quand il voulait quelque chose. Il avait toujours besoin d'argent. Elle lui en donnait. Elle était rusée, amoureuse et incroyablement naïve. »

Possédait-elle de l'argent, dont les frères ne savaient rien ?

« Quand il n'y eut plus rien à emprunter, elle s'est mise à voler. Qui aurait accepté de lui prêter de l'argent alors que tout le monde savait à qui elle allait l'apporter ? »

Là, ils ne pouvaient pas croire Maria, personne n'était plus honnête que Rose.

« Elle vous volait. Régulièrement. J'ai dû jurer de ne le dire à personne. Elle n'était plus maîtresse de ses sens et de ses désirs mais naturellement elle vivait dans l'angoisse d'être surprise et chassée. Elle piochait dans votre cassette. Vous ne vous en êtes pas aperçus ? Vous ne vous en êtes jamais doutés ?

– Non !

– Votre heureuse nature ne l'a pas remarqué, ce qui prouve que cet argent ne vous a pas manqué. Que l'argent finalement ne compte pas beaucoup pour vous. Elle ne le faisait pas pour elle. Mais elle volait et trompait ceux qui la nourrissaient, qu'elle aimait et dont elle était aimée, au risque de les perdre pour toujours, comme elle avait depuis longtemps perdu son amant.

– La maladie aura troublé sa raison. »

Jules ouvrit son col de chemise.

« Elle vous volait et elle le regrettait, ce qui dans une certaine mesure confinait à la folie. Elle a commencé à boire des litres de vin et d'eau-de-vie. Elle se le reprochait amèrement. Elle se méprisait pour son comportement. Elle buvait pour échapper à sa culpabilité. Elle craignait l'avenir encore plus que le présent. Où irait-elle si tout était découvert ? Elle avait peur de finir dans le ruisseau. Comment ne pas en avoir peur ? Et puis il y avait la jalousie qui la rendait incapable de se séparer de son amant – ce qui lui a coûté la vie, on ne peut pas le dire autrement –, les autres hommes qui lui reprochaient sa laideur comme si c'était de sa faute et qu'elle suivait pourtant, les femmes pour qui l'homme l'avait abandonnée et qu'elle enviait, la peur qu'on la montre du doigt parce qu'elle n'avait pas rendu l'argent prêté, l'angoisse qu'un jour arrive une lettre anonyme, et que la lumière se fasse sur tous ses mensonges. Tout cela et tout ce que nous ne savons pas lui brisèrent les nerfs et la détraquèrent et là-dessus l'alcool qui fit des ravages dans son corps, elle paraissait avoir soixante ans alors qu'elle était bien plus jeune. Qui sait d'ailleurs quel était son âge ? Et à ce sujet, continua Maria, avant de mettre un terme à son flot de paroles : la force de sa volonté ne s'est jamais démentie, dans le chagrin comme dans la lutte pour la survie. Que n'a-t-elle pas fait pour ne pas se faire prendre car malgré ses remords, elle continuait à voler. L'aurait-on attrapée, elle se serait peut-être jetée par la fenêtre comme votre singe. Elle a évoqué le suicide plus d'une fois.

Finalement tout cela devait la conduire à la mort. Elle est allée à sa rencontre par une froide et pluvieuse nuit en guettant l'homme qui s'est probablement moqué d'elle après sa mort. »

Une telle avidité sexuelle ! Une telle dépravation ! Si éloignée de l'image qu'elle offrait au-dehors, l'image d'une victime qui supporte l'iniquité sans se plaindre et répond par le bien au mal qu'on lui fait, souffrant en silence, indulgente et pieuse. Sans s'écarter du droit chemin.

Comme le mari trompé qui est le dernier à apprendre ce que tout le monde savait – sa meilleure amie, ses plus cruels ennemis, la femme de chambre, la couturière et les amis du couple –, Edmond et Jules de Goncourt furent les derniers à savoir que, depuis des années, ils étaient trompés par Rose.

Il ne fallut que quelques jours pour qu'ils pardonnent à Rose. Très vite, ils ne virent plus que la souffrance qui avait été la sienne et contre laquelle elle n'avait pas su se défendre. Après les révélations de Maria, Edmond et Jules n'éprouvèrent pas seulement de l'amertume mais une sympathie et une curiosité scientifique.

Qu'auraient-ils fait s'ils avaient eu vent de la double vie de leur Rose ? L'auraient-ils mise à la porte ou bien auraient-ils été assez magnanimes pour lui pardonner ? Non, ils l'auraient laissée continuer sa vie comme s'ils n'étaient au courant de rien pour pouvoir observer comment elle s'adonnait à son vice et comment elle serait engloutie par le destin, avec le froid intérêt du chercheur qui dénomme et classe tout ce qu'il voit.

Ils n'oubliaient pas qu'elle était pulmonaire et hystérique, et que l'un avait conditionné l'autre. La vie utilisait les agrégats de molécules. Celui qui analyse la nature scientifiquement doit aussi étudier à la loupe son prétendu couronnement : l'homme. Son esprit comme son corps, ce qui, en lui, est caché comme ce qui est notoire, le lointain comme le proche. De la même façon que le savant observe un arbre, avec une froide raison, comme un amas de molécules, il doit faire pareil pour l'homme, même s'il s'agit d'une simple domestique, car l'observation physiologique considère qu'il n'y a aucune différence entre une simple bonne et une aristocrate parisienne.

Mais qu'avaient-ils fait de leur savoir et de leur ignorance ? Ils étaient devant un mur de silence qu'ils avaient érigé eux-mêmes. Maintenant ils devaient l'abattre ensemble.

Plus ils parlaient de Rose, plus ils la voyaient avec des yeux nouveaux : une malheureuse qui n'avait pas su vivre de façon raisonnable ni son bonheur, ni son amour, ni son amitié, ni son dévouement. Dans la plus grande fatalité, elle n'avait trouvé la satisfaction qu'au travers de furieux excès.

Il leur fallut encore quelques semaines pour qu'il leur devienne clair qu'ils trouveraient un chemin dans l'obscurité. Rose serait ressuscitée, elle devait vivre, elle l'avait mérité, ils le lui devaient. Ils mettraient Rose au centre d'un roman où Edmond et Jules se décriraient sous la simple apparence d'aristocrates désargentés. Les deux frères crédules y seraient parents de la candide Sempronie de Varandeuil dont la modestie formait un contraste absolu avec les excès de Rose.

Ils ne voulaient pas lui donner la forme de l'autobiographie, ce qui n'aurait mené qu'à de fausses conclusions qui ne présentaient pas d'intérêt pour le public, leur amour pour la vérité n'allait pas jusque-là.

C'est ainsi que Rose Malingre devint Germinie Lacerteux. Avec ce roman, ils lui érigèrent un tombeau qui s'élevait bien plus haut que la tombe ordinaire où elle reposait dans le cimetière de Montmartre et dont Jules fit une aquarelle durant l'hiver 1863.

C'était comme si on avait assis la vraie Rose dans un train qui roulait autour de Paris pour tout recommencer depuis le point de départ sur une voie parallèle. Où le voyage les conduirait-il, ils ne le savaient pas encore. Ils n'en connaissaient que le but.

Le personnage de Germinie devint plus vivant que Rose l'avait été dans sa vie véritable. Ils scrutèrent chacun de ses actes, ils savaient d'avance ce qui allait ensuite se passer. Chaque mot qui lui sortait de la bouche, chaque pensée qu'elle avait dans la tête fut pesé sur la balance d'or de l'esprit critique. Ils ne la jugeaient pas. Ils restaient impassibles, ne la regardaient pas de haut, ne la condamnaient pas.

Elle leur avait été envoyée par le ciel à travers l'enfer ; grâce à son exemple, ils pouvaient démontrer de quoi un être humain qui ne suit que ses pulsions est capable, un être qui est condamné à servir et à voler, à aimer – car bien sûr elle avait aimé Jules et Edmond à sa façon, elle avait maternellement veillé sur eux et les avait gâtés – et en même temps à susciter, à endurer et à triompher de la souffrance, et tout ceci, dans l'étroitesse d'un petit cœur affolé, auquel personne n'avait accès. Dans les profondeurs de son âme, avait-elle souffert de ses passions indomptables ? S'était-elle sentie vraiment coupable, avait-elle eu des remords ?

Quel extraordinaire matériau d'observation était Rose au musée de l'abjection humaine !

Sans qu'ils s'en aperçoivent, le vice s'était installé dans leurs murs en se jouant habilement de leurs regards auxquels pourtant rien n'échappait. Leurs regards étaient donc faillibles, leurs yeux, embrumés ? Que leurs oreilles aient été sourdes, ils l'auraient accepté, mais que leurs yeux aient été aveugles, c'était trop. Quelle injure pour leur intelligence de ne pas avoir reconnu la vraie nature de Rose, de ne pas même l'avoir soupçonnée. Comme un rat habile et retors, elle avait échappé à leur capacité de jugement. Par une aptitude à simuler qu'ils ne lui auraient jamais soupçonnée.

Sans Rose, jamais ils n'auraient écrit *Germinie Lacerteux*.

Ce livre était plus vrai que la vie. Dedans, il y avait plus que ce qu'ils pouvaient dire à haute voix. Dedans, il y avait plus de nature que dans le parc de Versailles. Grâce à leur clairvoyance, les failles et les craquelures qui courent sous le vernis de la civilisation ne pouvaient plus être ignorées.

La vie était un décor baroque, derrière les coulisses duquel les hommes cachaient leur véritable nature. La tâche des deux écrivains était d'attirer les acteurs sous tous les prétextes imaginables et de les amener à parler. Le but était une métamorphose sur une scène ouverte. Ensuite les pensées monteraient de l'esprit ouvert des acteurs comme des nuages de fumée. L'homme n'était ni bon ni mauvais mais différent dans sa façon de se présenter au monde.

Ceux qui avaient connu Rose la reconnaîtraient dans Germinie. Les auteurs ne cachèrent rien, au contraire, ils firent tout pour être aussi près que possible de la nature. Ils aidaient la vérité à surgir.

Il fallait que Rose meure pour pouvoir célébrer une résurrection de Germinie dans un roman qui soit digne de sa conduite indigne. Dans leur roman sur Rose, ils avaient affronté les monstruosités cachées de la vie ordinaire. Dans cent, deux cents ans, quelque part dans le monde, quelqu'un ouvrira et se mettra à lire le roman de sa vie et, chapitre après chapitre, il se rapprochera de la vérité tout entière de Rose qui ne fut révélée que lorsqu'elle fut sous la terre.

Le roman était un puzzle sans fard qui ne put former un tout que lorsque ses innombrables fragments furent assemblés, les uns certes plus abîmés et salis que les autres, mais en supprimer un seul aurait falsifié la vérité, comme Rose avait falsifié la vérité et la vie en trompe-l'œil qu'elle présentait aux frères. Ce puzzle dévoilait les mensonges et les tromperies qui s'étaient arrondis comme de confortables coussins entre leurs quatre murs. Ils n'avaient pas balayé devant leur porte.

Avec l'aide d'Adèle, des domestiques et des concierges du voisinage, ils finirent par retrouver tous ses créanciers et par rembourser ses dettes.

Ils avaient espéré que *Germinie Lacerteux* connaîtrait un succès retentissant, or son rejet en fut presque unanime. Quand le livre parut en 1865, trois ans après la mort de Rose, les uns dirent que c'était un roman pathologique qui tournait exclusivement autour de la physiologie et de la sexualité, les autres qu'il était d'un libertinage honteux, au-dessous de la ceinture. L'héroïne fut taxée de Cléopâtre du ruisseau ou de Lucrèce Borgia puant la graisse rance. On trouva l'œuvre orgiaque, le summum du brutal réalisme moderne. Seul un jeune critique inconnu, un certain Émile Zola, prit une position complètement différente dans un journal de Lyon. Dans un article détaillé, il laissa libre cours à son admiration. L'œuvre d'une fiévreuse exubérance avait captivé ses sens mais aussi sa raison. Son enthousiasme était total. Ces MM. de Goncourt avaient écrit pour l'homme d'aujourd'hui, Germinie n'aurait pas pu vivre dans un autre temps que le nôtre, c'était une femme de ce siècle. Le style lui-même et la forme, accentués par une sorte d'énervement physique et moral des auteurs, avaient quelque chose d'excessif qui excédait toute définition.

13

Les nerfs – Anéanti

Onze heures du soir. Auteuil. Leur maison. Personne ne distingue l'avenir. Personne. Le cheval hennit et donne des coups de sabot contre les minces parois de son appentis sans fenêtre. Il attend d'être harnaché et de s'envoler comme Pégase. Jules l'étreindrait avant de lui enfoncer un long couteau effilé dans les flancs.

Il ne voulait pas penser à Rose mais il ne cessait de se la représenter.

Jules soulevait des poids pour prendre des forces comme on gagne du temps en le volant. En musique, *rubato* signifie jouer plus vite que ce qu'indiquent les notes afin de pouvoir ensuite s'attarder avant d'atteindre le but, un chemin sinueux qui conduit à la destination sans hâte, une image de va-et-vient, comme si on pouvait rembobiner ce qui se déroule, ainsi Jules perdait le fil puis le retrouvait, il ne voulait pas mourir.

Peut-on vivre ainsi ? Avait-il été trop lent, était-il à présent rattrapé par le but inconnu ? N'aurait-il pas mieux valu danser autour du métronome impitoyable en se donnant l'illusion de bouger librement et sans contrainte, en suivant sa propre volonté et ses propres goûts comme Dieu, au lieu de toujours se précipiter en avant ?

Il était impossible de rallonger sa vie alors qu'on fonçait vers un point à toute vitesse. Comme un reflet du soleil, Jules brillait encore brièvement en surface avant d'être happé par l'ombre des nuages et de s'abîmer pour toujours dans les flots, c'était juste une question de temps, un temps aussi rapide qu'une pensée qui vous traverse l'esprit.

Il n'avait pas de mots pour ces sensations. Il était incapable de les exprimer. Il craignait l'eau. Il avait des images. Même le mot EAU le mettait mal à l'aise, oui, le dégoûtait.

La bouche d'un fusil paraissait le viser, sur lequel il tirait comme s'il n'était pas la victime mais la balle qui s'était retournée contre l'arme pour se loger dans son propre tir. La collision, une courte explosion silencieuse aux conséquences inimaginables pour lui, était inéluctable. Il était seul.

Jules était mort de fatigue. Il voyait l'air accablé d'Edmond dès que les mots épuisement, lassitude ou faiblesse franchissaient ses lèvres, et les mots ennui, désintérêt, dépression, indifférence à tout et à tous, même à l'égard de lui qu'il aimait comme jamais un frère n'avait aimé un frère. Mieux valait se taire et rester tranquillement endormi dans les bras d'Edmond comme un nourrisson.

L'avait-il juste pensé, ne l'avait-il pas dit à haute voix ?

Jules voyait bien qu'Edmond avait changé. Son sang-froid que le jeune homme avait toujours admiré chez lui – comme adolescent, comme jeune homme, comme adulte – s'était évaporé dans cet éther où les montgolfières volent de contrée en contrée, parfois vite, parfois lentement, parfois bas, parfois haut, se mesurant aux pigeons voyageurs qui transportent avec la même indifférence des lettres d'amour ou des menaces de guerre.

Aussi indifférent, neutre et déterminé que le pigeon zélé qui ne se laisse pas distraire ni détourner de sa route, Edmond ne l'était plus depuis déjà longtemps. Il avait souvent les yeux humides, ce dont il avait honte et qu'il cherchait à cacher.

Mais Jules savait que rien ne lui échappait, pas même le chaos.

Les nerfs d'Edmond étaient à vif. Tremblants comme des serpents fraîchement sortis de l'œuf qui se contorsionnent sur une table de dissection. Il n'était plus le médecin mais le patient qui s'observe lui-même, comme s'il était coupé en deux. Qu'adviendrait-il quand son frère ne vivrait plus et qu'il n'aurait plus le miroir que jusqu'à présent Jules lui avait tendu à chaque occasion ? Avec qui pourrait-il discuter, si le lien était rompu ? Sans son frère, ne deviendrait-il pas aveugle à la beauté, insensible à l'amitié, stérile pour la littérature ? Il détestait les points d'interrogation sur le papier.

Rose aussi avait eu à la fin les nerfs tendus à se rompre, ils avaient fini par prendre le dessus, ils avaient brouillé sa raison et fait taire son cœur.

Jules avait envie de retrouver son ancienne adresse. Son avenir n'était pas ici mais rue Saint-Georges. Il demanderait à son frère où donc ils habitaient et où était Rose. Où était-elle ?

Il en était sûr, Edmond notait ses phrases, lui-même les oubliait à peine les avait-il pensées. Il oubliait ceci, il oubliait cela, il oubliait tout, comme si ses pensées accablantes, qui se multipliaient à l'infini en particules minuscules, étaient cachées dans des tiroirs de plus en plus introuvables. Plus on en ouvrait, moins on était sûr d'y retrouver l'information, en tout cas pas celle qu'on cherchait. Mais il ne cherchait pas longtemps car il oubliait vite ce qu'il cherchait.

Jules avait tant aimé prendre la plume pour écrire d'abord sans encre sur le papier en y laissant une trace à peine visible qui disparaissait immédiatement, et après seulement tremper la plume dans l'encrier et remplir les pages, feuillet après feuillet, cahier après cahier. Il n'avait vécu que pour cela depuis qu'il avait échangé les couleurs pour les mots.

Mort au chien qui aboyait dans mon cerveau !

Il se mit à penser si intensément à Rose qu'il sentit une fois encore sa main chaude sur sa nuque froide, sur son front et ses joues, sur son bras ou sur son poignet, comme jadis quand elle lui apportait du thé chaud dans son lit parce qu'il avait froid, car il avait toujours froid. Une tasse. Elle ne disait rien, comme si la parole lui était interdite. Mais elle était là, apaisante. Son thé était délicieux.

Mais à présent aussi, il avait froid, il sonna Pélagie. Rien ne pouvait être différé, tout exigeait qu'on se hâte, étant donné les mois et les semaines qui arrivaient et l'implacable battement du métronome. Il s'assit dans son lit, le dos droit. Il avait un frère.

Comme si elle n'attendait que son coup de sonnette, Pélagie fut aussitôt sur le seuil de la porte. Il lui demanda une tasse de tisane de menthe avec beaucoup de sucre, mélangée à un bon doigt de chartreuse, et il la pria de dire honnêtement s'ils étaient seuls à la maison ; elle le regarda, voulait-il se moquer d'elle, mais non, il voulait seulement savoir s'il habitait la maison seul ou s'il avait bien, comme il le croyait, un frère.

« Un frère ! cria Jules.

– Oui bien sûr, votre frère est Monsieur Edmond, répondit Pélagie pleine de sollicitude, et elle le laissa se replonger dans ses pensées.

– Monsieur Edmond… Monsieur Edmond… »

Quand elle quitta la chambre, il crut que Rose quittait la chambre, alors que c'était Pélagie – Pélagie Denis –, plus grande et plus forte que Rose – Rose Malingre –, qui n'avait jamais mis les pieds dans leur maison d'Auteuil, lorsque Rose vivait, ils habitaient rue Saint-Georges. Mais plus ce soir. Et qui disait qu'elle était morte ?

« Rose ! »

Mais Pélagie était déjà partie, elle ne l'entendit pas.

Rose et Pélagie se ressemblaient beaucoup. Pélagie et Rose n'avaient aucune ressemblance.

Edmond était sur le seuil de la chambre. Il paraissait préoccupé.

« Veux-tu que nous sortions ? Tu veux prendre un bain ? »

Ou bien il n'était pas sur le seuil.

« Un bain ? Au milieu de la nuit ? »

Edmond secoua la tête. Il tira sa montre à gousset. Il était presque onze heures.

« J'ai un frère ? » demanda Jules, après être resté silencieux une éternité, une éternité pendant laquelle le regard d'Edmond allait et venait sans cesse du cadran de sa montre aux yeux de son frère.

Juste pas d'eau et pas de musique.

« Oui, tu as un frère ; c'est moi, je suis ton frère Edmond.

– Et à quoi mon frère pense-t-il, quand il dit qu'il serait mon frère, que je serais son frère, vous m'embrouillez, monsieur – Edmond ? »

Il serait fatigué, dit-il, et, avec ces mots, la conversation se termina, le contour d'Edmond était devenu une ombre qui disparaissait dans le brouillard. Il attendit jusqu'à ce que la bonne, dont le nom lui échappait, lui apporte la tasse, le sucre, l'eau, l'infusion et la chartreuse, la composition d'une tisane et son analyse.

Les mots tombaient de lui comme des feuilles mortes, des créatures sans ailes.

En septembre, l'année précédente, ils avaient emménagé à Auteuil.

La maison, qu'ils avaient achetée à un couple, les avait aussi emballés que s'il s'était agi d'un château, c'était leur dernière demeure.

Au rez-de-chaussée, de part et d'autre du vestibule, se trouvaient un vestiaire, un petit et un grand salon, la salle à manger et la cuisine, au premier étage, où logeait Edmond, trois chambres, deux chambres de bonne et deux salles de bains, au deuxième, deux mansardes ainsi qu'un débarras et le grenier. Jules avait insisté pour y habiter comme s'il voulait, dès à présent, dire adieu aux fondements stables du monde. Ici, en haut, il en était assez éloigné pour être en sécurité, même s'il avait parfois le sentiment que le sol se dérobait sous ses pieds.

« Mais ce n'est pas désagréable, avait-il dit à Edmond, non ce n'est pas désagréable. »

Excepté le bruit insupportable sur lequel ils n'avaient pas compté, alors qu'un examen plus approfondi aurait suffi.

Pour eux, il avait été déterminant que la maison se trouve à proximité de la gare d'où un chemin de fer de ceinture, construit depuis peu, les menait confortablement au centre de Paris, et pour bien moins cher qu'un fiacre, mais cela signifiait aussi qu'ils ne vivraient pas loin d'une voie ferrée sur laquelle toutes les demi-heures circulerait un train, et pas seulement dans la journée mais aussi le soir jusqu'au milieu de la nuit. Échanger les trompettes de Sax dans la journée contre le fracas des roues jour et nuit, n'avait pas été une bonne idée et ils se le reprochaient sans cesse. Ici, même le repos de la nuit leur était interdit et il leur semblait impossible qu'un jour ils puissent s'y habituer.

Pendant la journée, ils continuaient à aller à pied jusqu'à Boulogne où Jules devait endurer les bains ennuyeux censés améliorer son état de santé, alors qu'en fait ils n'y changeaient rien, au contraire il devenait chaque jour plus dévasté, plus indifférent, plus oublieux. Quelle étrange maladie, pensait Edmond. L'effort mental paraissait affaiblir son frère jour après jour et rien ne semblait pouvoir stopper son vieillissement prématuré.

Seule une petite partie de la journée était consacrée à ce bain mais, étant donné l'état de Jules, il fallait compter presque une heure. Au lieu de prendre un fiacre, Jules préférait faire de l'exercice, de la même façon qu'il continuait jour après jour à s'exercer aux haltères comme un artiste.

Dans le pavillon de bains, il supportait avec patience les tourments des eaux thérapeutiques et les plaintes des autres baigneurs aussi incapables que lui de les retenir. Des soupirs et des cris étouffés se mêlaient en un gémissement polyphonique que personne ne pouvait retenir car tous ceux qu'on traitait ici étaient soumis, impuissants, à la force de l'eau froide.

Auteuil est un des plus charmants coins de Paris, écrit Frantz Jourdain, un des architectes les plus célèbres de son temps, une calme oasis moderne, inondée de lumière, à peine éloignée de cinquante kilomètres du tumulte de la capitale. Là, les villas, élégamment ornées, ne dépassent pas deux étages, si bien que chaque propriétaire jouit de la vue magnifique du mont Valérien et des coteaux de la Seine ; ici, aucune usine, aucune fabrique, aucun atelier, aucune charrette et pas de foule, tout est comme mort. Et, ajoute Jourdain, le constructeur de la Samaritaine, dans le jardin d'hiver, situé à une distance convenable de la salle de réception, où il est loisible de se retirer et se reposer un instant pendant les bals, on respire le plus grand luxe, un calme distingué et un parfum de bon aloi. Ici le bruit n'est plus qu'un écho lointain. On sent la proximité de la ville et son souffle brûlant mais on ne la voit ni ne l'entend.

Mais Jourdain n'habitait ni près de la ceinture, ni à côté d'un cheval hennissant, ni à portée d'une horde d'enfants criards, de chats miaulant, de chiens grognant, glapissant et hurlant à la mort.

Leur travail en commun sur le livre qui devait faire passer à la postérité l'art de leur ami Gavarni, mort récemment, les attendait au premier étage, dans le bureau d'Edmond. Mais depuis décembre, il était resté en carafe. Alors que, dans les mois passés, Jules avait été pris d'une rage créative comme jamais, le livre soudain s'était enlisé et avait marqué le pas. Jules semblait abattu, comme si l'effort produit ces derniers mois avait épuisé ses forces. Il avait cependant continué d'écrire dans son lit, des premières heures du jour à la nuit, mais à présent il était assis, muet et désœuvré en face d'Edmond qui essayait de le sortir de cette léthargie avec des propos inutiles. Et son regard vide était éloquent pour Edmond, Jules visiblement ne le comprenait pas.

Aussi Edmond travaillait-il seul mais en présence de Jules car, pour lui, c'était important. Il lui lisait ce qu'il venait d'écrire et prenait le moindre geste de son frère pour une approbation, inutile de le retravailler, donc à envoyer à l'imprimeur en l'état.

Mi-décembre, Jules renonça aux haltères, mais il refusa que Pélagie les enlève de la chambre même si elle butait dessus chaque fois qu'elle faisait le ménage.

Le 1er janvier 1870, Jules nota : « *Aujourd'hui, premier jour de l'année, pas une visite, pas la vue de quelqu'un qui nous aime, personne : la solitude et la souffrance.* »

Dans la nuit du 5 janvier, il ne trouva pas le sommeil. Pour se changer les idées, il essaya de se rafraîchir la mémoire avec les souvenirs de son enfance. « *Heureusement que cela a réussi* », affirma-t-il le lendemain dans le *Journal*. Mais son écriture était à peine reconnaissable. Le tracé élégant était devenu celui, maladroit et appliqué, d'un débutant. Des vides s'ouvraient comme des blessures entre les lettres. L'écriture oscillait comme le tic-tac irrégulier et défaillant d'une pendule, le flot tranquille à quoi elle faisait penser jusque-là était devenu un ruisseau qui, sorti de son lit, sinuait sur la rive.

Il se souvenait d'un bien de famille à Ménilmontant, un château que le duc d'Orléans avait offert à une ballerine et qui faisait partie de l'héritage de sa mère ; ils y passaient l'été avec d'autres parents. Il se souvenait d'un vieux jardinier mal embouché qui le menaçait de son râteau quand il chapardait des raisins blancs de la treille. Il se souvenait aussi d'un vieil oncle qui avait construit une voiture dont les trois roues tournaient comme si elles étaient autonomes. Puis le château, le parc et le petit bois lui apparaissaient, aussi grands que jadis, quand il les avait vus pour la première fois avec ses yeux d'enfant.

Revenant au présent, il se mit à penser à Popelin, l'émailleur et le nouvel amant de la princesse Mathilde qu'elle préférait sous les yeux de tous à l'imposant Nieuwerkerke avec qui elle avait formé un couple heureux. C'était un triste spectacle pour les amis, une comédie ridicule pour les ennemis, Mathilde avait échangé contre une grandeur sympathique un bouffon sans talent, posé de travers dans le paysage, qui découpait et coloriait de petits Napoléon dans du carton doré.

Le mépris de Jules envers ses prochains grandissait chaque jour. Un regard lui suffisait pour désapprouver leurs actions, leur vie, leur existence. Il y avait peu d'exceptions.

Ses contemporains ne pouvaient produire sur sa nature nerveuse que des troubles, un vertige, de l'effroi.

Début janvier, Jules refusa de continuer les bains thérapeutiques à Boulogne. Sa décision, sur laquelle Edmond ne put le faire revenir même avec des paroles rassurantes, fut un coup de tonnerre dans un ciel serein. Du jour au lendemain, ils interrompirent les longues promenades vers les bains. De temps en temps cependant, ils continuaient à aller se promener dans le bois de Boulogne.

Refuser les bains parut avoir donné un nouvel élan à Jules pendant un court moment, mais si Edmond espérait qu'interrompre cette routine serait une libération, il fut déçu.

La dernière conversation que Jules eut avec le médecin des bains tourna autour de Jean-Baptiste Troppmann, le septuple meurtrier de la famille Kinck, qui avait été condamné à mort à la fin du mois de décembre après avoir été arrêté par hasard au Havre où il tentait d'embarquer pour l'Amérique du Nord.

Ils ne voyaient plus leurs vieux amis. Quand ils mangeaient dehors, c'était dans un restaurant où ils étaient sûrs de ne pas rencontrer de connaissances.

Edmond souffrait des changements chez son frère et il ne se faisait aucune illusion : à ses amis aussi son comportement étrange n'échappait pas.

Fin novembre, Jules avait écrit une courte et dernière lettre à son ami Flaubert, quelques mots pour le féliciter sur son nouveau roman dont Edmond dut lui rappeler plusieurs fois le titre, *L'Éducation sentimentale*. À présent, Jules se passionnait pour un autre livre qu'il lisait – et lirait aussi longtemps qu'il pourrait lire, du moins à haute voix – dans la journée et la nuit, au lit, d'une voix tonitruante, comme s'il voulait persuader tout le quartier que la seule œuvre qui avait à ses yeux de l'importance était les *Mémoires d'outre-tombe* de Chateaubriand.

Sans arrêt, il relisait, ou plutôt gueulait ce même passage : « *Les arbres que j'y ai plantés prospèrent, ils sont encore si petits que je leur donne de l'ombre quand je me place entre eux et le soleil. Un jour, en me rendant cette ombre, ils protégeront mes vieux ans comme j'ai protégé leur jeunesse**. »

Quand il l'entendait lire avec cette véhémence déchaînée, Edmond se bouchait les oreilles. Il avait envie de se réfugier dans la cave mais il ne le faisait pas car il lui semblait que fuir son frère serait une trahison. Il se sentait coupable de lui avoir laissé la partie la plus importante et la plus difficile de leur travail. Il se sentait coupable de l'avoir entraîné vers la littérature qui lui avait si vite enlevé toutes ses forces. Son frère aurait dû devenir peintre, comme il l'avait prévu, si les choses s'étaient

* Chateaubriand, *Mémoires d'outre-tombe*, Gallimard, « La Pléiade », tome I, p. 5.

passéesautrement. Il avait tout donné pour les mots et les mots l'avaient étouffé.

C'est seulement quand Jules lui demandait de l'écouter qu'Edmond faisait attention à ce qu'il lisait mais Jules s'arrêtait parfois brusquement ou faisait des pauses interminables, ou bien tordait les lettres et les syllabes, si bien que ce qu'il venait de lire n'avait plus aucun sens, aussi préférait-il fermer les yeux et revenir à leur jeunesse – alors le présent était suspendu.

Le 10 janvier 1870, Jules nota dans leur *Journal* : « *Qu'elles sont donc bizarres et singulières les maladies nerveuses ; de Vaucorbeil, le compositeur, a horreur du velours, et c'est une précaution terrible de savoir quand il est invité dans une maison où il dîne pour la première fois, si les chaises de la salle à manger sont recouvertes en velours** ______________________________

____ »

Ces lignes sont les dernières que Jules a écrites avant que la plume ne tombe de sa main pour toujours, et Edmond les a conservées pour la postérité en passant dessus car elles avaient été grattées.

Puis Edmond se tut lui aussi.

* *Journal*, 10 janvier 1870.

14

Impitoyable imperfection

Une nuit, Rose fut dans la chambre de Jules et elle l'appela doucement. JULES. Elle était bien visible, peut-être un peu plus grande qu'avant. JULES. Avait-elle grandi ou bien la voyait-il simplement plus petite dans son souvenir ? La distance entre la vie et la mort avait changé sa taille, dans l'au-delà elle avait poussé en hauteur. JULES. Elle l'appelait si doucement qu'il arrivait à peine à comprendre, cependant il reconnut sa voix tout de suite même si elle lui parut plus rude qu'avant, comment aurait-il pu l'oublier ? JULES. Voulait-elle se venger pour avoir été littérairement métamorphosée en Germinie Lacerteux ? Cependant, plus longtemps elle restait sur le seuil de sa chambre, plus son angoisse diminuait. Rose n'avait aucune raison d'être fâchée à cause de Germinie. On n'avait pas été injuste avec elle. On lui avait plutôt rendu justice. Si elle avait voulu se venger, il aurait eu peur. Il n'avait pas peur. Le fantôme de Rose s'approcha silencieusement, s'assit, léger comme l'air, sur le lit, il ne respirait pas, se déplaçait lentement, il lui passa la main dans les cheveux, sur son front humide, son menton, en murmurant quelque chose qu'il ne comprenait pas ni ne devait comprendre, des choses amicales comme une mère à son enfant, il en fut apaisé. Il s'endormit. Sa tête reposait lourdement sur la paume de la main de Rose qui la soutenait.

Jules se mit à crier si fort et d'une voix si perçante que Pélagie et Edmond furent tirés de leur sommeil, léger chez Edmond, lourd chez Pélagie. Quelques minutes plus tard, endormis et inquiets, ils se tenaient au pied du lit – Pélagie en chemise de nuit, Edmond en robe de chambre –, prêts à lui venir en aide. Qu'avait-il vu en rêve, ils ne savaient pas, sinon que, d'abord, il en avait eu peur, la chose était toujours devant lui, mais il était incapable d'en parler, il passait sans arrêt la main dans ses cheveux qui s'étaient dressés sur sa tête et il ne se calma que lorsque la chimère s'effaça peu à peu. Ce qu'il bredouillait, tout étranger y aurait vu le discours d'un ivrogne qui ne le comprend pas lui-même.

Pélagie lui rafraîchit le front avec l'éponge posée sur la table de toilette. Il la repoussa d'abord violemment mais finit par la laisser faire. Elle essaya de lui lisser les cheveux. Cette sollicitude toucha Edmond.

Edmond : Tu as certainement rêvé.

Jules : Evé.

Edmond : Certainement un cauchemar. Tu ne t'en souviens pas ?

Jules chercha dans son souvenir ou bien fit comme si, ou bien il pensait à tout autre chose, ou bien ne pensait à rien. Rapidement, Edmond examina chaque possibilité sans parvenir à un résultat satisfaisant.

Jules : Odure.

Rose observa Jules aussi les jours suivants, elle était là comme avant sauf qu'elle ne faisait pas le ménage et ne cuisinait pas, mais, désœuvrée et obéissante, accommodante et sans expression, elle se contentait de le suivre comme une ombre qui se blottissait dans son ombre à lui, comme une chatte qui est toujours sur vos talons. Parfois elle tendait la main vers son visage.

Edmond : À qui tu parles ?

Jules : Aos.

Edmond : À Rose ?

Le regard de Jules passa à travers lui et il hocha la tête.

Bravant tous les ridicules – comme il n'y avait personne, c'était plus facile –, Edmond dit : « C'est bien qu'elle prenne soin de toi. Rose a toujours été bonne pour nous et d'ailleurs nous avons aussi été bons pour elle, avec tout ce qui s'est passé. N'est-ce pas ? »

Jules paraissait absent, ou bien il ne comprenait pas ce que son frère lui disait, ou bien il n'y faisait pas attention parce qu'il écoutait les paroles inaudibles de sa garde-malade en suspension. Edmond posa ses couverts à côté de son assiette en faisant semblant de tendre l'oreille et tous les deux écoutèrent en silence. Jules prit une cuisse de grenouille entre le pouce et l'index, la plongea dans la sauce blanche et la porta avec délectation à sa bouche. Il n'avait pas oublié comment séparer minutieusement les petits os de la chair. Puis il les cracha sur la nappe que Pélagie dut enlever. Elle changeait maintenant la nappe deux fois par jour. Jules mangeait à toute allure.

Monsieur mange comme un cochon, pensa Pélagie, mais elle ne lui en voulait pas. Il était malade. Il avait certainement une sale maladie.

Parfois Edmond craignait que Jules se morde le doigt en le confondant avec une cuisse de grenouille.

Rose était là quand il se coucha, elle veillait sur lui quand il dormait et elle restait près de lui jusqu'à ce qu'il se réveille. Alors elle disparaissait comme elle était venue.

Un jour, ils allèrent faire une promenade. En silence. Edmond ne voulait pas accabler Jules de questions, de conseils ou d'observations. Il préférait le laisser avec lui-même et avec ses pensées, auxquelles il n'avait pas accès, dans sa solitude. Jules, lui semblait-il, écoutait les bruits de la nature, et celui de son pas traînant sur les feuilles mortes, et le silence argenté bientôt amorti par la neige que personne n'entendrait sauf lui. Aussi, chaque fois qu'Edmond s'imaginait le monde intérieur de Jules, ce n'était pas un jardin labyrinthique mais une maison ordonnée, comme leur propre maison mais où les étages étaient inversés, la cave était au grenier, le grenier dans le jardin.

« On est jeune, à même pas quarante ans, dit Edmond quand ils s'arrêtèrent devant un banc où ils s'asseyaient souvent, mais cette fois ils restèrent debout. Disons que, dans le pire des cas, tu as besoin d'un an, peut-être même de moins, pour recouvrer la santé. S'il t'en faut plus, quelle importance. Il te reste bien assez d'années à vivre pour que nous puissions écrire une douzaine de livres. Aussi, prends ton temps, tu as tout le temps devant toi. »

Il faisait tout pour cacher à son frère qu'il ne croyait plus à une guérison comme c'était le cas quelques semaines auparavant. Il cachait aussi à Jules qu'il lui avait été impossible de reprendre sa plume. Il avait lui-même de la peine à admettre que sa main était paralysée parce que ses pensées ne tournaient plus qu'autour de l'état misérable de son frère et non sur le contenu d'un livre à qui manquait une forme, car c'était toujours Jules qui mettait en forme le contenu qu'ils avaient trouvé et élaboré ensemble. C'était Jules le créateur doué.

L'esprit de Jules, dans lequel il essayait de se glisser, ne se laissait pas pénétrer, il s'entêtait à refuser l'écriture en commun qui était nécessaire pour se mettre au travail. Donc, le chemin était bloqué. Le consentement à une connivence mutuelle et inconditionnelle avait cédé la place à une forteresse de silence. Jules ne le comprenait pas, pas plus qu'il ne comprenait le monde qui l'entourait et dans lequel, peu de temps avant, il se mouvait, agile, plein de reparties, spirituel, intéressé et supérieurement cultivé. Certes Jules redevenait toujours lui-même par instants mais, plus la maladie progressait, plus il sombrait dans la léthargie.

Jules regarda Edmond, comme s'il savait parfaitement ce que son frère pensait de lui.

« Je sais que je ne travaillerai plus jamais, plus jamais. »

Il répéta ce « plus jamais » sur le même ton étouffé jusqu'à ce qu'ils soient arrivés chez eux. Edmond avait résisté à la tentation de précéder son frère, il avait marché du même pas que lui, et il était soulagé qu'ils n'aient rencontré personne. Ici, fort heureusement, se risquaient peu de promeneurs.

Comme ils se préparaient à rentrer, une locomotive lâcha sa vapeur juste devant leur maison, Jules se mit à hurler en se bouchant les oreilles. Edmond faillit s'évanouir, jamais il n'avait souhaité la mort comme maintenant, la sienne et celle de Jules, pour en finir dignement, pour supprimer ces jours qui promettaient un avenir qui lui faisait horreur.

Dès qu'ils eurent franchi le seuil, Jules se tut. Edmond remit à Pélagie sa canne, son manteau et son frère.

« Accompagnez-le en haut. Il a certainement envie de s'allonger un instant. »

Et s'il devenait incapable de s'occuper de Jules, et si lui-même tombait malade, qui d'autre le ferait, et s'il mourait, qui s'occuperait de son frère ?

Son frère ne verrait pas la fin de l'année, peut-être même pas l'automne, peut-être même pas l'été. Edmond le savait.

Ce soir-là, Jules n'ouvrit pas la bouche jusqu'à ce qu'ils aillent se coucher. Il mangea avec bon appétit, engloutissant avec voracité tout ce que Pélagie lui présentait. Les repas étaient devenus la seule chose qui l'intéressait, mâcher et avaler.

Chaque fois qu'Edmond levait les yeux, il rencontrait le regard de Jules posé sur lui. Il paraissait étonné de le voir ici, comme s'il s'attendait à être seul, n'avait pas de frère et ne le reconnaissait pas.

Chaque fois que Pélagie voulait lui servir à boire, il mettait ses deux mains sur le verre, comme si on voulait attenter à ses jours.

Edmond se surprenait à penser que la présence d'un perroquet, même d'un chien, aurait été plus agréable que celle de ce frère bien-aimé dont il n'avait été séparé que deux nuits depuis la mort de leur mère et qui, à présent, s'éloignait toujours plus, non seulement de lui, Edmond, mais – et c'était pire – de lui-même.

Edmond n'avait pas la force de continuer leur *Journal*, sans Jules il lui manquait le côté sensible de leur jeu en commun. Jamais il ne pourrait égaler la créativité de son frère.

Cependant il laissa la dernière page écrite par son frère ouverte sur le bureau. Serait-il un jour capable de reprendre la plume, de continuer la page là où Jules s'était arrêté, comme si entre-temps rien n'était arrivé ?

Mais les jours passaient et, quand Jules entrait dans le bureau du premier étage, ce qu'il faisait de plus en plus rarement, il ne faisait attention ni au *Journal* ni à ce qui rappelait leur travail en commun. Il avait l'air presque mécontent de voir son frère assis à leur table.

Des semaines après que Jules eut posé la plume, Edmond décida de poursuivre ce qui jusque-là avait été pour l'essentiel le travail de son frère. Ce qui se passait devait être noté même si c'était affreux, car l'insupportable ne pouvait être supporté que s'il était rapporté.

Edmond, qui jusqu'à présent avait juste regardé le travail de son frère par-dessus son épaule, lui dictant ou lui laissant le choix des mots, continua le *Journal* tout seul. Mais même si dorénavant l'écriture ne serait plus un chant en alternance, et même s'il se sentait comme amputé, la plume ne quitterait plus jamais sa main.

Il fut heureux de pouvoir noter, fin février, que son frère allait mieux. Il retrouva peu à peu cette volonté pour deux qu'il avait eue auparavant. Il débordait d'énergie et eut envie de revoir la cascade du bois de Boulogne.

Il faisait un temps magnifique, les petites allées étaient pleines d'hommes et de femmes ravis de profiter au milieu de l'hiver d'une journée printanière. Cette fois, Jules ne marchait pas en baissant les yeux mais avançait gaiement, tête haute, faisant des plaisanteries de potache comme avant. Se tournant vers Edmond, il lui cria : « Tu vois, tu peux être content de moi. Ça va mieux, je vais bien, je ne suis pas encore gaga. » Devant l'affluence de bourgeois guindés qu'ils croisaient, son esprit moqueur se réveilla.

« Pourquoi tu ne dis rien ? » jeta-t-il à son frère déconcerté qui n'avait pas répondu à sa remarque acerbe sur un vieux couple d'amoureux.

À la joie d'Edmond se mêla bientôt la crainte que cette exubérance ne soit que le signe trompeur d'un coup particulièrement sournois.

« Tu souffres de me voir ainsi ? » dit Jules.

Edmond ne répondit pas, c'était comme s'il assistait à un miracle et, ne trouvant pas de mots pour le décrire, il était incapable d'y réagir. Il n'y croyait pas, il était certain que sous la surface visible se cachait quelque chose de plus fort et de plus dévastateur. Sa déception, après des signes de bon augure, avait toujours été si grande qu'il n'avait plus la force de croire à une amélioration durable.

Arrivé chez eux, Jules se débarrassa de son manteau en le jetant aux pieds de Pélagie. Toute joie et toute légèreté l'avaient quitté. Avant de monter, il dit froidement :

« Je ne peux plus voir personne, je ne peux plus me montrer. Je me fais honte. Je suis fichu. Fini. »

Edmond ne sut pas trouver les mots pour le contredire, il savait qu'aucune objection ne serait crédible.

L'esprit, l'intelligence et la raison abandonnaient Jules. Sa capacité d'articuler se détériorait. Son frère n'osait plus le quitter.

Jules parlait de plus en plus souvent avec une voix immature, comme s'il était un enfant insouciant. Comme s'il singeait un petit garçon. Ce retour à l'enfance faisait peur à Edmond, d'autant qu'elle n'avait rien d'attendrissant.

Il refusait presque toujours de parler. Assis sur un banc du jardin, sans penser à enlever son chapeau de paille alors qu'il faisait presque nuit, muet, aboulique, impuissant, il fixait un arbre avec hostilité comme pour ordonner à son feuillage de rester aussi immobile que lui, parfois il étendait la main et, du bout des doigts, il traçait des cercles, et parfois des lignes vigoureuses comme s'il peignait un tableau dans les airs. Quand Edmond lui demandait ce qu'il voulait représenter, Jules le regardait sans comprendre.

Seules les couleurs paraissaient encore le toucher, les couleurs qu'offrait la nature, celle du ciel surtout, alors que les tableaux n'existaient plus pour lui. On était en avril et, comme il est habituel en ce mois, le temps était changeant. Peut-être appréciait-il le changement rapide dans le ciel, sur sa peau, dans l'air et dans les yeux d'Edmond, peut-être que cela le consolait de ce vide en lui que rien ne pouvait combler.

Un jour qu'ils se promenaient dans le passage des Panoramas, une des rares occasions d'aller en ville et de voir ses nouvelles constructions, Jules ne se souvint pas du nom de la ville dans laquelle ils vivaient. Il ne reconnut pas le passage. Il semblait n'avoir jamais entendu le nom de Watteau. Paris ?

Sans qu'on sache pourquoi, des rémanences inexpliquées survivaient pourtant dans la masse cérébrale dégénérescente, certains mots le tiraient de la léthargie, et l'espoir renaissait alors que l'ancien Jules ressuscite.

Mais de plus en plus souvent son visage revêtait le masque de l'idiotie. Pour lui, les autres n'existaient plus, il était aussi égoïste qu'un petit enfant.

Edmond en souffrait. Il notait : « *Je souffre, je souffre, je crois, comme il n'a été donné à aucun être aimant de souffrir** ! »

---

* *Journal*, 8 avril 1870.

Il répondait à des questions qu'on ne lui posait pas. Quand Edmond lui demandait la raison de son abattement, il répondait :

« Ça va, je lirai ce soir du Chateaubriand. »

Lire les *Mémoires* du matin au soir était devenu son idée fixe. Il poursuivait Edmond avec ça toute la journée et celui-ci se voyait obligé de ne pas y prêter attention. Il faisait semblant d'écouter la façon de lire discutable de son frère en hochant la tête et en poussant des exclamations d'approbation.

Quand, par hasard, Jules ouvrait un livre qu'il avait lui-même écrit, il disait : « C'était bien fait. » Cet imparfait impitoyable soulignait le fait que son auteur était mort et que tous les projets de livres futurs étaient caducs. Chaque fois, Edmond en avait les larmes aux yeux. Il se demandait de plus en plus souvent combien de temps il pourrait supporter la vue de son frère sombrant jour après jour dans l'idiotie.

Jules ne le laissait pas en paix un seul instant ; même quand, épuisé, il s'allongeait dans l'après-midi pour oublier quelques minutes et dormir, Jules voulait rester près de lui, le suivait partout. Il n'arrivait pas à s'en défaire.

Fin mai, Edmond décida de mettre fin à leurs souffrances, il avait mûrement réfléchi et tout préparé pour ne rien laisser au hasard, il ne devait pas rater son coup.

De bon matin, alors que Jules dormait encore, Edmond écrivit une lettre pour la police, qu'il laissa bien en vue sur son bureau, on ne pouvait manquer de la voir. Dans la lettre, il se disait seul responsable du crime qu'il allait commettre, sans dire explicitement la raison qui l'y poussait. S'il ne donnait aucune explication, c'est qu'il n'avait à rendre de compte qu'à lui et à son frère, qui non seulement lui pardonnerait, sinon approuverait ce qu'il avait décidé de faire.

Personne ne devait être soupçonné à tort.

Il avait donné son jour à Pélagie en lui disant de ne pas rentrer avant le soir. À elle de décider d'aller voir sa famille (ainsi il y aurait des témoins de son absence) ou d'aller flâner à Paris pour acheter ce qu'elle voulait et ensuite d'aller manger dans le restaurant de son choix (ainsi elle serait vue). Elle ne se doutait pas de ce qui l'attendait à son retour. Pour la dédommager de la vue désagréable qui la frapperait à Auteuil, il la fit héritière de la maison. Le reste de l'héritage – des tableaux, des livres, des objets d'art, etc. – serait vendu aux enchères, ainsi des collectionneurs comme eux pourraient jouir des belles choses qu'ils avaient rassemblées.

Un peu avant dix heures, Edmond entra dans la chambre de Jules. Il s'était endormi sur le volume des *Mémoires* de Chateaubriand qui était ouvert comme le petit pignon d'une maison sur le couvre-lit. Ses yeux à demi fermés découvraient les globes oculaires jaunâtres et les deux faucilles de ses iris gris clair. Dans son sommeil, il remuait ses lèvres minces au coin desquelles s'étaient formées de petites bulles de salive qui éclataient en minuscules parcelles dans la lumière du soleil en train de se lever.

Edmond, qui ne savait pas s'il devait inspirer, expirer ou retenir son souffle – il ne voulait pas réveiller son frère –, crispait la main droite moite sur le révolver, comme s'il craignait qu'il lui échappe quand il le tirerait de sa poche avant de le pointer sur son frère, ce qui mettrait un banal point final à son plan. Mais au fond de lui, n'était-ce pas ce qu'il souhaitait ?

Cependant il tenait fermement le révolver.

Il s'était exercé à tirer plusieurs fois dans sa chambre, bien sûr à blanc. Il avait tassé son oreiller, l'avait collé sous son bras puis avait dirigé le canon dessus. Le mol oreiller n'avait aucune ressemblance avec la tête de Jules, mais l'idée que c'était la tête de son frère avait été assez forte pour le faire frissonner chaque fois que la détente claquait. À peine avait-il appuyé dessus, il cachait déjà l'arme derrière des livres. Il rangeait les munitions dans sa table de nuit. À présent que c'était sérieux, il espérait que le révolver ne serait pas plus défaillant que lui. Qui était le plus fiable ? Il se le demandait.

Il ne s'était jamais exercé à tirer mais il avait une arme. Le révolver avait appartenu au vieux Goncourt et il l'avait, selon la légende, accompagné sur les champs de bataille de Napoléon. Qu'il l'ait utilisé à la guerre, à la chasse ou pour se défendre, Edmond n'en savait rien. Il n'avait appris son existence qu'après la mort de son père, quand il l'avait découvert au cours de la succession, dans un coffre où l'arme était conservée en toute sécurité. Malgré cela, il avait cherché des traces de sang comme s'il s'agissait d'un couteau.

Il devait le faire. Cette idée s'était imposée durant le peu de temps que dura l'amélioration. L'état de son frère empirait chaque jour, aussi prit-il la décision d'agir. Il tuerait son frère puis il se tuerait. Une fin rapide et élégante pour eux deux. Edmond en payerait le prix en prenant la faute sur lui. Tiré et être touché dans un même souffle. C'était l'acte. Le plan. La bonne façon d'en finir. C'était l'acte d'un homme qui devenait chaque jour plus certain que son frère n'était ni tout à fait un homme ni encore une bête. L'acte avait été froidement réfléchi. La douleur serait noyée dans un flot de sang. Il n'avait pas peur du spectacle qu'ils allaient offrir. Les frères réunis. Pauvre Pélagie. Mais elle était de la campagne comme Rose, et elle avait vu assez de morts pour ne pas être choquée par ce spectacle désagréable.

Il s'approcha du lit sur la pointe des pieds, se pencha sur le dormeur dont les lèvres ne bougeaient plus. Il entoura de son bras l'épaule gauche de son frère pour le soulever, il fallait qu'il repose au creux de son bras quand ça arriverait, s'il se sentait sûr de lui il pourrait facilement le tuer. Il espérait qu'il ne se réveillerait pas. Il tourna doucement la tête de Jules vers lui pendant que la main droite faisait ce qu'il avait plusieurs fois répété. Il tira le révolver de sa poche, appuya le canon sur la tempe de Jules. L'arme était à la température de son corps. Mais sa tête n'était pas un coussin, elle était dure et opiniâtre.

Jules ouvrit les yeux avant qu'Edmond ait pressé sur la détente. Avait-il senti le canon sur sa tempe et deviné le projet d'Edmond, ou bien un passage des *Mémoires* de Chateaubriand, ou quelque autre souvenir, lui avait-il traversé la cervelle, et celle-ci, malgré son état de confusion avancé, l'avait-elle averti que quelque chose de monstrueux allait arriver s'il ne se défendait pas ? Quoi qu'il en soit, il était évident qu'il considérait que ce n'était pas la bonne solution. D'un air surpris et horrifié, il regarda Edmond dans les yeux, aussi directement et d'un air aussi suppliant que s'il lui remettait son avenir entre les mains.

Le regard de Jules pénétra Edmond jusqu'à la moelle. Le désespoir qui l'habitait se transmit directement à ses nerfs tendus à se rompre. Il laissa tomber le révolver comme s'il avait reçu une décharge électrique et se sentit lui-même tomber. Sans force, il glissa du bord du lit et se retrouva à genoux devant son frère qui le regardait sans comprendre. Il y resta un moment. Incapable de penser. La tête vide.

Une minute après, Jules attrapa son livre et continua sa lecture comme si rien ne s'était passé. D'une voix aiguë, il lut à Edmond quelques pages, mais les mots n'arrivaient pas à la conscience d'Edmond.

Edmond eut du mal à se relever. Jamais il n'avait éprouvé des sentiments aussi contradictoires qu'en cet instant. Il aimait son frère autant qu'il le détestait et il le détestait autant qu'il l'aimait. Il n'y avait rien à ajouter, ni commentaire, ni justification, même pas la tentative de le nier. Ça n'avait servi à rien. Rien ne pouvait servir. Il resterait le témoin jusqu'à la fin amère et noterait tout ce qui arriverait à Jules.

Après cette double tentative de meurtre et de suicide, Edmond abandonna la chambre, sans oublier d'embrasser son frère sur le front, ce qu'il ne faisait plus depuis longtemps. Il se demanda s'il s'en remettrait un jour et quand ce jour arriverait, et pendant un instant, il souhaita n'avoir plus aucune pensée, n'avoir plus à penser, être dans le même état de confusion que Jules, qui était de moins en moins son frère, de tout oublier, absolument tout, et de se contenter d'une vie végétative.

Jules avait de plus en plus souvent des passages à vide. Il ne parlait jamais de sa santé. Il était devenu hostile ou insensible à toute logique. Non seulement son intelligence s'atrophiait mais il devenait incapable de tendresse, de sympathie, d'affection et de sensibilité. Son comportement était bestial, plus lié à la terre qu'au ciel, et Edmond n'aurait pas été étonné de le voir soudain marcher à quatre pattes.

Aimait-il encore son frère ? Ce qui était certain, c'est que leurs pensées ne battaient plus au même rythme. Une année avant, ils étaient sûrs d'avoir les mêmes pensées à la vue d'une fleur, en regardant une œuvre d'art ou en présence d'autrui ; à présent l'harmonie avait fait place à une discorde stridente.

Lorsque Edmond essayait de faire appel à sa raison, Jules se dérobait avec une grimace. Chaque fois qu'il essayait de tenir un raisonnement, le cours en était tôt ou tard interrompu. Trous. Coupures. Pièges. Son frère avait pris l'air servile et craintif de l'animal sauvage. Le sourire ou même le rire lui étaient devenus étrangers, il ne lui restait plus que la grimace.

Edmond devait assister, impuissant, au déclin inexorable de son frère et le regarder, en silence, saler son poisson, sa viande et les légumes jusqu'à les rendre immangeables, puis se jeter dessus avec délice, une main serrant la fourchette, l'autre dans la bouche pour en extraire sans vergogne os, cartilage ou fibre qui se seraient coincés entre ses dents. Il repensait avec nostalgie à leurs anciennes conversations passionnées où ils faisaient assaut d'esprit et n'étaient jamais à court de sujets. L'élégance qui avait caractérisé cette belle intelligence s'était esquivée par une porte invisible. L'humour et la vivacité d'esprit s'étaient évaporés.

Un jour que Jules feuilletait un livre depuis de longues minutes, du début à la fin et vice versa, cherchant peut-être une page ou un passage déjà lu, sans que cela fasse mine de finir, pendant qu'Edmond essayait de cacher son irritation devant ses feuilles sans cesse tournées, Jules lui demanda brusquement : « Mais où je suis ? »

Mais tout cela n'était rien à côté de la peur de l'inconnu qui ne quittait plus Edmond. Il avait peur de l'étrange créature qui avait fini par prendre possession de Jules. Il refusait de considérer cela comme le symptôme d'une maladie identifiable. Jules n'était pas malade. Il s'était trop dépensé. Il avait abusé de ses forces et de son instinct artistique.

Si seulement il avait pu le sortir de la cage autour de laquelle, à pas de loup, rôdait le monstre sans nom qui attendait le moment d'en briser les barreaux pour engloutir définitivement Jules.

Les livres qu'ils avaient écrits n'étaient plus pour lui que des objets étrangers.

À tout moment, Jules se pétrifiait, s'immobilisait, ouvrant et fermant les yeux, tandis que ses pupilles roulaient sans relâche de droite à gauche.

Quand Edmond lui parlait, il avait l'impression de le tirer du sommeil. Devant son air incrédule, il devait répéter plusieurs fois jusqu'à ce qu'enfin, d'un air excédé, Jules daigne lui répondre quelque chose. N'importe quoi. Ça ne répondait pas à sa question, mais Edmond s'y était habitué depuis longtemps.

Edmond s'endurcissait en face du calvaire que son frère vivait, mais aussi vis-à-vis des souffrances d'autrui. Si un mendiant l'accostait, il se débarrassait de lui avec un « Je n'ai rien » et, de plus en plus, il abandonnait lui aussi toute vie sociale.

Il devenait un étranger qui ne s'occupait plus des autres. Il lisait aussi peu que Jules. Parfois il feuilletait ses propres livres, étonné qu'ils aient pu les écrire à quatre mains. Même quand il reconnaissait une phrase qu'ils avaient trouvée ensemble, cela lui paraissait incroyable qu'ils aient pu le faire avec tant de facilité. Quand il lisait maintenant ce qui était imprimé, il entendait la voix de son frère, sa voix d'autrefois.

« Si tu continues à manger comme ça, ils ne nous serviront plus ici ! Fais attention avec le plat ! » Jules avait failli le laisser tomber. « Tu manges comme un cochon ! »

Edmond avait réprimandé son frère comme il ne l'avait encore jamais fait et comme il ne le ferait plus, car il se sentit ensuite aussi méchant et coupable que s'il avait giflé Jules et il voulut – et le ferait – reconnaître ses torts, à l'avenir ils mangeraient de plus en plus rarement au restaurant et finiraient par y renoncer tout à fait, il n'aurait donc plus à lui faire ce genre de critique et à avoir honte de lui, ni devant les étrangers ni chez eux.

Que faisait Jules de lui-même ? Que faisait Jules de lui ? Que faisait-il à Jules ? À Jules, dont les bonnes manières à table, qui avaient toujours été meilleures que les siennes depuis son plus jeune âge, avaient disparu. Oui, il mangeait comme un cochon, avait dit Edmond, en lui faisant remarquer que tout le monde les regardait. Même s'ils étaient dans un petit restaurant sans prétention, tout le monde avait remarqué comment Jules se tenait. Des clients, à la table d'à côté, des gens simples, les observaient en se poussant du coude et eux aussi pensaient certainement : Il mange comme un cochon, il tient sa fourchette de la main droite, le dessus de la main vers le haut, comme un boucher tient le couperet ; quant à la cuillère, il la tient comme un paysan et pas comme quelqu'un à qui les bonnes manières, inculquées dès la plus tendre enfance, sont passées dans le sang.

Il n'en était rien resté, envolé, plus rien n'était à sa place.

Jules avait fondu en larmes pendant qu'Edmond parlait :

« Ce n'est pas ma faute, pas ma faute. »

Il avait tendu la main vers la main de son frère posée sur la nappe et tous deux s'étaient mis à pleurer.

« Est-ce que tu as une poussière dans l'œil ? avait demandé Jules un instant après.

– Oui », avait dit Edmond en se frottant le front et les joues.

Jules avait regardé la main d'Edmond comme une bête étrangère, d'un air consterné, presque dégoûté, puis il avait regardé la sienne et l'avait léchée comme si c'était un couvert froid.

« outeau, avait-il dit, ouchette, uiller. »

Un lundi, alors qu'ils étaient assis dans le jardin, derrière la maison, et que Jules lisait les *Mémoires*, il buta sur une syllabe. Il ne s'agissait pas de prononcer le mot en entier, mais par syllabes, et il n'y arrivait pas, il s'efforçait de surmonter cette incapacité, recommençait et recommençait pour trébucher encore et encore. Plus il répétait le mot, plus ce mot devenait incompréhensible et, visiblement, même pour lui-même.

Soudain, il s'arrêta. Edmond s'approcha de son frère qui, comme changé en pierre, fixait le livre ouvert, et il lui dit de continuer mais Jules resta muet. Edmond surprit alors sur son visage une expression inconnue, ses yeux étaient pleins de larmes – ou était-ce seulement de l'eau qui débordait de lui – et de peur. Accablé de le voir ainsi, Edmond le prit dans ses bras, le serra contre lui et l'embrassa.

Jules se mit à émettre des sons, qui n'essayaient plus d'être des mots, c'était un murmure, un babillage inepte, délirant, une frayeur muette qui tentait d'émerger mais n'arrivait sur ses lèvres qu'informe et incompréhensible.

La peur d'Edmond qu'il s'agisse d'une paralysie du langage s'atténua quand Jules se calma peu à peu l'heure suivante. Cependant il n'était pas capable de dire autre chose que oui ou non. Il regarda son frère avec des yeux hagards. Il paraissait ne pas comprendre ce qui se passait autour de lui.

Il reprit immédiatement le livre et voulut absolument lire. Il lut : « cardinal Pa... cardinal Pa... cardinal Pa... », mais impossible de prononcer le nom.

Hors de lui, il se mit à se balancer d'avant en arrière dans le fauteuil, enleva son chapeau, se passa et repassa les doigts sur le front, remit son chapeau de paille, se frotta à nouveau le front comme s'il voulait pénétrer dans son cerveau. Il froissa la page qu'il avait essayé de lire, la déchira et la mit presque sous ses yeux. Il était désespéré. Puis il fourra la page dans sa bouche. Edmond ne put l'empêcher de l'avaler.

Jamais Edmond n'avait été témoin d'une scène aussi triste et aussi cruelle. C'était comme s'il était obligé de voir comment l'intelligence humaine, qui jadis avait éveillé un papier blanc à la vie, prenait conscience qu'elle avait perdu la capacité de lire pour toujours.

Dans un tel moment, ce qui se passait ne se laissait ni décrire ni comprendre. Cela excédait la vie qu'Edmond connaissait. Où cela s'était-il logé dans la vie de Jules, il ne pouvait même pas le soupçonner. Le regard de son frère lui était désormais devenu impénétrable. La mort approchait.

La mort approchait. Jusqu'à quel point elle était proche, personne ne le savait.

Ils étaient assis sur un banc au bois de Boulogne et regardaient passer les innombrables calèches bigarrées, les équipages luxueux et les voitures d'enfants, autant de gens qui ne les connaissaient pas et les prenaient sans doute pour des frères heureux dont les femmes étaient en cure ou étaient mortes.

Edmond remarqua alors, au fond d'une calèche, une bonne sœur vêtue de noir qui les fixait comme la mort implacable. Le luxe et la frivolité heureuse de Paris en furent anéantis.

Comme un jeune enfant, Jules ne se préoccupait plus que de ce qu'il mangeait et de ce qu'il portait sur le corps. Il était sensible à un dessert, sensible à un vêtement qu'il avait oublié et qu'il découvrait dans l'armoire.

Il chiffonnait sans cesse et tournait entre ses doigts du papier, une étoffe, de la cire, des pages de livre, du pain, de la nourriture, de petites choses pour, l'instant d'après, les laisser par terre. Souvent, en se levant, il marchait dessus puis s'excusait parfois d'un air contrit comme s'il avait écrasé un être vivant, et Edmond se demandait si les choses existaient pour Jules avant qu'il les prenne entre ses doigts et les maltraite. Quand Edmond lui demandait quelque chose, il se récriait comme un petit garçon qui craint d'être injustement puni.

« Non », disait-il ensuite.

« Où es-tu, mon ami ? » lui demanda, un jour, Edmond.

Après un long moment, Jules répondit : « Dans les espaces vides. »

Il ne se souvenait pas d'un seul titre de leurs livres.

Mais il possédait encore deux capacités surprenantes, il pouvait caractériser les passants en quelques traits et il trouvait toujours l'épithète rare pour décrire la couleur du ciel.

Edmond essayait de se raccrocher à ces lueurs, mais ce n'étaient que des instants éphémères.

15

Dans l'espace vide

Si Dieu l'avait fait mourir comme meurent des millions de gens, atteints d'une maladie qui frappe d'autres hommes en grand nombre avant qu'une mort naturelle vienne les délivrer, Edmond aurait peut-être trouvé le courage d'accepter le destin de Jules comme inexorable. Mais cette mort lente comme sous la torture, qui le privait lentement de toutes ses capacités et de tous ses talents et l'excluait du commun des mortels, c'était un supplice cruel et inutile. Exactement comme si on martyrisait un animal encore vivant en lui arrachant les membres ou les ailes. Dieu, s'il existait, était cruel.

Pourtant, le 11 juin, quand ils eurent la visite inopinée d'Édouard Lefebvre de Béhaine qui revenait d'Italie, Edmond n'en crut pas ses yeux ni ses oreilles. À la vue de son ami de jeunesse, Jules revint à la vie, cette vie qu'il semblait avoir laissée pour toujours derrière lui. La maladie le quitta. Il se mit à parler avec facilité et urbanité, fluidité et clarté, sans buter sur les mots, et sa mémoire extirpa avec facilité du passé des noms et des événements qu'il avait jusque-là oubliés. À l'étonnement d'Edmond, il se mit à parler de leurs livres, comme avant, comme s'il venait de les écrire.

Envoûtés par l'entrain retrouvé de Jules, Edmond et Édouard étaient suspendus à ses paroles. Mais lorsqu'il se mit à parler du *Journal*, ce qu'ils s'étaient toujours interdit d'évoquer devant les autres, Edmond lui coupa la parole, c'était trop, cela, personne ne devait le savoir. Édouard sembla comprendre le message, en tout cas il n'insista pas.

Lorsque Edmond reconduisit à sa voiture le vieil ami, qui était au courant de l'état de Jules, il lui dit son étonnement et sa joie. Il s'attendait à voir un Jules différent, pas reconnaissable, et il avait retrouvé l'ancien avec soulagement. Était-ce un tournant, pouvait-on espérer que Jules reprenne sa vie d'avant, cette vie qu'il avait dû abandonner au début de l'année ?

Quand Edmond retourna dans le jardin où il avait laissé Jules, celui-ci était assis sous un buisson de roses, son chapeau de paille lui cachant le visage, ses yeux sans expression dirigés fixement par terre, immobile.

Tout cela n'avait été qu'un espoir chimérique, Jules referma immédiatement la porte sur son ancien moi et disparut. Cela n'avait duré qu'un instant, un éclair dans la nuit.

Quand Edmond lui parla, il ne répondit pas.

Le noyé n'avait pas pu atteindre la rive. Il dérivait vers une mort certaine dans les flots qui s'abattaient sans cesse sur lui.

La mélancolie qui l'enveloppait comme un crêpe de deuil était différente de celle des jours précédents, elle rappelait à Edmond le sentiment d'abandon du Christ sur le mont des Oliviers lorsque l'être divin comprit qu'il était un homme. Edmond s'assit à côté de son frère et resta là, en silence, jusqu'à la tombée de la nuit. Il commençait à faire froid et Pélagie, sans qu'on le lui ait demandé, leur apporta sans un mot un châle. Jules lui attrapa le poignet si fort qu'elle dut lui ouvrir les doigts un par un pour se libérer.

Le lendemain, Edmond alla se promener tout seul sur le chemin qui longeait l'arrière de la villa et qui, à travers le parc, menait aux villas voisines. Il emportait toujours une canne pour se défendre contre les chiens agressifs ou les renards atteints de la rage, mais cette fois il n'en eut pas besoin. Non, ce ne fut pas eux qui le firent fuir mais les rires des gens qui se laissaient aller au plaisir de cette première euphorie estivale comme à un vice libérateur. La plupart déjeunaient dans leur jardin ou sur leur terrasse, les adultes à table, les enfants occupés à jouer. Edmond dut revenir sur ses pas, cela lui rappelait trop douloureusement l'époque de sa jeunesse, ce temps où il regardait son frère en train de jouer.

En revenant, il lut distraitement le numéro d'une grande maison qui luisait dans le lierre épais comme un panneau avertisseur, c'était un 13 peint en blanc sur fond bleu marine ; il ne manquait plus qu'il devienne superstitieux.

Un peu plus tard, il remarqua un chien au court pelage caramel qui l'avait suivi sans qu'il y prenne garde. Il semblait n'appartenir à personne et il avait très envie d'être caressé. Il était évident que ce n'était pas un aboyeur comme les chiens du coin et qu'il ne cherchait pas à mordre. Il se contentait de le regarder en remuant la queue. Edmond réprima son premier mouvement de lever sa canne pour le chasser. Il avait lu dans le regard du chien quelque chose qui lui rappela Jules, une frustration, une tristesse, une prière aussi.

Dans la nuit du samedi au dimanche 19 juin, à deux heures du matin, il relaya Pélagie au chevet de ce qui était à présent une couche mortuaire. Depuis jeudi, six heures de l'après-midi, Jules n'était plus conscient et ne parlait plus.

Sa respiration était lourde. Son regard, fixe. Son bras mince attrapait sans arrêt quelque chose qu'il était seul à voir, de sa bouche s'échappaient des paroles incompréhensibles. Par la fenêtre ouverte arrivait la blanche clarté électrisée d'une lune de légende.

Chaque fois que la respiration de Jules s'interrompait, Edmond lui prenait le pouls et, en s'aidant de la montre à répétition de son père, il comptait les pulsations. Même les grands arbres noirs devant la fenêtre se taisaient. On n'entendait que le tic-tac de la montre. Comme si son père et sa mère criaient d'une voix blanche : Viens, viens, viens.

Malgré les trois doses de bromure de potassium qu'il lui avait administrées, Jules ne dormait pas. Il remuait sans arrêt la tête de droite à gauche, poussait des grognements – et soupirait. Au loin, le long braiment perçant d'un âne arriva aux oreilles d'Edmond, il espéra que Jules ne l'entendait pas.

Il ne l'entendait pas. Il ne réagit pas.

Sous le ciel qui s'éclaircissait, les merles se mirent à chanter.

Le chien de la veille le regardait avec les yeux de Jules et l'ensorcelait. Jules n'était plus qu'une flamme vacillante qui pouvait s'éteindre à chaque instant.

Jeudi matin encore, Jules lui lisait les *Mémoires* de Chateaubriand, de façon à peine compréhensible certes mais en faisant de louables efforts. Faire la lecture à son aîné était sa seule joie, et la seule distraction qui lui restait même si cela l'épuisait.

Edmond lui avait proposé d'arrêter de lire et de venir se promener avec lui, il avait d'abord refusé pour ensuite accepter mais, après s'être levé avec l'aide d'Edmond, il avait soudain chancelé, avait fait quelques pas et était tombé dans le fauteuil près de son lit, la mort approchait, la mort l'avait touché, Edmond la sentait, c'était comme si un vent glacé ouvrait un espace entre son frère et lui. Viens, viens, viens. Il l'aida à se relever puis à se remettre au lit et lui demanda s'il avait besoin de quelque chose. Jules ne répondit pas.

Edmond voulut savoir si son frère le reconnaissait. « Qui suis-je ? » Jules ne répondit que par un rire méprisant qui semblait dire qu'une question aussi stupide ne méritait pas de réponse.

Au rire succéda un instant de silence. Jules le regarda tranquillement comme s'il attendait quelque chose. Mais avant qu'Edmond ait pu trouver la parole rédemptrice, Jules renversa la tête et poussa un cri rauque. Edmond se dépêcha de fermer la fenêtre, aucun étranger, aucun voisin ne devait entendre son frère claquer des dents. Il se tordait, agitait les bras et les jambes, et une salive sanglante coulait de sa bouche. Edmond s'assit derrière lui sur l'oreiller, lui maintint les mains de force et lui pressa la tête contre son cœur et le creux de son estomac. Une sueur mortelle coulait le long de ses cuisses.

Après cette grave crise, Jules tomba dans une sorte de coma. Ses traits se détendirent peu à peu jusqu'à ce qu'il redevienne presque l'ancien Jules.

Plusieurs crises moins fortes suivirent. Leur déclenchement semblait aussi inévitable qu'imprévisible. Aussi Edmond guettait-il sans arrêt la suivante, mais quand il croyait reconnaître les premiers signes, ils restaient sans suite, et quand il était soulagé, il y avait lieu de s'inquiéter. Il n'y avait aucune règle ni aucun répit. À l'inverse d'un médecin ou d'une infirmière, Edmond n'arrivait pas à se résoudre à l'inévitable.

Aux crises succédaient des phases de détente. Parfois Jules restait allongé comme pétrifié. Puis de nouveau, il jetait ses bras en l'air et agitait ses mains sur le couvre-lit comme un oiseau ses ailes. Il enlevait des toiles d'araignée de son visage. Son front était blanc comme neige, ses yeux injectés de sang, ses lèvres bleues. Tout son visage était constellé de gouttelettes de sueur. Il murmurait puis soudain se taisait.

Pélagie et Edmond ne le quittaient plus. Un des deux veillait toujours près de son lit. La mort se rapprochait, il entendait son souffle rapide et léger. Le fin contour de son profil jetait une ombre irréelle sur l'oreiller blanc. La lueur vacillante de la bougie menait un combat perdu d'avance avec l'aube, jusqu'à ce qu'elle s'éteigne comme son frère allait s'éteindre. C'était affreux et horrible d'assister au lever du jour et à celui des oiseaux pendant qu'une jeune vie s'éteignait.

La lumière du jour qui tombait sur le visage amaigri du mourant creusait ses traits et accentuait les ombres autour des yeux et de la bouche, encore plus que la lueur de la bougie.

Edmond maudissait la littérature et se voyait déjà proclamer cette malédiction en fanfare. Mais qui l'écouterait et qu'est-ce que ça changerait ? Sans lui, Jules n'aurait pas emprunté les chemins dangereux de la littérature, sans lui, il n'aurait pas pris exemple sur un frère qui voulait devenir écrivain. Doué comme il l'était, il se serait fait un nom comme artiste, comme peintre, il ne se serait pas torturé la cervelle pour trouver l'épithète rare, il aurait empoigné sa palette puis aurait patiemment mélangé les couleurs jusqu'à trouver le ton juste, et il ne serait pas sur le point de mourir, il vivrait.

Edmond craignait que Jules ne le reconnaisse pas quand il se réveillerait. Jamais il ne le regardait, jamais il ne répondait à sa douce et prudente poignée de main, il avait peur que Jules ne lui dise pas un adieu. Pourtant il ne perdait pas espoir. Il attendait. Il le regardait. Il lui parlait.

Il exigeait d'être seul avec son frère, il ne supportait aucune garde-malade, même pas Pélagie qui n'était jamais loin. Si un éclair de lucidité lui était accordé, le regard de Jules ne devait pas rencontrer un autre visage que le sien. Il se demandait si sa mère, qui lui avait confié son plus jeune fils sur son lit de mort, aurait été contente de lui.

Edmond aurait voulu que Jules ait une mort douce, un glissement imperceptible. Au lieu de quoi, il le voyait souffrir. Même les morceaux de glace qu'il lui mettait dans la bouche, il avait de la peine à les avaler. Sa respiration était difficile et vibrante comme une contrebasse désaccordée, il poussait des soupirs déchirants en contraste flagrant avec l'être en filigrane qu'il avait été quelques semaines avant.

Il appelait. Edmond comprit qu'il appelait sa mère.

Il prononça deux fois le nom de leur maîtresse : « Maî-a, Maî-a ».

Quelle chance ont ceux qui croient en Dieu ! Edmond croyait seulement à la fin inéluctable, et lui, qui n'avait jamais prié, priait pour qu'elle soit sans douleur.

À huit heures, le cœur de Jules se mit à battre sauvagement comme s'il voulait transpercer les os et la peau et se libérer de sa cage trop étroite.

Edmond regarda Pélagie, penchée sur un petit missel. L'invisible l'emportait clairement sur le visible. Puis Jules fut englouti par les ombres qui l'entouraient.

À présent, sa respiration résonnait comme une scie qui va et vient inlassablement dans du bois mouillé. Seule sa poitrine bougeait, le drap posé sur lui se levait et s'abaissait.

Dieu lui épargnerait-il de se débattre juste avant d'entrer dans le royaume des morts et lui ferait-il la grâce qu'il s'y laisse glisser sans résister ?

Comment décrire la couleur mortelle des yeux mi-clos ? Jules aurait peut-être trouvé le mot approprié pour le prix d'une vie à demi vécue, dont le fil aura été coupé à l'âge de trente-neuf ans.

Ensuite il arriva enfin ce qu'Edmond avait tellement attendu : le regard de Jules chercha le regard de son frère, s'y fixa et pendant quelques secondes ressuscita leur passé commun. Edmond se sentait prêt à l'accompagner, même dans la mort.

Ses mains étaient pareilles à du marbre mouillé.

Le 20 juin 1870, à neuf heures quarante, Jules soupira trois fois et, soulagé comme un enfant sur le point de s'endormir, il mourut.

Le drap ne s'élevait ni ne s'abaissait plus. Mais la chambre conservait encore le dernier souffle de Jules. Quelques minutes après, ses paupières s'ouvrirent. Edmond l'embrassa une dernière fois. Quand il s'éloigna, le regard de Jules parut le suivre.

Pélagie glissa sous la tête du mort le livre le plus épais qu'elle put trouver. Ainsi redressé, il paraissait écouter attentivement, mais ce semblant de vie était démenti par le bleuissement croissant de ses ongles. Il était mort.

Edmond se demanda si la mort se contenterait de l'un des deux, ou si elle allait venir chercher l'autre moitié, il était prêt à suivre Jules.

Plus il le regardait, plus grandissait en lui l'impression que ce n'était pas la vie terrestre que Jules regrettait mais de n'avoir pas pu accomplir son œuvre. Et peut-être aussi de laisser son frère seul.

La première nuit qui suivit la mort de Jules, au désespoir des derniers jours succéda le soulagement de voir son frère délivré de la vie qui avait fini par ne lui réserver que des souffrances.

Les heures suivantes, Edmond resta comme absent jusqu'au matin, pendant qu'on s'agitait autour de lui. Par la porte entrouverte de la salle à manger, il aperçut quatre hommes coiffés de chapeau noir, les croque-morts.

Il les accompagna dans la chambre de Jules où le cercueil les attendait. À cause de la grande chaleur, il était urgent que le défunt soit enterré au plus tôt.

Les hommes ôtèrent la couverture, glissèrent un linceul sous le cadavre et l'en enveloppèrent comme un paquet prêt à être expédié. Edmond leur demanda de faire attention : « Je sais qu'il est mort, mais soyez cependant précautionneux.

– Si cela vous est trop douloureux, vous feriez mieux d'attendre en bas », dit un des hommes, mais Edmond resta. Il voulait être là jusqu'au dernier instant, la lumière du jour tombait sur son frère mort et il voulait l'accompagner en bas.

Ils le soulevèrent avec précaution et le posèrent dans le cercueil qu'ils avaient tapissé d'une sciure parfumée.

« Monsieur, si vous voulez mettre un souvenir dans le cercueil, c'est le moment. »

Edmond demanda au jardinier de cueillir toutes les roses du jardin. Les roses l'accompagneraient là où ne fleurissait aucune rose et où il n'y avait pas de maison comme celle qu'ils avaient achetée pour y vivre longtemps, entourés de belles choses, plongés dans leurs travaux et sur leurs livres.

Edmond et Pélagie recouvrirent le mort de roses. À la fin, il posa une rose blanche à l'endroit où, sous le linceul, se dessinait la bouche. Ensuite les croque-morts remplirent le cercueil avec le reste de la sciure jusqu'à ce que le corps disparaisse dessous. Le couvercle fut posé aussi facilement que l'on referme une porte, puis il fut vissé, c'était fini, Edmond descendit.

Pendant un moment, il oublia ce qui était et ce qui avait été, tout s'était comme dissipé, et le souvenir de Jules, et sa mort, et l'irrévocabilité de sa mort.

Les chauds rayons du soleil inondaient la pièce comme s'ils devaient confirmer une dernière fois toute la beauté que Jules avait apportée dans le monde. Ils jouaient et se réfléchissaient sur le couvercle poli du cercueil, et sur le gros bouquet de fleurs que Pélagie avait noué, et dans les fleurs de magnolia que Jules n'avait pas eu le temps de voir fleurir.

Dans la petite chambre régnait le même désordre que lorsqu'on se prépare à partir en voyage. La pensée que Jules venait de sortir pour aller chercher une voiture qui les amènerait à la campagne traversa l'esprit d'Edmond. La vérité le rattrapa d'un coup.

Ses yeux glissèrent lentement sur les objets familiers que Jules avait eus chaque jour sous les yeux : les rideaux de son lit qui, comme la portière, étaient déjà accrochés rue Saint-Georges, les tableaux et les gravures, la grande table blanche au plateau taché d'encre où ils avaient écrit le livre sur Gavarni, les haltères posés dans un coin, que Jules n'avait plus touchés depuis des mois.

Le repas de midi, il le prit seul dans la salle à manger, le regard posé sur la chaise sur laquelle Jules ne s'assiérait plus et qui resterait vide à jamais. Il éclata en sanglots et ne put rien avaler.

Peu de temps après, une lettre arriva d'Angleterre, un éditeur leur proposait de traduire en anglais leur histoire de Marie-Antoinette. Jules aurait été tellement heureux s'il avait encore été là.

Edmond écrit dans le *Journal* :

*« M'interrogeant longuement, j'ai la conviction qu'il est mort du travail de la forme, à la peine du style. Je me rappelle maintenant, après les heures sans repos passées au remaniement, à la correction d'un morceau, après ces efforts et ces dépenses de cervelle, vers une perfection, faisant rendre à la langue française tout ce qu'elle pouvait rendre et au-delà, après ces luttes obstinées, entêtées, où parfois entrait le dépit, la colère de l'impuissance ; je me rappelle aujourd'hui l'étrange et l'infinie prostration avec laquelle il se laissait tomber sur un divan, et la fumerie à la fois silencieuse et accablée, qui suivait**. »

Le matin suivant, à neuf heures, les cloches de l'église se mirent à sonner. Une heure plus tard, Edmond sortit dans le jardin où il trouva deux croque-morts qui s'étaient assis sur deux blocs de bois entre deux chandeliers d'église éclairés par un soleil cru.

Le cercueil fut descendu par l'escalier puis sorti dans le jardin à travers la salle à manger. Parmi ceux qui attendaient, Edmond découvrit un vieil homme inconnu qui lui rappelait quelqu'un.

---

* *Journal*, année 1870, mercredi 22 juin.

Quand il lui demanda son nom, celui-ci dit qu'il était le vieux cocher de famille de ses cousines qui, un jour, avaient fait grimper, à côté de lui, le petit Jules âgé de treize ans pour confier les rênes à ses petites mains.

Même si ses yeux enregistraient tout ce qui se passait, il n'arrivait pas à accepter la séparation ultime comme un fait inéluctable. Son esprit rejetait le « jamais plus » et il n'arrivait pas à croire qu'il l'admettrait un jour.

La messe d'enterrement eut lieu dans la vieille église d'Auteuil, à laquelle prirent part d'innombrables amis, en majorité des artistes et des écrivains, et, parmi eux Flaubert et Gautier. La princesse s'était fait représenter par Popelin, Mme Feydeau était la seule femme. Des mauvaises langues affirmèrent que la petite église était à moitié vide, les journaux en revanche citèrent beaucoup de noms de gens tout à fait honorables, même s'ils n'appartenaient pas aux milieux mondains ou au monde littéraire.

Edmond voyait si peu ce qui se passait autour de lui qu'il aurait été incapable de dire combien de personnes étaient venues, qui était là et qui manquait. Il n'était pas en état de reprocher à quiconque de n'avoir pas accompagné son frère jusqu'à sa dernière demeure.

Le chœur, qui répétait jusqu'à la torture le *Requiescat in pace*, était insupportable, comme si cette paix qu'on implorait était la seule récompense que son frère pouvait espérer après des années de lutte et de travail. Et sur ce ton !

Edmond avait l'impression qu'il ne résisterait pas une minute de plus à la chaleur quand il sortit de l'église, mais il la supporta comme le reste. Flaubert et Gautier lui donnèrent le bras jusqu'au fiacre comme s'ils avaient peur qu'il tombe sans leur soutien, tellement il avait l'air épuisé. Ils l'aidèrent à monter dans le fiacre et tous les trois prirent ce chemin qu'ils avaient fait si souvent avec Jules pour aller chez la princesse. Alors que lui et ses compagnons se taisaient, il fut envahi par une fatigue qui descendait douloureusement le long de sa colonne vertébrale. Il ferma les yeux. Peu avant d'arriver, il sursauta quand la voiture prit un virage serré. Il s'était endormi.

Quand ils se tinrent devant la tombe de ses parents et de ses sœurs mortes dans l'enfance, la princesse Mathilde, qui l'y attendait, lui sauta au cou, en pleurant à chaudes larmes comme une petite fille.

Ce qui à l'église et encore plus au cimetière surprit tout le monde et excita les curiosités, ce fut l'incroyable changement d'Edmond en quelques heures. Tous ceux qui l'avaient discrètement observé à l'église, où il était assis au premier rang à côté de Flaubert, se crurent d'abord victimes d'une illusion optique pour comprendre ensuite qu'ils étaient les témoins d'une métamorphose irréversible. Au début, ils avaient préféré croire que c'était un reflet des vieux vitraux qui jetait sur ses cheveux à peine grisonnants une teinte bleutée, mais quand on quitta l'église, ce qui avait été une certitude à peine contestée devint au cimetière un fait avéré : ils étaient bien les témoins d'un processus inouï. Ils avaient vu les cheveux du veuf – c'est ainsi qu'ils le désignèrent ce jour-là plusieurs fois – changer littéralement de couleur. Comme si une vague infiniment lente était passée sur lui, éclaircissant ses cheveux, mèche par mèche, du front à l'arrière de sa tête, jusqu'à ce qu'ils soient d'une blancheur de craie. Comme ces condamnés à mort qu'on conduit à l'échafaud, pendant le trajet de la maison jusqu'à la dernière demeure de Jules, Edmond avait vieilli de plusieurs années. Les chuchotements allèrent donc bon train, sans même qu'il s'en rende compte.

Il se traînait péniblement entre ses amis, comme si ses pieds étaient pris dans les plis du linceul fraternel, pensa Gautier ; jamais le poète n'avait assisté à un événement d'une telle tristesse. Bien que l'assistance fût formée de philosophes et de représentants des arts les plus divers – des hommes qui étaient habitués à supporter la douleur et même à la décrire –, la plupart furent incapables de garder leur sang-froid. Ils pleuraient ou sanglotaient et tiraient leur mouchoir de leur poche.

16

L'assassinat d'un poulet

Deux jours plus tard, Edmond partit à Bar-sur-Seine, chez sa cousine. L'idée de retourner à Auteuil le jetait dans un tel trouble qu'il était incapable de décider s'il devait vendre la maison ou s'il devait la louer. Il mit une annonce et, immédiatement, il reçut l'offre d'une personne que cette location intéressait. Mais à peine avait-il posé la lettre sur la table que sa décision faiblit. Il se sentait toujours lié à cette maison où il avait tant souffert. Trancher ce lien invisible lui était impossible. Il répondit à l'intéressé qu'il avait changé d'avis et que la maison n'était ni à vendre ni à louer.

À Bar-sur-Seine, dans la maison d'en face une vieille bonne de sa cousine était en train de mourir.

Edmond n'était pas malade, mais son corps se refusait à tout mouvement, il n'avait pas envie d'aller se promener ni de se forcer, à quoi bon.

Pendant des heures, il restait assis sans rien faire, sans projet et sans avenir, rien n'existait à l'exception du passé qu'il avait partagé avec son frère, toutes ces années qui ne reviendraient plus ; il regrettait de ne pas les avoir mieux utilisées, de ne pas en avoir mémorisé chaque minute. Il avait peur d'oublier et sentait dans sa poitrine une sensation nerveuse de vide qui, portée par l'angoisse d'une guerre apparemment inévitable – les pages des journaux étaient remplies de ce que tous redoutaient –, avait encore grandi. Vide et angoisse, deux choses qui, pensait-il peu de temps avant, s'excluaient mutuellement, avaient formé une coalition indissociable.

En face, la bonne mourait.

Il alla voir la mourante qu'il avait à peine connue, comme s'il n'en avait pas encore assez de la mort, comme s'il allait retrouver, là-bas où elle était de nouveau à l'œuvre, un peu de son frère. À ses côtés étaient assises cinq femmes en noir qui toutes se ressemblaient, la bonne à l'agonie avait convoqué ses parentes et ses amies autour du lit où elle s'éteignait.

Edmond resta à la porte sans pouvoir empêcher que les têtes se tournent vers lui pendant que les bouches continuaient à marmonner. Il se tenait là et attendait. La mourante, dont la pointe du nez était d'une blancheur de marbre, semblait être déjà dans un autre monde, les prieuses, assises à son chevet, se tenaient prêtes à se reculer au moment crucial, elles ne voulaient pas être entraînées dans l'au-delà.

Chaque jour était un jour anniversaire pour son chagrin, son deuil se renouvelait sans cesse ; les jeudis, il se souvenait du jeudi où son frère avait eu sa grande crise ; les vendredis, il pensait au vendredi où il avait cru à une amélioration ; les samedis, les dimanches et les lundis lui faisaient revivre le choc émotionnel des trois derniers jours de Jules, et ce n'est que le 20 juillet, un mois après sa mort, qu'il comprit que, depuis trente jours, il était séparé de lui pour le reste de sa vie.

Il était triste, brisé, anéanti, mais il mangeait de bon appétit.

La guerre qui arrivait et dont tout le monde parlait lui offrait, dans une certaine mesure, une distraction.

Il aurait aimé rêver de Jules, toute la journée il était avec lui en pensée, mais son espoir, nuit après nuit, de le retrouver, fut déçu, ses rêves restèrent vides, dans le sommeil, Jules ne le cherchait pas.

Une nuit, il rêva enfin de son frère. Jules était comme lui en grand deuil. Ils marchaient ensemble dans une rue qui ressemblait à la rue de Richelieu et ils voulaient remettre à un directeur de théâtre une pièce dont ils espéraient le succès et des revenus. En chemin, ils rencontraient des amis, et parmi eux, Gautier. Comme tous les autres, il voulait présenter ses condoléances à Edmond et s'arrêtait net en voyant Jules qui, comme à son habitude, était quelques pas derrière lui.

Déchiré entre la certitude que la présence de Jules ne pouvait que signifier qu'il vivait et le savoir indéniable qu'il était mort, il fut assailli par des doutes qui ne disparurent que lorsqu'il se réveilla.

Au début du moins d'août, il retourna à Paris où régnait un calme étouffant. On ne voyait presque pas de fiacres dans les rues, les bruits de Paris s'éteignaient dans une attente anxieuse qui tétanisait la population depuis que, le 19 juin, Napoléon III avait déclaré la guerre à la Prusse.

Il alla rendre visite à la princesse dont l'hôtel particulier était enveloppé de silence et de voiles noirs qui recouvraient les meubles, entre lesquels, angoissée dans l'attente des nouvelles, elle avait à présent peu de visites, car la plupart des amis préféraient rester dans leur maison de campagne. Elle avait rencontré l'empereur pour essayer de l'empêcher d'aller à la guerre, car il était malade, à bout, pas un bon exemple pour les troupes, cette guerre était une aventure absurde ; mais l'impératrice Eugénie faisait tout pour qu'il y parte. Toute de noir vêtue, Mathilde était assise, les jambes croisées sur un des rares fauteuils pas recouverts de voile, balançant impatiemment sa bottine. Pour apaiser le tourbillon de sentiments qui se déchaînaient en elle, elle serrait les lèvres qui se rouvraient sans cesse sur un juron qu'elle ne pouvait pas retenir. Même quand elle parla de l'impératrice, la vieille ironie qu'elle lui réservait d'habitude tomba à plat.

Edmond remarqua des vides entre les meubles recouverts de la maison, qui indiquaient qu'elle préparait un déménagement dont elle ne voulait pas parler ; si les Allemands marchaient sur Paris, elle n'y était plus en sécurité. Mais où mettre tout cela ?

Plon-Plon était déjà parti, mais elle n'allait pas se laisser chasser si vite ! Edmond parla du pays si éprouvé et combien Jules lui manquait en ces temps difficiles. Mathilde hocha la tête d'un air absent pendant que son regard parcourait la pièce sans relâche, comme si elle cherchait un point à partir duquel s'orienter. Qui entretiendrait le jardin d'hiver en son absence et qu'arriverait-il si elle ne revenait pas ? Elle n'avait pas besoin d'exprimer ce qu'elle pensait, cela se lisait sur son visage.

C'était le soir qu'Edmond se sentait le plus seul, quand il s'asseyait dans son jardin pour fumer, la présence de son frère qui n'était plus assis à côté de lui pour le divertir de ses délicieux traits d'esprit lui manquait. Comme ils avaient ri et si souvent ! Quelles images et boutades ne lui seraient-elles pas venues à l'esprit en entendant parler des combats et de l'humiliation de l'armée française dans l'Est de la France !

Depuis les défaites de Wissembourg et de Spicheren, Paris était comme paralysé. Les visages reflétaient l'insécurité partout présente, l'impatience et la lassitude, mais surtout cette peur qui gagnait tout le monde. Il n'y avait plus de distraction, qui aurait pensé à se divertir alors qu'on craignait pour sa vie ?

Les uniformes français brillaient, beaux et ornementés, mais y avait-il de meilleures et de plus brillantes cibles pour les fusils prussiens et les canons de Krupp ? Les hommes paraissaient malades et misérables, gris et exténués, et tous savaient que le règne de l'empereur et les jours de liberté étaient comptés.

Le 2 septembre 1870, les Français se rendirent aux Prussiens à Sedan. Napoléon III, dont le dernier acte impérial avait été de parader à cheval, maquillé comme une vieille cocotte, devant ses soldats, fut fait prisonnier. Deux jours plus tard, les Français proclamèrent la République, l'empereur gravement malade fut destitué. Sous la conduite des Prussiens, les armées allemandes assiégèrent Paris.

Loin de conquérir Berlin comme beaucoup de Français l'avaient rêvé au début de la guerre, l'illusion d'une grandeur inébranlable fut réduite à néant ; ce n'était pas l'esprit de combat ou la volonté qui avaient décidé du destin et de l'avenir de la nation mais le choix des armes les plus meurtrières.

Napoléon III était déjà en chemin vers le château de Cassel où le père de Mathilde avait résidé comme roi. Elle avait fui à présent et voulut gagner l'Angleterre mais elle changea son plan quand elle sut que la mer était démontée et qu'elle n'était pas la bienvenue de l'autre côté du chenal. Elle partit en Belgique.

Avant de la laisser continuer vers Mons, le maire de Dieppe fouilla personnellement ses valises car le bruit courait que la princesse avait l'intention de passer en contrebande l'or de l'État pour une valeur de cinquante et un millions de francs. Mais il n'en trouva aucune trace.

Mathilde voulait revenir dans son château et, à Paris, Edmond apprit qu'elle avait fait enlever la couronne sur le portail de la rue de Courcelles. Les chevaux, les harnais et les voitures avaient été vendus, le cuisinier remercié, les autres domestiques devaient rester. L'intendant de Saint-Gratien était chargé de protéger le château et les terres car elle craignait que les casques à pointe s'emparent de son bien, ce qui se passa en effet le 20 septembre : trois cents soldats prussiens prirent possession du château. Ils restèrent une semaine puis furent remplacés par un état-major plus restreint.

Pourquoi ne pas quitter le continent ? S'éloigner de l'endroit auquel elle tenait tellement, parce qu'elle y avait passé ses plus belles années, parut à Mathilde la meilleure façon de se délivrer du passé. Aussi chargea-t-elle une amie de lui chercher une maison dans les environs de Londres et de faire la liste des ustensiles de cuisine, linge, vaisselle, etc., nécessaires. Finalement elle resta en Belgique.

Si le temps, comme on dit, guérit les blessures, la guerre fait beaucoup pour accélérer la guérison, elle détourna Edmond de la perte de son frère. Les quatre mois du siège de Paris ne l'épargnèrent pas, lui non plus, il se vit obligé, comme jamais auparavant, de s'intéresser aux choses pratiques qui prenaient tellement de temps qu'il lui arrivait d'oublier Jules, pendant un quart d'heure, ou même une demi-heure. La guerre eut des répercussions sur lui et ses amis, elle occupait ses journées du lever au coucher. Et il trouvait de plus en plus de plaisir à noter presque quotidiennement dans son *Journal* ce qui se passait à Paris : qu'il n'y avait presque plus dans les rues d'omnibus ni de fiacres car ils servaient tous d'ambulances, qu'on s'habituait aux coups de fusils, au fracas et au rugissement des canons, qu'on réquisitionnait les chevaux pour les conduire à l'abattoir – même ceux de Gautier –, qu'on les vendait dans les boucheries ainsi que les chiens, les chats et les rats. Il prit l'habitude de flâner dans Paris, d'observer les serveurs dansant sur les éclats de verre des vitrines brisées, de suivre une élégante qui avait mis la main sur des pommes de terre qu'elle rapportait chez elle, enveloppées dans un fichu de dentelle, de compter les corbillards qui transportaient les morts ou les camions chargés de stockfisch. La vie continuait et, comme à chaque guerre, vie et mort s'enlaçaient aussi étroitement que des amants sur le point de se séparer. Quand, le soir, Edmond revenait de ses excursions, il était chaque fois étonné que sa maison soit encore debout et que les murs soient aussi intacts que les vitres des fenêtres.

Le 18 décembre 1870, Guillaume Ier fut proclamé empereur d'Allemagne à Versailles, dix jours plus tard, Paris se rendit aux troupes et l'armistice fut signé. Mais ceux qui à présent se croyaient en sécurité à Paris allaient être déçus.

Pendant la guerre, Edmond s'était réfugié dans le petit salon du rez-de-chaussée où il avait transporté un lit avec l'aide du jardinier ; il s'y sentait plus à l'abri des boulets de canons des Prussiens qu'au premier étage.

Immédiatement après l'armistice éclatèrent des affrontements sanglants entre les communards et les troupes fidèles au régime, il n'y avait donc aucune raison d'abandonner le refuge qu'il s'était créé. Les canonnades ne cessèrent pas, le danger n'était pas écarté, il s'attendait toujours à de mauvaises surprises. En habitant au rez-de-chaussée, il était vite à l'extérieur où, au moins, il ne recevrait pas le toit sur la tête si un obus touchait la maison. Les murs tremblaient toute la journée, les tableaux se décrochaient, l'insécurité persistait. On allumait le poêle avec du bois vert car on ne trouvait plus de bois de chauffage. Comme il brûlait mal, car il s'agissait d'arbres qu'on venait d'abattre, leurs flammes ne réchauffaient pas beaucoup et pas longtemps.

Le petit salon qui servait de chambre à coucher, le salon, la cuisine et l'arrière-cuisine constituèrent un exil domestique qu'il partagea pendant quelques semaines avec six poules, dont bientôt il ne resta plus que Blanche ; les autres avaient été victimes de son appétit, car il détestait la viande noirâtre et sucrée des chevaux de fiacre.

Comme il s'était pris d'affection pour Blanche joliment tachetée et couronnée d'une crête effrontée, il repoussait sans cesse le moment de la tuer. Il n'arrivait pas à s'y résoudre, jusqu'à se demander pourquoi elle devait mourir et comment.

Quand Pélagie lui servait son maigre dîner, la petite poule sautait sur la table et picorait promptement le misérable contenu de son assiette ; Edmond lui en laissait la moitié car, elle aussi, la famine la faisait maigrir, et quand il voudrait se régaler de Blanche, elle n'aurait plus que la peau sur les os sous son plumage blanc.

Elle pondait régulièrement un œuf mais il ne put jamais en manger un seul, car la jolie cannibale l'avait déjà dévoré elle-même. Ils vivaient ensemble depuis si longtemps qu'Edmond interprétait et comprenait son caquetage. Blanche grimpait sur lui, se couchait sur son épaule et de là sautait sur le manteau de la cheminée où elle donnait des coups de bec coléreux à cette chose inconnue que lui renvoyait le miroir. Il aimait tellement Blanche, qu'il coiffait chaque matin avec un petit peigne, qu'il lui paraissait impensable de l'abattre.

Même les moineaux et les merles avaient quitté Paris pour échapper aux balles ennemies ; la petite mare était vide, les poissons rouges avaient été pêchés et mangés ; le poisson salé, que la municipalité avait distribué pour lui et Pélagie, était plein d'arêtes et n'avait pas duré trois jours ; le pain était si immangeable qu'on n'arrivait pas à en avaler une bouchée ; il fallait se décider.

Un matin, il demanda donc à Pélagie de le faire. Le jardinier qui lui rendait jusqu'à ce jour ce genre de service avait été enrôlé.

« Faire quoi ? demanda Pélagie, ahurie.

– Ma poule doit mourir et ça doit être maintenant, dit Edmond, et il poussa un soupir qu'elle ne put ignorer.

– Non, non, cria-t-elle, pas moi. Je n'ai jamais tué une bête !

– Tu es de la campagne, tu dois savoir t'y prendre. »

Mais elle s'y refusa et il la comprenait. Il se dit, en poussant un soupir éloquent, qu'il se comportait comme un lâche, que c'était à lui d'agir.

Après avoir pensé confier la tâche à un boucher puis en avoir rejeté l'idée – il savait qu'il s'exposait à un refus moqueur –, il se rappela le sabre japonais, suspendu au premier étage, dont la lame était aussi tranchante que le cimeterre du sultan Saladin ; il faisait très froid et la neige était tombée.

D'un air déterminé, il monta et détacha le sabre.

Au moment où il attirait Blanche – qui était dans le jardin – dans la maison, des obus qui visaient le faubourg Saint-Germain passèrent au-dessus de la maison ; la poule pencha la tête et regarda en haut, comme si elle se demandait quand allait enfin finir cet orage qui durait depuis si longtemps. Il franchit le seuil en trébuchant. Le sort de Blanche était scellé.

Il émietta quelques biscuits à la vraie farine devant la cheminée, puis il appela Blanche en usant de tous les petits noms qui lui venaient à l'esprit, mais ce n'était pas nécessaire ; sa faim était égale à sa confiance et, en battant des ailes, elle se jeta sur les miettes et se mit à picorer son repas de condamnée.

Edmond était prêt. À l'instant où Blanche tendit le cou pour attraper la dernière et la plus grosse miette, il le lui trancha d'un geste sans appel. Il fut pris de vertige. Mission accomplie.

C'était sans compter sur Blanche qui – saignant à mort et laissant derrière elle une trace sanglante –, toujours en vie quoique morte, s'enfuit dans le jardin où la neige se teinta bientôt de son sang comme si un peintre à qui on avait offert un pot de peinture rouge était devenu fou. Edmond contemplait le spectacle, horrifié.

« Qu'est-ce qu'on peut faire ? » cria-t-il à Pélagie qu'il vit à côté de lui et qui avait assisté au carnage, cachée derrière la porte. Mais elle aussi en restait sans voix et Blanche courut encore un moment sans tête dans le jardin ensanglanté jusqu'à ce que le filet de vie qui jaillissait de son cou se tarisse. Soudain elle tomba raide morte.

Plus tard, quand il dut reconnaître que le peu de chair qui lui restait sur les os était sec et dur et, au fond, immangeable, il versa, pour la première fois, des larmes pour une autre perte que celle de son frère bien-aimé.

« Nous aurions peut-être dû la laisser pendre quelques jours », dit Pélagie qui avait ramassé Blanche et l'avait fait cuire sans un mot.

Épilogue

Edmond passa le reste de ses jours – plus d'un quart de siècle – seul avec Pélagie dans la spacieuse villa de la banlieue naissante d'Auteuil qui avait été partiellement détruite pendant le siège de Paris. Contrairement à de nombreuses maisons voisines et malgré un tir d'obus qui avait fait un trou dans le toit et causé de légers dommages à l'intérieur, le numéro 53 fut quasiment épargné.

Au cours du siècle, Edmond transforma la villa, auparavant spartiatement meublée, en un cabinet de curiosités plein jusqu'à ras bord et baigné de couleurs chaudes, aux murs recouverts de haut en bas de velours et de soie doucement rembourrée. Objet par objet, tableau par tableau, livre par livre, étoffe par étoffe, suspendus ou placés, ordonnés et catalogués, dans des vitrines, sur des étagères, la maison s'enrichit peu à peu jusqu'à devenir un musée bourré de tableaux, de dessins, de sculptures, de figurines de porcelaine et de livres qu'Edmond, en bon gardien, expert et seul bénéficiaire, gardait pour lui-même et ses rêves, sauf quand il laissait entrer des étrangers et les guidait à travers ses trésors. Il y invitait ses amis à dîner et lors de conversations le dimanche, dans les deux pièces mansardées où son frère avait vécu et était mort. C'est ici qu'il eut l'idée de créer un prix littéraire qui devait refléter les tendances du moment.

Il décrivit la maison de l'entrée au grenier, pièce par pièce et objet par objet, dans son livre : *La Maison d'un artiste* ; il évoque la mort de Blanche dans le chapitre « Le petit salon ».

Par un hasard malheureux, Edmond ne mourut pas le 16 juin 1896, à soixante-six ans, dans sa maison, mais pendant un séjour dans la maison de campagne de son ami Alphonse Daudet.

Note de l'auteur

Comme les frères Goncourt ont pris la liberté de reconstituer la vie de Rose Malingre, leur bonne, dans un roman où elle s'appelle Germinie Lacerteux, je me suis permis de condenser quelques épisodes de la vie des deux inséparables dans ce livre où peu de choses sont inventées. Edmond a fait le récit de la mort de son frère jusqu'à son dernier souffle avec une méticulosité sans concession dans son *Journal*. Il se devait à lui et à son frère de ne rien dissimuler. Le *Journal* est la principale source où j'ai puisé et je l'ai fait abondamment sans le citer mot pour mot. J'ai procédé comme les Goncourt l'ont fait avec Rose Malingre qui sera décrite ici une troisième fois. Pourquoi Edmond a-t-il refusé d'admettre que Jules, comme beaucoup de ses contemporains, était syphilitique – bien que le cours de la maladie eût montré tous les symptômes parfaitement connus qu'il diagnostiquait, sans cette indignation moralisatrice, chez des amis ou chez des inconnus –, cela reste un mystère. Ce n'est certainement pas la pruderie petite-bourgeoise qui lui a fait croire et affirmer que son frère était mort pour s'être épuisé au service de l'art. Ce serait plutôt une ultime preuve d'amour fraternel de soutenir mordicus que Jules avait vécu et était mort pour une seule chose : la littérature, le mot juste, la vérité couchée sur le papier.

Remerciements

Mes remerciements vont à ceux qui, de différences façons, m'ont incité ces dernières années à m'intéresser à Edmond et à Jules de Goncourt. En premier lieu à Barbara Villiger Heilig qui m'a demandé, en 2015, de lire la traduction du *Journal* pour le *Neue Zürcher Zeitung* ; à Harald Schmidt, avec qui j'ai passé, à Bâle, une très agréable soirée à parler des Goncourt ; enfin à Gerhard Haffman car, sans les efforts pour faire traduire le Journal en allemand, mon intérêt pour les Frères ne serait jamais allé jusqu'à en faire les personnages d'un roman.

Un remerciement particulier au professeur Walburga Hülk dont les conseils et le soutien avisé m'ont été d'un grand secours ; l'échange avec elle fut un plaisir permanent. Je remercie aussi Pierre Ménard, le dernier biographe des Goncourt, ainsi que Jacqueline Chambon qui a été immédiatement intéressée par mon roman alors qu'il n'était pas encore écrit. Qu'elle le traduise un jour dans la langue des Frères n'était pas envisagé à l'époque.

Je remercie Hilde Recher Broder pour sa relecture consciencieuse du manuscrit et Alexandre de Broca qui, un soir d'automne, est parti à bicyclette à Auteuil, pour capter l'ambiance de la maison des Goncourt au crépuscule, comme on peut à présent le voir sur la couverture. Je remercie Ute Woltron qui a considéré d'un œil d'expert la serre de la princesse Mathilde, et le gantier Nils Bergauer qui m'a donné un aperçu de son métier devenu rare – et aussi Robert Martin qui m'a accompagné au tout début de mes recherches sur les Goncourt. Il m'a conduit jusqu'au grenier de la maison du 67, boulevard de Montmorency où Edmond et Jules de Goncourt ont d'abord vécu et qui est devenue aujourd'hui la Maison des Écrivains. Je remercie enfin Wolgang Hörner pour sa confiance et Georg Martin Bode pour tout le reste.

Sources qui m'ont particulièrement aidé

Edmond et Jules de Goncourt, *Journal I et II*, Paris, Robert Laffont, 2013-2014.

Edmond de Goncourt, *La Maison d'un artiste*, Garches, À propos, 2018.

Edmond et Jules de Goncourt, *Germinie Lacerteux*, édition établie par Nadine Satiat, Paris, Flammarion, 1990.

Gustave Flaubert/Goncourt, *Correspondance*, Paris, Flammarion, 1998.

André Billy, *Les Frères Goncourt. La vie littéraire à Paris pendant la seconde moitié du XIXe siècle*, Paris, Flammarion, 1954.

Pierre Ménard, *Les Infréquentables Frères Goncourt*, Paris, Talandier, 2020.

Jean-Louis Cabanès et Pierre Dufief, *Les Frères Goncourt. Hommes de lettres*, Paris, Fayard, 2010.

Jean des Cars, *La Princesse Mathilde*, Paris, Perrin, 1988-2006.

Chateaubriand, *Mémoires d'outre-tombe*, Paris, Gallimard, « La Pléiade », 2015.

Ouvrage réalisé
par l'atelier graphique Actes Sud
Achevé d'imprimer
sur Roto-Page
en avril 2022
par l'Imprimerie Floch
à Mayenne
pour le compte des Éditions Actes Sud
Le Méjan, place Nina-Berberova
13200 Arles

Dépôt légal 1re édition : mai 2022

N° impr. : 100280

(Imprimé en France)